耕·读·书·系·

草木故乡

郭扬华 著

河南大学出版社
HENAN UNIVERSITY PRESS
·郑州·

图书在版编目(CIP)数据

草木故乡 / 郭扬华著. --郑州:河南大学出版社,2022.6

(耕读书系 / 王丽芳主编)

ISBN 978-7-5649-5033-0

Ⅰ.①草… Ⅱ.①郭… Ⅲ.①散文集-中国-当代 Ⅳ.①I267

中国版本图书馆CIP数据核字(2022)第034250号

CAOMU GUXIANG

草木故乡

责任编辑:王丽芳

责任校对:邓　晓

封面设计:娟　子

封面题字:张天一

出　版	河南大学出版社
	地址:郑州市郑东新区商务外环中华大厦2401号
	邮编:450046
	电话:0371－86059701(营销部)
	网址:hupress.henu.edu.cn
排　版	郑州市今日文教印制有限公司
印　刷	河南瑞之光印刷股份有限公司
版　次	2022年6月第1版　　　　　印　次　2022年6月第1次印刷
开　本	710 mm×1010 mm　1/16　　印　张　19
字　数	232千字　　　　　　　　　定　价　68.00元

版权所有　侵权必究

(本书如有印装质量问题,请与河南大学出版社营销部联系调换。)

爱草木，写草木，寄托对故乡的眷恋。

银杏(李元德 绘)

皂角树（李元德 绘）

棉花（李元德 绘）

柑橘(李元德 绘)

总序：回归自然 心向往之

  尼洋河欢快地流淌着，湛蓝的天空中，白云触手可及。合上"耕读书系"第二季之《草木故乡》的书稿，虽然刚离开家几天、周边景致迷人，但心头却不禁掠过一丝惆怅，"乡愁"二字跳将出来。这个字眼，相对的是故乡。

  我一直觉得，故乡就是有田园风光、乡野景致的地方，白云生处有"小桥流水人家"。"耕读书系"第二季的作者，郭扬华、方进、孙君梁、李晓升，都是从乡村走出的，并且他们后来所从事的工作多与粮食、田园相关。在田园间涵养家国情怀，在耕读间娓娓道来，真羡慕他们。

  今年世界读书日的时候，第一季中的《娓娓"稻"来：大地上的散文诗》《水乡渔歌：乌篷欸乃慢时光》在湖南和浙江掀起了小小的阅读热，《四时有记：节气中的遇见》《炊烟袅袅：一乡一世界》也在金融界屡获赞誉，订单接连不断。这是对自己策划"耕读书系"的肯定，也意味着可能重印，我特别高兴，从而更加坚定了继续将书系做下去的信心。

  与第一季有所不同，"耕读书系"第二季中除了《晓升的有机田园》为读者打开有机世界的美好之窗外，其他三本书都不约而同地向着同一个主题——乡愁。而寄托乡愁的意象，均为草木、果蔬，还有静静的田园。它们以不同方式呼应着耕读书系的主旨：关乎自然，关乎草木，关乎耕作，关乎乡村。

去年夏天，我在稻草人农场品尝彩虹西瓜。那是一种清爽的甜，黄色的瓜瓤上有一道若隐若现的"彩虹"。那是我第一次近距离接近并品尝有机产品。走在农场的田埂上，耳边掠过带着青草味和池塘腥味的风，眼前是大片的玉米、蔬菜，还有成群的鸡、鸭、鹅和可爱的小黑猪……又到了彩虹西瓜上市的时候，我的眼前浮现出稻草人农场的田园风光，耳边响起朋友的那句话：我愿做一个稻草人，扎根泥土，守护自然。

当下，正是许多这样的"新农人"，在有机农业领域几十年如一日地深耕，才使我国新型农业一步步发展，跟上世界有机事业3.0时代的步伐。也正是他们的守护，才让我们有机会了解到，绿色健康的食材是可以种、养出来的：选一块地，种菜种豆种果、养鸡养猪养羊驼，现代化的田园牧歌也可以成为我们生活的一部分。

北方，风吹麦浪；南方，杨梅正红。小满，端午，杏黄，粽香。一年四季，自然界被各种作物、草木装点得多姿多彩，它们踏着时令的节拍，不疾不缓，枯荣有序。与之相伴时不在意，突然远行后，有一天会想起它们。它们是童年时光的见证者，承载着浓浓的思乡情啊！

在四季轮回中经历、成长，人们发出了这样的感慨：人生如草木。如草木有何不好？如果真能以草木的姿态，不惧风雨，顽强生长，才是真正有意义的人生吧。这样的人生追求或许也是一种回归自然的方式,简单、纯粹、质朴、向上。当然,回归的路很长,需要我们慢慢地走,仔细地观察,认真地思考。

现在每个人的心里都向往着回归自然,让生活节奏慢下来。这其实是一种怀恋,是一种对传统的耕读文化的认同与共情。那么,请跟我一起打开"耕读书系"第二季:在乡愁中感知"国之大者"——《南方谷色生香》;通过草木体会别样乡愁——《草木故乡》;走进有机领域守护自然味道——《晓升的有机田园》;在乡土世界里认知乡愁的珍贵——《桃树上长出的逻辑》。

草木寄托的乡愁是感性的、浪漫的,这些从田野中走出,念念不忘耕作和乡土的人,他们知道,时代大背景下,需要用独到的视角为稻粱谋。于是,他们将自己经历的点滴记录下来,试图通过渐行渐远的农耕文化,告诉人们,泥土芬芳、质朴生活才是最重要的"乡愁"。

耕作艰辛,写作亦不易。在此特别感谢四位作者的辛苦创作,感谢书法家李殿富、张天一先生的墨宝,感谢李元德、谢明子老师的美图。一位朋友说,做书也不易,但只要喜欢做,加上自律的驱动,还是会有回报,而且回报会超出想象。有一批志同道合者,我相信"耕读书系"会持续下去,一季比一季好。

是为序。

王丽芳
二〇二二年夏于尼洋河畔

序:写出别样的乡愁

乡愁,是永恒的文学主题。从陶渊明的《归去来兮辞》到李白的《静夜思》,再到鲁迅的《从百草园到三味书屋》、沈从文的《湘行散记》、萧红的《呼兰河传》、余光中的《乡愁》,都是思乡、爱乡的名篇。在抒发乡愁的作品中,涌动着深厚的寻根之情,也寄托了渴望挽留逝去的时光的梦想。一直到今天,乡愁仍然是许多作家常写常新的主题,如汪曾祺的"高邮故事"、贾平凹的"商州系列"、莫言的"高密东北乡系列"、迟子建的"大兴安岭故事"……无论是记录故乡的山水风物,还是缅怀故乡的亲人好友,都在寄托浓浓乡情的同时,也丰富了读者对大地、乡村、一方水土养一方人的认识。当然,写的人多了,如何写出新意,也就成了一个需要不断琢磨的课题。

读郭扬华先生的《草木故乡》,我看出了他思乡之作的特色:通过回忆故乡那些普通的草木,以及与那些草木紧密相连的平凡往事,写出自己与故乡土地的深远情感联系。这样,就与那些写故乡河流、山川、传说、亲情的作品区别开来。看得出来,作者从小就在劳动中注意观察庄稼、草木的特性、效用,这样的用心体现出乡民的生活经验与务实眼光;同时也感受庄稼、草木的生命品格,显示出人与庄稼、草木的声息相通

（这也正是人与自然共有天地灵气的证明吧），例如："棉花很美，花大，色艳；棉花不是花，但它的花不亚于任何一种鲜花的模样。初夏，棉秆枝头绽放出花朵，初开的花是白色的，渐渐变成淡黄色，盛开的时候就成了红色。大朵的花和翠绿肥厚的叶子相得益彰，漫天漫地铺展开来，随风摇曳、绵延"（《太阳的孩子》），可见观察之细腻；还有："红高粱象征的，是挣扎、超越、缜密、勇猛；稻谷象征的，是屈服、迁就、含混、中庸。这或许是两者的内涵差异"（《远去的高粱》），亦是妙悟；但有时又有"稻子就像一位哲人，在美好的季节里，总是喜欢低头沉思"的感动（《京西侃稻》），又显示出从自然中"万物静观皆自得"的不同心思；而那句"中国农民皮肤的颜色跟土地是多么相近"（《芝麻故事》）的感慨，也浸透了多么真切、百感交集的生命体验！专注于普普通通的草木、庄稼，显示出作者目光与情怀的独到。

不仅如此，在充分表达了自己爱草木、爱庄稼的情怀的同时，作者也时时留意关于那些草木、庄稼的民间常识、文化典故，这样一来，这本集子也就有了丰富的知识性、趣味性。像《三峡柑橘情》中关于民俗的描写，"三峡地区民间雅称橘为'福橘'，常以之馈人以表祝福。结婚、祝寿亦少不了橘子充当吉祥果的角色。旧时，富户人家常以成片橘林（山）来陪嫁，而穷户人家则以橘苗代替。祭神、祭祖的供果中也少不了橘子的位置"，就很有地方民俗特色和历史感。再看《那三棵枣树》中关于"枣"的来历和枣面、枣酒、枣醋的记载，还有《榆树枝头系童年》中有关"将'枌榆'称故乡，还与刘邦有些关系"的传说，都体现出作者爱草木、庄稼,也延伸到研究相关民俗、历史传说方面的处处留心。连同《三峡柑橘情》中关于香溪的地名来历的传说:"昭君一路弹着琵琶,想到从此永别故土,泪如雨下,那泪珠与水中的橘花漂聚一起,再随波漂散。从此,溪水清澈,水中含有橘花的香气,故名香溪。"这说法虽然与我在香溪听到的另一种说法不一样(我听说的是,昭君在浣纱时不小心将佩戴的珍珠遗落在溪中,因有此名),也能够折射出民间传说的不拘一格,读来颇有浪漫色彩,惹人遐想。

此外,我注意到作者真切地写出对庄稼、草木的朴素深情,同时也真切道出了那些不堪回首的苦涩生命体验,那是从艰难年代过来的人都刻骨铭心的另类乡愁吧:时过境迁,蓦然回首,连苦涩的记忆也散发出淡淡的忧伤。从"太阳当顶时,天热得像蒸笼,我熬不住了,扛着锄头往回走,影子被自己的双脚踩在脚底下,我甚至感觉到了它的疼痛"(《芝麻故事》),还有"白天劳累过度,夜里身上疼痛,辗转反侧。生活是顿顿白菜萝卜,汤汤水水照得见人影"(《松菌往事》),再到《银杏树下》那段贫宣队代表问同学"'忆苦饭'好不好吃",结果导致胆小的同学无言以对、惊恐至极的记忆,都写出了与纯朴的自然并存的苦涩经历、惨淡人生。读到这些文字,我想到了鲁迅的《故乡》、汪曾祺的《陈小手》、莫言的《枯河》、阎连科的《往返在塬梁》那样灰暗的故乡回忆。人间没有天堂,经历过苦难岁月的人都对于乡村里的悲凉人生有过欲说还休的体验,而作者写出那些苦涩的生命碎片,也从另一个角度烘托出了亲近自然的必要吧。

这些年，随着现代化建设的迅猛发展，保护环境、回归自然的呼声也日益高涨。保护环境、爱护自然，不仅仅是为了可持续发展的长远之计，还应该是培养自我淳朴、清静、细腻情怀的需要。从"谁知盘中餐，粒粒皆辛苦"那样珍惜粮食的朴素情感到"独怜幽草涧边生""草树知春不久归"的敏感心境，还有"相看两不厌，唯有敬亭山"那样与自然心心相通的可贵情思，都是值得细细咀嚼、代代相传的美好精神。而这本《草木故乡》，也就因为写出了人对故乡一草一木、各种庄稼的朴素之爱，具有了特别接地气的温馨意义。作者是一位从乡村走出来的干部，工作之余，爱好写作，在写作中思往事、寄乡愁、悟人生，让自己的体验与记忆凝聚成文，也为文友们打开了一扇风景别致的窗，可喜可贺！

2022年1月28日于武昌

（樊星，武汉大学文学院教授，博士生导师。中国新文学学会副会长、湖北省文艺理论家协会顾问、湖北省作家协会副主席。）

目录

辑一　恋恋稻花香

京西侃稻　003

那时麦香　014

丰年多稌　019

远去的高粱　023

太阳的孩子　027

玉米情深　031

大豆摇铃　035

亲亲土豆　039

闲话红苕　044

芝麻故事　052

又是油菜飘香时　061

此心生不背朝日　067

敬桑爱桑　072

蓖麻蚕纪事　078

菜中灵芝名藠头　083

但愿如葛　088

2 草木故乡

辑二 三峡柑橘情

三峡柑橘情　095

邂逅柿子树　101

苦涩的毛桃　109

财爹爹的拐枣树　114

糖梨时代　117

杏子滋味　121

榴花红似火　124

花开万点黄　130

栀子花开呀开　136

那三棵枣树　140

野菊花又开了　145

风舞槐花香　154

飞翔的蒲公英　160

那山,那水,那茶园　164

想起那片荷　169

花椒往事　174

也说鸡头莲　178

夏思春韭　184

南瓜南瓜　190

我种过葫芦　194

松菌往事　198

野菜乡愁　203

豆腐和豆饼　211

它的别名叫忍冬　215

辑三　想念皂角树

校园边的皂角树　223

银杏树下　227

春天从香椿树开始　236

偶遇构树　240

竹食清风时　243

桐花万里路　250

木梓木梓，归根桑梓　257

楚地麻柳情　261

端午无处不插艾　264

茅草青青　268

不老的神话　272

臭椿并不臭　276

久违了！楝树　280

榆树枝头系童年　283

青蒿呦呦　287

后记　291

辑一

恋恋稻花香

我对水稻的情感很深，一生与它有不解之缘。

京西侃稻

我对水稻的情感很深,一生与它有不解之缘。

发现京西稻

客居北京,常去颐和园,偶然发现附近玉泉山下有大片种水稻的地方,北坞、两山、玉东郊野公园为甚,甚是喜欢,所以时常将颐和园放置一旁,直奔北坞和两山。

后来又发现居住的小区周边也有许多种植水稻的公园,我便时常徜徉其间。把《耕织图》立体搬进公园,大概是工业化、城镇化后人们对农耕文明的怀恋吧。

京西稻稻田的种植景观为京西地区的环境增色不少。稻田与明清皇家园林遗产相得益彰,是明清园林景观的标识之一,远山近水,形成富有层次感的"山、水、田、园"的景观体系,稻田如镜,黄瓦丹墙、苍松翠柏映于稻田之中。

转悠多了,发现京西农人在长期的稻作生产中,逐渐形成了一套相对完整的习俗与规制,成了京西地区农耕礼俗的重要组成部分。其中耕籍礼独具特色,影响久远,即由中国古代帝王象征性地亲耕田地,以宣告农忙时节到来的礼仪性礼俗。仪式中会安排皇帝扶犁亲耕,躬耕结束后再前往观耕台观看大臣们耕种。

每次路过梳有大辫子的清朝皇帝扶犁躬耕的雕塑铜像,我都会感到历朝历代统治阶级对农桑的重视。清帝继承了历代重农传统,深知民生为本,衣食为天,"农事,实为国之本;俭用,乃居家之道。是以朕听政时,必以二者为先务"。上层的示范与带头,是对农耕生产的号召与鼓励。

京西地区当下也常常以突出御稻为特色,举行耕种仪式,定期举办插秧节、秋收节、开镰节等活动,将京西稻作文化与生态旅游相结合。其中,插秧节主要包括传统民俗节目表演和插秧两部分,插秧会以各村的老稻农带头、其他人跟进的形式进行,每年都会吸引许多人参与;在开镰节当天,稻农们会把刚刚打下的新米做成粳米饭,再配上藕馅饺子犒劳自己,当地还会自发组织打花棍、打五虎棍等节目表演。京西稻特有的田园风光、农业生产活动、农村生态环境和农业生态经营模式,吸引了游客来访,以此促进了京西稻的文化保护和可持续发展。

在北京对种稻发生浓厚兴趣,是因为一些偶然因素。

朋友发来一张图片——"立夏将至农事忙"。这张刊于2019年5月4日经济日报头版的顺着插秧的新闻图片,之所以让网民和媒体吵翻天,是因为图片中的稻农是向前栽秧,不符合插秧"后退即向前"的惯例,于是有人说这是摆拍、失真、违反常识等等。

《舌尖上的中国》里说,母亲的饭菜决定了我们的味蕾,我说儿时的经历会影响你的思维方式,甚至产生路径依赖。

多年的农村劳作经历产生的深刻的记忆,使我也自信地认为,这个顺着插秧的报道是错误的,于是也有些激动。

那时,初夏的阳光下,明镜般的水田中,我们一群插秧人有节奏地躬身而退,将一蔸蔸青绿的秧苗献给大地。秧苗在水中摇曳着,一棵棵,一片片,田野绿了。

那时,我们正年轻。蹚着清凉的水,沐着温暖的阳光,把对生活的热爱,写成绿色的诗行。当我从插满秧苗的田里起身上岸,审视那汪新绿,只见一棵棵秧苗在微风轻拂下,朝我点头微笑,心中顿时有一种成就感和自豪感,情不自禁地吟起诗来:"绿遍山原白满川,子规声里雨如烟。乡村四月闲人少,才了蚕桑又插田。""一把青秧趁手青,轻烟漠漠雨冥冥。东风染尽三千顷,白鹭飞来无处停。"累并快乐着。

农人敬畏大地,他们虔诚地劳作,以一种古老而虔诚的姿态躬身插秧,以退为进。正如唐代布袋和尚《插秧偈》中云:手把青苗插野田,低头便见水中天。六根清净方成稻,退步原来是向前。

后来咨询农业专家,才知道我的固执有失偏颇。传统的插秧方式在唐宋定型以后,的确是边插边退,且插且退。详细的插秧方法在元代鲁明善的《农桑衣食撮要》中有记载。后世因之。但在传统稻作区以外的地方,确有向前插秧的习惯。比如京西地区流行的"薅搬家"。

《水稻在北方》一书里是这样介绍的:为了解决农时短、劳动量大的矛盾,京西地区稻农发明了一种有别于育秧移栽的水稻种植方法——薅搬家。薅搬家同时具有直播补苗和育秧移栽的特点。稻农直接将稻种种在地里,每隔一米点稻种,一把稻种分三次点入稻田称为"点大三撮"。待稻种长到苗壮之时,稻农将一撮撮秧苗薅起,按一定的间距规格栽插到田中,在薅和搬的过程中稻农同时清除杂草。这种劳动有如给稻苗搬个家,故名薅搬家。薅搬家便是且插且进的方式。

那天我又来北坞溜达,就目睹了这顺着插秧的奇怪场景,只是公园的秧田并不大,刚逢雨天,参观的人不多,可能这不多的人中懂农事的更少,我问了几个本地农工,他们说这是京西水稻的种植传统,而另一块田里插秧的人还是倒退插秧,一打听,他们是辽宁盘锦人。

人们常说,路隔十里,乡俗不同。是的,连生产方式也不同,这京西的稻子种植方式就是不一样,更主要的是还有些皇家农耕文化遗存。

不过我认为,主流媒体刊发图片,还是应该以传统规范为主,以免很多人认为是错的,特别是插过秧的人,都会说错了。至于官方回应说是重庆地方的一种新插法,农业专家说,"只能说事有例外,是否近年出现的新插法,就不得而知了。实际上,最近一二十年人工插秧正在消失"。是的,当下公园的栽秧都带有表演性质。

走近京西稻

京西稻,因产自北京西部而得名。它属优质粳米,米粒椭圆、晶莹透明,煮熟后清香有弹性,口感黏而不糯。

传统意义上的京西稻主产于西直门西部的功德寺,即北京寺、六郎庄、蛮子营、圣化寺、泉宗庙、高粱桥、长河两岸、石景山、黑龙潭、南苑等地。这些产地比较集中在西山的东面,即山前的玉泉山附近,这是清代京西稻分布的主要范围。

如果动态地去考察京西稻的分布,则会发现京西稻的分布区域是在变化的。玉泉山是其核心地带、玉泉水所流经的地带,直到皇宫,都是京西稻的产地。

20世纪60年代,京密运河建成通水后,种植地区已从原来山前的海淀乡,逐步扩大发展至四季青乡、水丰乡、温泉乡、北安河乡、苏家坨及东北旺农场等山后地区。这些地区所产稻米也笼统地被称作京西稻。

京西稻是很有些名气的,过去我孤陋寡闻,不甚了解。后得知其历史上曾与皇家渊源颇深。

京西地区水稻种植可上溯至先秦时期,到东汉已有明确记载。宋、辽、金时期,已是"粳稻之利,几如江南"。

京西稻的声名鹊起与元明清时期北京成为首都不无关系。

位于北方的首都,虽然其主体居民的日常口粮需要仰赖北方出产的小米、小麦、大豆、高粱、玉米等,但主产区在南方的稻米却在首都的粮食供应中占有重要的位置。明永乐帝迁都北京后,北京城内的居民有相当多的人口根在南方,这种特殊的背景比原来由北方内生的首都对于稻米的需求更大,因而更促进了北京及其周边水稻生产的发展。

京西地区的水稻种植在元朝就已经有了一定程度的发展。水利专家郭守敬奉元世祖忽必烈之命,开辟水源以济漕运,使京杭大运河直抵大都城下,北京的西湖与杭州的西湖首尾相连。京西玉泉山一带便与江南开始有直接的联系。

运河不仅让江南的稻米运到了北京,也把江南的稻作技术移植到了北京。耕作者则是来自江南水乡的稻农。那时,水田形成了一道独特的风景。玉泉一带更是"水田甚多,与江南无异"。

明朝时,水稻种植范围扩大,连北京城郊的丰台一带皆有。丰台草桥在右安门外十里,为众水所归,种水田者资以为利。

与元代大承天护圣寺相比,明代的功德寺周边的田园风光突出,大多数以"功德寺"为题的诗文,实际都在描绘周边的田园景色。并且这些田园景色具有鲜明的江南意象，其中主要因素就是稻作，"（香山寺）来青轩上凭栏东望，不但芙蓉十里，杭稻千顷，尽在目中"。

快入伏了，秧苗绿了，不停地向上蹿，绿茵茵的，覆盖了京西的田畈。一个多月后，我又饶有兴趣地跑到玉泉山下，只看见秧田杂草丛生，秧苗被杂草淹没，田间干涸，更似草原，颇为震惊。起初我以为是晒田，后来只见几个农工坐在小板凳上扯野草，把被淹没的秧苗剥离出来，可怜的秧苗这才从野草中获得新生。秧田里如此多的野草我是第一次见，放干水待田干涸后扯草更是闻所未闻，问当事人，他们也说不明白。

我端详着在公园秧田里立着的《耕图二十一首·二耘》示意图，这是康熙皇帝主持绘制的《佩文斋耕织图》的内容，我们南方叫扯秧草。

　　解衣日炙背，戴笠汗濡首。
　　敢辞冒炎蒸，但欲去稂莠。
　　壶浆与箪食，亭午来饷妇。
　　要儿知稼穑，岂曰事携幼。

我至今没弄明白，这杂草为何如此多，还要放水干田，像旱地一样除草。我想，水稻的家乡在南国，小麦的故园是北方。或许，水稻"嫁"到了北方，自己的耕作方式想改变一下吧。

时间过得真快，一晃，秧苗扬花了，绿色的田野上，静悄悄地开满洁白的稻花。虽然没有鲜艳的花瓣，却有着朴实的花蕊、沁人的花香。稻花，扎根在泥水里，一朵稻花就是一粒沉甸甸的稻谷。

"明月别枝惊鹊，清风半夜鸣蝉。稻花香里说丰年，听取蛙声一片。"此情此景，想到这样的词句，也想起故乡沮漳平原的稻花。

清朝时期,水稻种植在北方迅速发展。

康熙朝把水稻种植放在优先发展的位置,无论南方北方,只要条件许可,都以发展水稻种植为导向。"旱改水"成为近千年来中国农业生产发展的增长点。国家最高权力还直接介入水稻的推广。历史上著名的占城稻和康熙御稻就是国家最高权力介入水稻生产的产物。

京西稻更是发展空前。

康熙年间,朝廷先后在房山、玉田县、涿州、畅春园周边余地及西厂等地设稻田庄。稻田庄以种植水稻为主。

康熙非常关注各地农业生产情况,并积极致力于各地农业技术的推广,特别是品种的推广。无论是临朝听政,还是外出巡游,他都极注意农业生产,特别是水稻生产的情况。

康熙在位时多次下江南。农业生产是他主要视察的对象。康熙在京郊畅春园等处巡幸,也多选择驻跸稻田地方。

康熙"自幼喜观稼穑,所得各方五谷、菜蔬之种必种之,以观其收获"。他对种稻更是情有所钟,所筑丰泽园中有水田数畦,不仅用于水稻生产,而且还用于水稻观察与实验。丰泽园附近筑有"知稼轩""秋云亭",作为他观摩体验农业的地方。

皇帝介入京西稻的种植,有其优势。是知识上的优势。普通的中国北方人,对水稻了解并不多。康熙是清军入关后的第二代皇帝。作为一个生活在远离水稻产区的皇帝,康熙的稻作知识远在普通北方人之上。从康熙为《耕织图》所做的诗来看,他对以水稻种植和蚕桑生产为内容的南方农业技术知识还是非常了解的。

作为皇位的继承人,皇帝除了幼承庭训,接受包括农学知识在内的家学启蒙外,还通过向老农请教的方式来丰富农学知识。传世的《庭训格言》就是康熙撰,其子雍正笔述的一本著作,其中就讲到康熙皇帝在丰泽园发现御稻的故事。雍正《耕织图》诗中也提到"多去询父老,占候识年丰""关心课东作,扶策历村墟"。向父老请教是清代皇帝获取农业知识的主要来源,乾隆就多次"座席间与农父老较晴量雨"。

恋恋稻花香

立秋前的周日,我又去那里转悠了,在玉东郊野公园、两山公园里,看见大面积红色的稻田,开始疑是稗子,后又猜是高粱,走近一看,是红穗子,才知道这是人们不常见的红稻。这里红稻比北坞的白稻秸秆要高得多,红穗在风中摇曳,远望去,火红火红的,煞是壮观。

我知道,清朝贵族对稻米情有独钟,对稻米的品质也有特殊的要求。他们要求稻米早熟、色红、气香、味腴,以便于祭祀、尝新和食用。其中对于红色稻米的喜爱可能与祭祀和某种特别的信仰有关。在"国之大事,唯祀与戎"的古代,祭祀在国家政治生活中扮演着重要的角色。而红色的稻米便具有特别的仪式价值。

乾隆时期,发展京西稻的力度更大。他们疏浚水利、扩大水稻种植面积。乾隆即位后,对京师西北郊一带的水利进行了治理,重点是疏浚西湖(昆明湖)。他希望有条件开辟为水田的地方都种上水稻,于是"稻畦鳞次,属以长堤,迤逦至圣化寺,宛然江乡风景",呈现出"垂柳依依村舍隐,新苗漠漠水田稠"的景色。

勠力调配水利资源。乾隆年间,朝廷对京西昆明湖等进行了疏浚,以适应水稻生产发展的需要,但每当用水的高峰时期,尤其是春夏之交，水稻育秧移栽之际，水源依然吃紧，而皇家园林又需要大水面来点缀，负责园林的官员死守着湖水的水位，于是灌溉和蓄水之间产生了矛盾。皇帝站在了稻田用水的一边，乾隆《昆明湖泛舟》："湖波漫惜减三寸，正为乘时灌稻田。"

引进技术和劳力。乾隆加大江南稻作技术的引进力度，有一次南巡时，他就从江南带回农户13家，安置在颐和园附近的蛮子营、六郎庄一带。

就这样，经雍正、乾隆两朝努力，稻田面积较往时几数倍之。清宫主要的稻米供应基地已由原明朝城内的积水潭一带，西移至城郊玉泉山脚下的功德寺和瓮山等地。稻田面积扩大，使清宫的稻米生产一度出现产能过剩。

收获时期到了，《耕图二十一首·收刈》如是说——

  田家刈获时，腰镰竞仓卒。

  霜浓手龟坼，日永身磬折。

  儿童行拾穗，风色凌短褐。

  欢呼荷担归，望望屋山月。

骄阳似火，公园稻子开镰了。学校的学生、参观的人们，戴着草帽，收割稻谷。银镰飞舞，将经过阳光雨露滋养的成熟的稻穗，小心翼翼地揽入怀中，整整齐齐地摊放在秸秆上。这里已没有农事的辛劳，更多的是农耕文化体验、稻花香里话丰年的快乐。

这场景，让我莫名兴奋。

我出生在"千湖之省"的沮漳平原农村，小时候对水稻种植、收割等农事分外熟悉，参加工作后，也始终没有离开农业，没有离开稻谷，一直从事农村金融工作。自然,粮食的产、购、储、加、销,我都亲身参与过;稻米从田头到餐桌,每一个足迹,我都亲眼见证过。

特别是收购季节,去粮库检查,看满载稻谷的汽车、拖拉机、三轮车甚至平板车,来来往往,还有那售粮的队伍排成"长龙",从粮站蜿蜒伸向远方。每每此时,我的心头便充满着喜悦。

京西稻产量不多,品质也未必最好,但绝对称得上最贵。当然,这与它地处北京有着密切的关系。京西地区具有较为丰富的泉水资源,为京西稻的产生和发展提供前提条件。这里地势低洼,湖沼遍布,泉涌四处,水利资源为北方地区发展稻作提供了一块难得的土地。京西稻的出现是元代北京成为首都以后的事,到明代得到初步发展,至清康乾时期达到鼎盛。

玉泉山的泉水静静流淌了许多年,因为有皇家的注目和南方稻作技术的引入,才变得有了价值。古人很早就认识到"水清则稻美"的道理,所以强调"选地欲近上流"。乾隆根据泉水的重量,将京西玉泉"定名为天下第一泉";玉泉水成清宫饮用水源的同时,也用于灌溉稻田。

京西稻因首都的政治而生,也因首都的功能定位受困。京西稻最大的限制因素是水源的不足。玉泉山之水不仅是昆明湖的水源,也是京城主要水体,如北海、中海和南海等的水源,由于水源供应严重吃紧,城内用水与玉泉山周边稻田用水严重冲突。当有限的水源同时要服务于多种功能时,难免捉襟见肘,于是就有了弃保和取舍。早年矛盾主要发生在稻田灌溉和水路运输之间,即所谓的"浮漕利涉"方面。后又随城市人口增加和城市功能的完善,水稻种植与城市用水和城区建设用地矛盾进一步加剧。京西地区最终还是走上了保城市用水和建设用地而削减稻田的路子。

过去的稻田已变成了我们的小区,变成了繁华的街道和商场,城市扩展已至玉泉山脚下。仅有部分田地幸运地成了水稻观光区,这里产量已不重要,品种的色彩、高矮搭配才是关键,水稻还是那个水稻,但功能早已发生变化;水稻不是那个水稻,因为不施化肥农药,被很多人青睐,据说一般人还品尝不到呢。

不过,在京西,我更多的是对往日稻作的念想。

从乡村走出的人,记忆总是停留在少年的田埂上,停在那一缕稻香上。每年秋天,我总喜欢在乡间漫步,总喜欢坐在田埂上看水稻生长,闻阡陌那边飘过来的炊烟。

这个秋天,我又来到北坞农业公园,站在质朴的水稻身边,闻着浓浓的稻香,一些种子在心里悄悄生根、发芽。我的心田有了四季轮回,其中的秋天一定会有我的家乡。黛瓦上炊烟袅袅升起,落日下的村庄一如既往宁静平和,像一幅挂在岁月长河中的水墨画,周而复始,亘古不变。

那时麦香

中原的天空呈现出蓝紫色,密集的炽烈的光芒灼烤着广袤的大地。放眼望去,大型收割机"风卷残云"后留下的遍地麦茬熠熠闪光,间作的玉米苗正疯狂生长,若隐若现。这场景,是那么熟悉。

开春了,家乡的麦田里,油油的麦叶间,一束束麦花轻轻摇曳。麦田青青,荡漾着一层层波浪。麦花像翻卷上来的水花。种麦的人,每天会去麦田,即使没有事,也把手抄进袖筒里,在田头来来回回地走。燕子从它的故乡,来到了另一个故乡。麦穗渐渐弯下去,风爽朗地吹过,像是笛膜在颤动。

夏日到了,当阳漳东平原上原本青翠的麦秸麦叶都穿上黄澄澄的"黄金甲"了。麻雀三五成群,落下来。人赶不走鸟,便在麦田四周扎十几个草人,给它们穿上破烂衣服,戴上破烂斗笠,并让它们分别握一根竹竿。风一吹草人打转,吹几次后便倒在田里了。放眼望去,金色的麦田向天边铺展,天有多远,麦田就有多远。一阵熏风过后,麦浪此起彼伏,翻成一阵"白金",一阵"黄金","白金"和"黄金"交替波动,蔚为壮观。

夜间站在田间,我明显感觉到了麦田的呼吸,这种呼吸在白天是感觉不到的。麦田的呼吸与人类的呼吸相反,我们吸进的是凉气,呼出的是热气,而麦田吸进去的是热气,呼出来的是凉气。一吸一呼之间,麦子的香气就散发出来了。麦子浓郁的香气是原香,吸进肺腑里让人微醉。

麦子属于单子叶禾本科,是一年生草本植物。茎秆中空,有节。叶长披针形。穗状花序称"麦穗",麦穗两侧扁平,有芒或无芒。

麦子是人类主要的粮食作物之一,民以食为天,它对于人类的重要性不言而喻。既然如此重要,作为人类伟大的文化结晶,《诗经》自然是不可能忽略麦子的。麦子在《诗经》里活得很滋润,《诗经》里,《鄘风·桑中》《鄘风·载驰》《王风·丘中有麻》《魏风·硕鼠》《豳风·七月》《大雅·棫朴》《鲁颂·閟宫》等均有对麦子的描述或提及麦子。

"爰采麦矣?沬之北矣。云谁之思?美孟弋矣。期我乎桑中,要我乎上宫,送我乎淇之上矣。"(《国风·鄘风·桑中》)"我行其野,芃芃其麦。控于大邦,谁因谁极?"(《国风·鄘风·载驰》)"我在田野缓缓行,垄上麦子茂盛。欲赴大国去陈诉,谁能依靠谁来支援?"我猜想她一定是受了莫大的委屈,且在国内申冤无门,欲到大国去控诉,可是又担心得不到别人的支援。

许穆夫人的这首诗,让我动容。

妇女无名的时代,一个弱女子,能够有"控于大邦"的救国之心,需要怎样的气度、怎样的豪情和怎样的勇气?孤身一人,疾驰在大道上,道路两旁起伏的麦浪,不正是生与死之间无法预知的波浪?

"田家少闲月,五月人倍忙。夜来南风起,小麦覆陇黄……足蒸暑土气,背灼炎天光。力尽不知热,但惜夏日长。"第一次读到白居易的这首《观刈麦》时，我猜想他一定是某一次割过麦子之后，才能对收麦有如此精准的描写的。

20世纪六七十年代，麦收如醉吟先生（白居易）所言，基本上还很原始——把麦田里一个个成熟的麦穗变成粮仓里一颗颗干净的麦粒，割、打、晒、扬、收，几乎全靠手工完成。

收麦的时节到了。乡亲们攒足了劲，跃跃欲试！麦田里人们争先恐后挥镰收割，道路上运麦的架子车、牛车络绎不绝。大家起早贪黑，挥汗如雨，即使累得腰酸背痛也要咬牙坚持，劳动场面热火朝天极其紧张。那时候，收麦时节，初中和小学都要放半个月的假，叫"麦忙假"，男女老少齐上阵，能干什么就干什么，有多大力出多大力。农民的孩子早当家，年少的我也拿起镰刀，跟着大人一起下田劳动。

五月天，艳阳天。人们虽然都戴着麦秆编的草帽，仍挡不住毒龙似的太阳不断喷射的烈焰。为避开高温，乡亲们大都早上四五点就去田里割麦，晨曦中，一顶顶草帽在麦海里起起伏伏，别有一番情趣。

夜色里弥漫的麦香，又让我安稳踏实，好像在自己屋里闻着粮囤里的麦子香。一望无垠的麦子在月光下闪着朦胧的金黄色的光。我手持镰刀，和大人们一道兴奋地来到田头。大伙迅速一字排开，每人一行，嚓、嚓、嚓，镰刀割断麦秆的声音在四周响起，欢块地在夜空中回荡。

我蹲下身去，右手伸出镰刀，左手揽着麦子，镰刀贴着地皮，端平，一镰下去搂两行，镰刀使劲一拽，"沙沙——"麦秆从底部齐崭崭地和根分离。"沙沙""沙沙沙"，因为感到很新鲜，还没到筋疲力尽的时候，苦和累都成了乐曲，镰刀和麦子相遇的声音就像一首歌。

只几天工夫,全村几百亩熟透了的麦子就被人们一点点地全部搬运到了场上,在场的四周堆起了蘑菇状的小型麦垛,一个挨着一个。刚垛好的麦秸垛,在阳光下发出黄灿灿的光,散发出柔柔的、淡淡的清香,靠近它,可以尽享绵甜净爽的味道。

打场开始了。男劳力舞动扬叉,将堆成垛的麦子抖散推开,在艳阳的暴晒下,本已熟透了的麦子极易脱粒。于是套上牲口,拉上石磙,就开始一圈一圈地碾轧了。

下午时分,把剩下的混合着麦壳的麦子用木刨板推到一起。很快,在稻场的中间,就会隆起一个长条状的的麦堆。

接下来的扬场很快,不一会儿,一堆脱净了麦壳的黄灿灿的麦子就呈现在人们面前了。

投桃报李,麦子回报人们的是白白的面粉、香软的面包,离开麦子,我们不能说活不了,但至少,缺少了麦子提供给我们的营养,会让我们的生活品质降低不少。所以,我们还是好好待麦子吧,它不仅为我们提供了营养丰富的食物,它在《诗经》里也是那么美好哩!

面粉制作的小吃,是世界上最丰富多样的。可我吃过的面粉小吃,是极其有限的。食物匮乏的年代,早上吃稀饭,饿得快,人还没到田里,肚子就咕咕叫。我就要母亲做面疙瘩,抢先用大碗把锅里面疙瘩捞上来,大口大口呼哧呼哧地吃。就是麦麸做的窝窝头,我都可以吃撑。

参加工作后,吃上了馒头、挂面,在武汉吃上了热干面,调到中原,经常吃烩面。但到了山西,才知道面食的品种之多,简直是眼花缭乱、目不暇接,太多、太好吃了。我太羡慕山西人了。那么好吃的面食,为什么我们家乡的人不会做啊。

　　麦子进入人的肠胃后,分解成各类营养强健人的肌体,这是麦子作为人的主食所具有的作用。人类的战争,某种意义上,也可算是麦芒上的战争。而一个人的幸福,是不是也可以叫作麦香之福?麦香里,有安然的、温和的、使人陶醉的家的气息。

丰年多稌

稻子与麦子齐名。作为最重要的粮食作物,稻子与麦子平分秋色,各占半壁江山。

与麦子不同的是,稻子喜水,它的一生基本都在水中度过,这让它的好友麦子望尘莫及。稻子,其实就是一株普通的植物,但是,却被人们赋予了灵性,它滋润了《诗经》,同样,《诗经》也滋养了稻子。"滮池北流,浸彼稻田。啸歌伤怀,念彼硕人。"这是《小雅·白华》里的诗句,用现在的话说就是:滮水缓缓向北流,灌溉稻子满地头。长啸高歌却伤人心怀,我在想念那个心上人。

春天来了,春雨来了,春耕的号角响起来了。农人们怀着饱满的热情,走出低矮的房檐,踏进烟雨蒙蒙的田园,虔诚地开始了年复一年的水稻种植的忙碌。每到这个时节,鸡刚叫头遍,村庄还沉浸在睡梦中,人们就已经迷糊着双眼下田了,他们一边走一边哈欠连天,路两边是已经整好的待插(秧)的水田,白茫茫一片,在夜色里闪闪发光。青蛙躲在田里有一声没一声地唱着,像夜的鼓点一样。

有农业常识的人都知道,种植水稻,是整个农业生产中劳动强度最高的一种。从插秧到割稻,人不知要蜕几层皮。插秧的时候,尚在四月,田水仍寒。那时,正赶上雨季,淫雨霏霏。没有插过秧的人不会知道腰板锥心疼痛是一种什么滋味,"面朝黄土背朝天"又是一种什么滋味。田里有时还有蚂蟥,叮着农民黝黑的小腿肚吸个不停。

插秧行进方式是以退为进,即一面栽,一面后退,弯着腰倒退着前进。唐代的布袋和尚有诗云:"手把青苗插野田,低头便见水中天。六根清净方成道,退步原来是向前。"每一块田中都有一个栽秧的人,站在田里向大地不停地鞠躬。他们弓身而退,头前献给大地的贡品,是那一蔸蔸青嫩的秧苗。

种植水稻的历史有多长,人类向大地鞠躬的岁月就有多远。二十世纪六七十年代,秧田里曾出现过机帆船等以机械代替人手的栽秧工具,但是最有决定权的产量,让这些机械设备从田野上消失了。丰收,需要人们脚踏实地,需要人们将赤裸的脚踩进泥水中,需要人们用心将一蔸蔸的秧苗栽在田野上,需要人们的肉体、精神与大地的无间交融。因此,人们每栽上一株秧苗,就要认认真真地向大地鞠一躬。

遇到干旱,农人想尽办法提水保秧苗。早年多用的是人踏车。明人宋应星在《天工开物》记载:"其湖、池不流水,或以牛力转盘,或聚数人踏转。车身长者二丈,短者半之。其内用龙骨拴串板,关水逆流上。大抵一人竟日之力灌田五亩……"我参与抗旱提水时就用过人踏车,两三人站在高高的支架上,脚踏转轮,带动筒槽中的串板,提水灌田,与宋应星书中的附图一般无二。最简单的是戽水,在木桶两侧绑上吊绳,两人对面扯住吊绳从塘里往田提水,但效率比踏车差得远。

秋天是稻子成熟的季节,田野里,金黄的稻子一望无际。农人们漫步在田埂小径,空气中弥漫着浓郁的稻谷清香,他们喜滋滋地、亲切地抚摸着田野,每根汗毛尖上都洋溢着喜悦。他们知道,田里有多少粒稻谷,自己就洒了多少颗汗珠。它们承载着一家人的希望。

稻子就像一位哲人，在美好的季节里，总是喜欢低头沉思。收获的季节，人们自然对稻子充满了感情，而人类伟大的诗歌总集《诗经》，又怎么能绕开稻子呢？

稻子在《诗经》里被称为稌，"丰年多黍多稌，亦有高廪，万亿及秭。为酒为醴，烝畀祖妣。以洽百礼，降福孔皆。"（《周颂·丰年》）这里的稌就是稻子。这是一首赞美丰收的诗歌：丰收的年头，收获了很多小米和稻子，高大的粮仓，储藏了亿万斤的粮食。用它们酿成美酒，献给我们的祖先来品尝，用粮食来祭祀很适合，只为祈求上天多降福禄和吉祥。真是一派丰收的景象！

开镰的日子，大多选在久晴之际。那天，天刚蒙蒙亮，很快就听见不远处传来"哧哧"的磨镰声，犹如在磨亮一个甜美的梦境！当我赶到稻田的时候，许多人早就摆开了战场，于是田间便响起了"哧啦哧啦"的脆亮的割谷声。红艳的朝霞，金黄的稻穗，把漳东原野映照得格外美丽！

割稻子，是最为艰辛、苦累的活儿，一把瘦如弯月的禾镰，成了农人挥舞的兵器。稻叶细长如剑，其边十分锋利，当左手搂稻梗时，一不小心被叶划破，便会鲜血直流。稻梗上的软毛刺，如人的汗毛一般细微，却硬硬的甚是棘手。刚开始割稻时，手倒还受得住，仅仅几日，手心便磨出血泡，五个指肚上的粗皮磨没了，渐渐露出新皮来，这时整个手掌都感觉火烧火燎的，若再去搂稻梗，鲜血会丝丝地渗出来，使稻谷上血迹斑斑。时间一久，就成了老茧，便无痛感了。

我十一岁开始割稻挣工分，十四五岁便成了队里的一名割稻能手。这并不是力大，而是掌握了其中的一些技巧：下田开镰时要顺着稻穗低头的方向，这样叫顺手。割稻时，人的身体要地站在左侧，当右手的镰刀钩住稻梗,身体也随之右移,左手掌朝右翻,轻轻搂住稻子顶部,镰刀贴地,刀锋稍向上,右臂一挥,这时刀随身走,只听嚓嚓嚓,一行稻谷便应声而倒,整齐齐地倒在了地上。

如今,村里的年轻人,有些求学,有些经商,皆远离故土。只留下一些老人,守着无边的稻田,种着他们心爱的水稻。当秋风吹黄了稻穗,他们亲切地抚摸着稻子,高兴得像个孩子。

一晃阔别家乡四十多年了,我一直在做与粮食有关的事情,先是发放粮油生产贷款,后又从事粮油收购加工储备贷款管理,目睹了粮食生产、加工、流通的潮起潮落,但我对家乡那段岁月中的那份稻米情依然如昨。

远去的高粱

遥想当年,家乡无垠的田畴到处都摇曳着厚实的红高粱。

人世间有许多与人同在的美好生命,对它们的记忆和感念,都不足以说明我们与它们关系的深刻性,它们与我的亲人和故乡同样神圣。高粱,在我心里就有这种地位。

高粱,别名蜀黍、桃黍、秫秫等。一年生草本植物,秆较粗壮,性喜温暖,抗旱、耐贫瘠、耐盐碱,不惧水涝洼地。

都说人如其名,这词儿用在高粱的身上,也很合适。高粱高粱,名字里有高,说明它长得高。高粱身形颀长,根须鹰爪般紧紧抓着地面,在庄稼植物中,可以说是鹤立鸡群。高粱同玉米一样,都是高秆植物。

春天,高粱长苗、抽叶,蓬蓬勃勃地生长起来,长长的阔叶绿油油的,浓密的青绿迅速覆盖大地。到了夏日,它身量长足,沉稳硬朗,高过人头,像列队待命的士兵,一列列一片片,将天地间撑满了,整齐又严密,威武又雄壮。翠叶中间结出火炬似的穗子,高高的高粱就会遮住人们的视线,大片的高粱就会形成青纱帐。初秋时节,那硕大的穗子就变红了,有的深红,有的粉红,远远望去,湛蓝的天空下,故乡的高粱汇成红色的海洋,奔涌不息。它们饱满的果实也微微地弯下头来:每一穗,都结满颗粒很大的圆粒状籽实,着实让人喜爱。

高粱地是我们小时候的游乐园。我曾与小伙伴们一同在广阔迷人的高粱丛中躲猫猫儿、埋伏打仗、追逐嬉戏。而拿在手里的武器,往往就是一根高粱秆做的"枪",我们兴高采烈地穿过高粱地,那些高低错落的叶片,轻轻划过我们的面颊和敞开的胸脯,好像高粱伸长了手来抚摩我们,麻酥酥的,在胸前留下淡淡的痕迹,却毫无疼痛感,过一会儿就如朝霞一样消失了。我们玩累了就在田里歇一会儿,顺便乘乘凉,风吹过来很柔和,裹着青草的丝丝甜味和高粱叶子的清香,令人沉醉。高粱地里有会唱歌的小虫子,有绿色的帷幔,有野瓜、野果酸酸甜甜的味道。高粱红了的季节,像擎着成千上万把火炬的高粱地,使白天变得格外亮丽,天地间似乎多了另一种光,比阳光还要灿烂,壮丽而惊心动魄。

提起高粱,很容易让人想起著名作家莫言的作品《红高粱》,写得何等汪洋恣肆,读来何其酣畅淋漓!一片如海的红高粱,令人神往,让人久久难忘。《红高粱》里的土匪,就是利用高粱的遮挡来打家劫舍;土匪头子,也是利用高粱的遮挡,完成了对女主角的侵占。这种植物被导演张艺谋搬上银幕后,更是名声大噪。

《王风·黍离》曰:"彼黍离离,彼稷之苗。"我查《辞源》,"稷"是它的本名,"高粱"是俗称。为什么有此俗称,可能是因为它长得高,以区别于一般低秆作物吧。它是最古老的农作物,又长得高,结穗大,收获丰,故以其命名五谷之神,也就理所当然。

我在想,昂首挺立的红高粱,与低首垂眉的稻谷,形成了鲜明的对照。红高粱象征的,是挣扎、超越、缜密、勇猛;稻谷象征的,是屈服、迁就、含混、中庸。这或许是两者的内涵差异。

高粱对生长环境要求甚少,而给予人的特别多。高粱可食用,也可作饲料。高粱一直属经济作物,营养学上说它营养很丰富,但在我的记忆里,它很粗糙,做成面条很硬,味道一般。但高粱到酒坊可算有了用武之地。中国茅台、五粮液等名酒里头,都包含高粱的成分,它是名酒品质的保障。不过我却吃过很多高粱秆。果糖里有一种酥软透明的软糖叫做高粱饴,高粱秆的汁液就是制作这种软糖的原料之一。小时候去上学,走在路上,钻进高粱地,挑选细嫩的秆,折断、摘叶、去皮,高粱秆便成了甘蔗一样的水果。高粱成熟后,将高粱穗割下来,捋去高粱粒,剩下的找来细绳子,将其捆扎在一起,就成了刷帚或笤帚。至于高粱粒,有的拿来喂鸡、喂猪,有的卖到粮管所。高粱秆碾软后剥下表皮,可以用来编席子,夏天铺在床上消暑解乏;叶子晒干后储藏起来,那是冬季牛、马最喜欢的饲料;当然,高粱秆和叶子也可以用来当烧火的燃料,相比小麦和稻子秸秆,高粱的秸秆耐烧且火力旺盛,加上高粱长得高,秸秆丰富,因此,备受农民喜爱,是农村人重要的烧火燃料之一。

《诗经》对庄稼类植物很偏爱,仅稷就涉及十多次。庄稼是最能表达人们情感的植物,作为人类文化的结晶,作为反映劳苦大众疾苦的《诗经》,自然会浓墨重彩。

"肃肃鸨行,集于苞桑。王事靡盬,不能蓺稻粱。父母何尝?悠悠苍天!曷其有常?"这是《诗经·唐风·鸨羽》里的诗句。反映了人们对暴政与现实的不满,诗人通过劳动人民的切身感受,来反映劳动人民历经的苦难与痛苦,诗人以诗歌的形式,来表达人们对现实的不满,以及对美好生活的渴望与憧憬。

同样,《诗经·小雅·黄鸟》一诗也表达了人们对现实的憎恨与不满:"黄鸟黄鸟,无集于桑,无啄我粱。此邦之人,不可与明。言旋言归,复我诸兄。"诗中讲述一个背井离乡的人到异地他乡寻找原本以为没有压迫,诚实守信而又和平安宁的乐土,哪料却是一场虚幻而美丽的梦。读着《黄鸟》一诗,我仿佛听到了诗歌里那个农民面对黄鸟愤怒的声音,黄鸟贪婪而又狡猾,面对黄鸟啄食庄稼,农民既愤怒又无可奈何。高粱作为庄稼,本来是为人们提供食物的,然而,却遭到了黄鸟等的蚕食,真是暴殄天物啊。诗人借黄鸟啄食桑叶、高粱来暗喻贪官酷吏对老百姓的压迫。

高粱丰富了我童年的记忆,而现在,我更知道它与我们这个民族曾经有过几千年的关系。我高兴自己曾与之有过"亲密"接触。

如今家乡已很难觅到红高粱踪影了,它的身影定格在了时光深处。可是若干年前,它却是沮漳平原最主要的作物。它曾顽强地挺立在沮漳河边,用它火红的颜色,透视着灰色的天空和岁月。我们现在看起来,它所渲染的,实际上就是沮漳人的苦难和无奈,是对凄苦现实的挣扎和超越。

太阳的孩子

"五月棉花秀,八月棉花干。花开天下暖,花落天下寒。"这是桐城马苏臣赞美棉花的五言诗。千百年来,人们能安度严冬,少不了棉花的功劳。因此在国外,棉花还有个好听的名字——"太阳的孩子"。

棉花的原产地是印度、阿拉伯。它是锦葵科棉属植物的种子纤维,植株灌木状,花朵有乳白色、淡黄色的。开花后不久转成深红色然后凋谢,留下绿色小型的蒴果,称作棉铃。棉铃成熟时裂开,露出柔软的纤维。纤维白色至白中带黄,棉纤维能制成多种规格的织物,适于制作各类衣服、家具布和工业用布。

棉花在中国普及之前,只有填充枕褥的木棉,没有可织布的棉花。汉字"棉"是从《宋书》起才出现的,之前只有"绵"字。

两宋时期,棉花分两路传入中国。南来一路,由海上丝绸之路,也就是从海南岛进入广东、福建然后进入华中棉区。西来的一路,从甘肃进入华北棉区。到南宋为止,棉花还没有传到长江以北。到了元朝、明朝,经过忽必烈、朱元璋等统治者大力推广,棉花种植推广到全国,纺织技术也有很大提高。

《诗经·大雅·绵》曰:"绵绵瓜瓞。民之初生,自土沮漆。古公亶父,陶复陶穴,未有家室。"绵通"棉",如:绵花即棉花,绵絮指弹松的丝绵或棉花,绵绒是轧去棉籽尚未弹松的棉花。

家乡红日村是一块风水宝地。地处温带,油砂土壤,阳光充沛,气候温和湿润,是个适宜棉花生长的好地方。在"农业学大寨"时期,粮棉产量高,特别是棉花单产高,质地好,在全县是出了名的。县里、区上、公社的干部隔三岔五前来指导工作,总结经验;外地参观学习的人也络绎不绝。

那时候,我时常跟在大人们身后,在麦田行间点播一粒粒褐色的棉籽,或者打棉籽营养钵。人间四月天,浩荡的春风吹过时,种子醒了。嫩绿的棉苗在田野里迎风而笑,眨眼间就长高了,在温暖的阳光下,浑身泛亮。

棉花很美,花大,色艳;棉花不是花,但它的花不亚于任何一种鲜花的模样。初夏,棉秆枝头绽放出花朵,初开的花是白色的,渐渐变成淡黄色,盛开的时候就成了红色。大朵的花和翠绿肥厚的叶子相得益彰,漫天漫地铺张开来,随风摇曳、绵延。

盛夏的棉田是骄阳之下的绿海,绿海碧波上盛开着一片生命的绚烂。这时候最紧要的活儿是给棉剪枝,掐去不结果的枝叶,剪掉疯长的主头。棉田里像蒸笼一般,而这活儿却必须在大晌午来做,以便让棉株在艳阳之下快速愈合伤口。我们一群少男少女混在妇人堆里,听她们叽叽喳喳讲家长里短。有时也跟着年轻的玉桂、玉香、玉菊在棉田里穿梭,那时她们尚未婚配,像花一样,正向往外面的世界,等待白马王子的到来。后来她们果真都如愿以偿,花开的季节离开了郭家岗,在长坂坡下开始了新生活。

种棉人最怕虫害。当棉花有了粗壮的秆,害虫闻讯而动,不分昼夜地伏在它的经脉上、毛茸茸的表皮上,甚至钻进幼嫩的棉果里。于是,给棉花喷农药,成了少不了的程序。我和生产队的玉安、玉兰、玉海、扬慧、晓光、扬百等本家叔叔、兄弟及同龄人戴着草帽和口罩,背着一台简陋的背厢式喷雾器,穿行在齐人高的棉田,左手按动压力柄,右手的喷头就像淋浴一样,哧哧地朝棉花喷洒农药。炽热如火的骄阳已烤焦了棉叶的边,向那些如手掌般厚大的棉叶投射出金色的光亮,喷洒农药的哧哧声在跳跃的光亮里绵延。还记得那种农药叫"乐果",是一种有机磷内吸杀虫剂,乳油状液体,味道很难闻,闻后有点头晕眼花,胸口发闷。

连日的暴晒后,棉花的茎秆开始萎顿,叶子也渐残。可挂在枝头上的棉果却饱满硕大,水分充盈。慢慢地,呈褐色的棉壳炸开了,洁白如云的棉絮伸出了头。那些充分接受阳光照射的棉果,花絮绽放得一塌糊涂;那些与阳光失之交臂的瓣籽,明显地因缺乏营养而哭丧着脸庞,困顿在黑铁般的棉壳中。

棉花是庄稼中的女性,天生跟女人有缘。从选棉种、栽营养钵、锄草到打药治虫,大多以妇女为主来做。摘棉花自然也不例外。她们在腰里系一个大包袱,双手轮流伸向绽开的白棉。泛着银光的棉花被拈起,塞进包袱,包袱被无数朵白棉充实变得沉重。田野里大片棉花被收进屋子,只剩下光秃秃的棉秆,只有少数棉秆上仍有未摘净的棉花。

秋播已经完成,原野上生出淡青的小麦芽。妇女儿童闲了,就搬了小板凳,相约去摘棉秆花。棉秆总是堆在干涸、背风的堰塘底下和沟渠里,小北风吹不过来,又有阳光浅浅淡淡地照着。棉柴已干枯,我们翻寻着残留的花朵和来不及成熟的青桃,再没有夏收秋播的那种紧张,心里像冬天的天空一样,晴朗又淡远。一年三百六十五日,只有岁尾的这些日子,我们才有这样的福气。和棉花打了整整一年的交道,早已结下深厚的感情,不管丰收歉收,现在都是圆满,而摘棉秆花便是最后的话别,此后要再相见,须等待下一个春天的来临。大家口里不说什么,脸上心里都有些不舍。摘棉秆花最适宜拉家常。少年时,祖母摘棉秆花的时候,我也偶尔跟大人一起摘,享受冬日的闲暇时光,默默倾听着她们的絮絮闲话,我听出了生活深处的复杂声响。

家家有本难念的经,日子还得想着法子往好处过。

读小学的时候知道了黄道婆,是她改进了纺织技术,并传授给了乡亲们。我们队里曾有几户织土布的,慈祥的老婆婆、勤快的儿媳、心灵手巧的姑娘整天坐在织机上织飞梭,她们家门前总是晾着一匹匹白色的土布。缓缓的机杼之声,夜深人静时格外清晰。村子里其他人家不织布,但家家纺线。嗡——嗡——嗡——嗡——冬天的夜,谁家不响着这种和平安宁的乡村歌谣?我家当然不例外,祖母的小纺车可谓"夜夜笙歌"。在这温馨的"歌谣"里,在她们的油灯光照不到的暗影里,我进入了甜甜的梦乡……

漫天飞雪的日子,来了客人,大人们便叫孩子冒雪去扯一抱棉柴,在堂屋当中燃起熊熊火焰,让客人烤手暖身。火焰熄灭了,柴炭仍然红通通地吐着热气。

玉米情深

初秋,电话里与退休回老家居住的扬智哥聊起陈年往事,说到今年的农业收成,他兴奋地说:儿子的玉米刚收完,过些日子准备种油菜。我说玉米啥时候成了郭家岗的主要农作物啦。他说已有好些年,现在村里责任田旱地种两季,油菜和苞谷,取代了过去的小麦和棉花,主要是小麦、棉花需要间作,难伺候,比较效益低。

没有想到,几年没回老家,家乡的传统农作物种植结构做了颠覆性调整,我少时种植的小麦、棉花等主流农作物已远离了人们的视线。

不过,对于玉米的返客为主、"卷土重来"我并不感到意外,尽管它从前只是在田边地角担任配角,但它作为零食让我偷嘴解馋,还是留下了甜蜜记忆的,况且我又在中原与粮食打过几年交道,见证北方玉米大规模种植的妙处,故此,对玉米我还是格外熟悉的。

我参与种玉米是"文革"开始后,那时学习任务不多,种地、寻猪草成了主要事项,种玉米自然也在其中。玉米和高粱、南瓜、丝瓜一样,是不能占自留地正田的,菜地四周、房前屋后才是它的领地。

清明前,大人开始播种玉米。一般是早晨和黄昏时分,母亲手握铁锹和挖锄,松土挖玉米窝,我和祖母跟在她后面亦步亦趋,祖母撒些农家肥和灶堂的灰,我下籽,一个坑甩一撮肥、几把灰,丢两三颗玉米籽,再用钉耙敲碎土块,耙平土坑。不赶时间,不抢季节,几个早晚下来,轻轻松松,播种就算是大功告成了。

在春雨的滋润中,玉米苗开始出土了。我很关心自己播种的玉米,每天放学后,不自觉地会去瞄一下,煞有介事地观察玉米的生长情况,看见哪棵玉米苗被风吹歪了,就轻轻地把它扶正,用泥土稳一下玉米苗。老辈人讲,苗好半成收。此话当真,苗子不好,玉米的长势很渺茫,甚至很快就要夭折。

玉米苗一天天长大,当有尺把高时,杂草也长起来了。中午大热的天,母亲让我跟着她,扛着锄头到玉米窝锄杂草。当锄头锄到玉米蔸边时,我们会扔下锄头,小心翼翼地用手拔玉米蔸边的草。除掉的草,我都放在玉米的蔸边,因为太阳正烈的时候,锄掉的草很快就被晒死,可以直接做肥料。

经过阳光雨露的润泽,玉米就要成熟了。

玉米半熟时,母亲掰几个玉米棒子回家,放进灶膛里用微火烧,稍许用火钳夹出来,用一根筷子插进玉米芯里,拿在手里用嘴巴吹去玉米身上的灰尘,递给我。金灿灿的玉米棒子,吃在嘴里特别香甜。

有时馋极了,我会和同学去自家或别人家地里偷偷掰几个玉米棒子,找个隐蔽的地方,弄来干柴生起一堆火,连玉米苞叶一起塞到了火堆下,一会儿,香喷喷的烤玉米就出炉了,左右手换着捧,牙齿一咬,满口又嫩又烫的玉米粒,真爽!

玉米的的用处可多啦,嫩玉米做浆玉米粑粑,老玉米磨成面做玉米饭,也可做粉蒸肉,还可以做高档猪饲料。

转眼到了秋天,玉米变成了金黄色,就要掰玉米了。其实,每年我家的玉米收获并不多,我们剥开贴近玉米的几层结实苞叶,把个头大的作为种子挂上墙,剩下的玉米剥干净,留着食用。

砍玉米秆一般在白露节气之后,阳历九月中旬。

我们把那像甘蔗的玉米秸秆砍了,然后用牙齿剥了皮,嚼着吃。有的秸秆非常甜,不亚于一般的甘蔗,乡亲们叫它"甜棒儿"。

因为有的玉米不结棒子,不吐或者晚吐花红线儿(雌穗),头上却顶着天穗(雄穗),"枪杆"一根。说它是"甜棒儿",从口感、形体,的确贴切、形象。

甜棒儿,是当时生态家园送给我们的"独门果品"。

甜棒儿的吃法和吃甘蔗一样,也是先剥皮,一节一节顺着啃。剥了皮的甜棒儿瓤,颜色发绿,不像甘蔗那样白。甜度上,甘蔗是甜得张扬,甜棒则甜度适中,还有一股清香。

甜棒儿非常好剥,用牙齿在根节上一啃,顺势咬,秸秆皮一撕到底,特别利落。甜水儿咽了,吐出的渣就一点点,甜水儿全能吮干。

岁月悠悠,在一个玉米收获的季节,组织安排我到中原公干,我才知道小时候种的玉米真是小儿科。

原来农田里出现"甜棒儿",是过去种植传统玉米品种,选种不保纯,靠人工点种,种子埋得深浅、密度不一,出苗早晚有差距,造成有的玉米株不能在授粉期授粉,只好将糖分集中在秸秆里,最终也就成了"甜棒儿"。

现在种植的玉米,都是杂交品种,所筛选的都是同类的优势基因。繁育的种子品质纯,采用机播,种植水平大大提高,避免了"甜棒儿"的出现。

又一个秋意浓浓的时节里,我再次站在空旷辽阔的中原大地上,一望无际的玉米棒子,像极了老黄牛的角,骄傲地伸向天空,向人们展示北方秋天特有的风姿。这情景唤起了我心中沉寂许久的怀想,我的思绪如同田野里那成熟的玉米,随微微的秋风轻轻摇曳。

　　玉米情深,诗意地栖在我的心里。回望故乡,往日玉米的点缀,曾给家乡秋天的风景增添了一抹亮色;如今的漳东平原种植结构的调整,也如北国大地,"玉米旋风"登堂入室,大行其道,大放异彩。

大豆摇铃

最初认识"菽"字,是上小学的时候。那时学习毛主席诗词《七律·到韶山》:"喜看稻菽千重浪,遍地英雄下夕烟。"才知道"菽"是豆类的总称。

菽就是大豆,它是漳东平原常见的庄稼,包括黄豆、青豆、黑豆等豆类植物。《诗经》有很多记载,《豳风·七月》《小雅·小宛》《小雅·小明》《小雅·采菽》《大雅·生民》《鲁颂·閟宫》里都提到了菽。诗人们叫菽不叫豆,文绉绉的。如"采菽采菽,筐之筥之""中原有菽,庶民采之""六月食郁及薁,七月亨葵及菽"等。

记得年少时,我在家乡的房前屋后、沟边田头、自留菜地,种瓜栽豆,伴着春雨秋风,度过了许多快乐的时光。那时栽种的豆类主要是扁豆、豇豆、豌豆和黄豆。

这些豆类生长过程中,为防止散养的猪、鸡、鸭的捣乱,我和祖父在菜园边,把一个个木桩打进去,又横着在木桩上绑上几根长棍,然后到自家的竹园里砍一些长势不好的竹子,和着树枝、玉米秆别上去,把菜园围起来,就成了一道栅栏。

每天早晨上学前,我就会在自家的粪坑里挑一些肥水,给自己种的豆施肥。

夏天干旱,傍晚我放学回家,一开始是提着一只桶去堰塘打水,一桶水荡来荡去,提到地里荡得只剩大半桶了,后来,我就用扁担挑水了。可是田地干得厉害,一瓢水下去,"咕"的一声就没有了踪影。天天挑水浇水,豆苗一天天不停地生长,我的心里说不出地喜悦。

那时候,在众多的豆类品种中我特别青睐扁豆,家乡人称之"蛾眉豆",说它长得半弧形,像人的眉毛。那时,每个小孩都要接种疫苗,在左臂上留下一个小小的伤疤。我和小伙伴们都害怕打针,四处躲藏,大人们却轻描淡写,哄骗我们说这是"种豆(种痘)"。当然,我对"蛾眉豆"的味道一直莫名其妙地喜欢并非因此。

在我国传统文化中,扁豆被视为美好祥瑞之物,寓意着思乡情愫、丰收富足、多子多福。扁豆也是历代诗人吟咏的对象,明代诗人王伯稠描写扁豆花的诗"豆花初放晚凉凄,碧叶阴中络纬啼。贪与邻翁棚底话,不知新月照清溪",在浓郁的乡土气息中,对岁月的流逝表露出淡淡的眷恋,一如扁豆花的寂寞开放。

郑板桥在苏北小镇安丰居住时,曾写了一副对联贴在厢房门板上:"一庭春雨瓢儿菜,满架秋风扁豆花。"描写的是生机盎然的庭院生态,表现的是宁静淡泊的士大夫情怀。而同朝学者查学礼写的扁豆诗"碧水迢迢漾浅沙,几丛修竹野人家。最怜秋满疏篱外,带雨斜开扁豆花",后世有人读出凄凉,有人读出寥落,有人读出欢喜,而我读出的却是他的淡然与豁达。

最令人称道的是清人方南塘宦游四方,其妻来信讲家乡的扁豆已经开花了,他万分感慨,写《得家书效盉山体》诗云:"老妻书至劝还家,细数家园乐事赊。彭泽鲤鱼无锡酒,宣州栗子霍山茶。芭茅已盖床头漏,扁豆犹开屋角花。旧布衣裳新米粥,为谁留恋滞天涯?"清末叶梦鸥感叹曰:"方南塘之诗感人至深,纯是以乡情动人。"秋风肃杀,秋风吹拂的不仅是诗人的思绪,还有满架的扁豆和扁豆花里的故乡。

豇豆则是农家菜园里的标配,需要用竹竿搭支,它有长短之分。有关专家研究认为,豇豆来自非洲,在我国已有千年以上的栽种历史,但在明代之前的文学作品中出现甚少。清代刘光第《京师蔬菜有最美者漫赋》云:"自锄片地试蔬菰,葫芦挂鸭豇悬蛇。风中扑窗满蝴蝶,乃是抱檐篱豆花。"诗中所述"悬蛇",应是指豇豆。

东晋高士靖节先生陶渊明,在其《归园田居》云:"种豆南山下,草盛豆苗稀。晨兴理荒秽,带月荷锄归。道狭草木长,夕露沾我衣。衣沾不足惜,但使愿无违。"我在南山下种植豆子,地里野草茂盛而豆苗疏稀。大清早下地铲除杂草,夜幕降临身披月光扛锄归家。狭窄的山径草木丛生,夜露打湿了我的衣服。衣衫被打湿并不可惜,只希望不违背我归耕田园的心愿。

二十世纪六七十年代的乡村,除祭祀、宴客、节日外,鲜有肉类可吃,体内的蛋白质主要来源于大豆及大豆制品,如酱油、豆腐、豆干、豆浆等。

豌豆和黄豆除了自家种植外,生产队种的更多。豌豆是美丽的庄稼,花美、叶美,豆角弯弯也很美。种豌豆很简单,不浸泡,不拌肥,把种撒到田里,反过耙来轻轻一掩,让泥土掩上豆种,便撂手不管。一场秋雨过后,便有淡绿的豆苗出来,不经意间蹿出很高,圆圆的豌豆苗叶片鲜嫩光泽。采摘下豌豆尖,洗干净,或煮面条,或烧汤,还可以炒来吃。豌豆尖一入滚水即变色,一变色就变软,马上出水,便可吃了。豌豆尖入水前是浅翠的,一烫过后,变成深绿色,亭亭玉立马上变为熨熨贴贴,口感滑溜,清鲜无比。

南归的燕子在电线杆上站成"五线谱"的时候,豌豆花就在一片绿色中闪烁,淡紫的、纯白的、浅红的,杂色多样。春风吹拂着田野的一片绿海,豌豆花如翩跹着的蝴蝶,田野也就成了蝴蝶的海洋了。唱着春天的歌曲的,是一位小姑娘。她穿着一件红衣,扎着两根小辫,蹦蹦跳跳地走来了:"蝴蝶蝴蝶,身上花花衣,飞来飞去采花蜜,你喜欢我来我喜欢你。"小姑娘蹲下身去,用手轻轻触一下那蝴蝶似的豌豆花,那豌豆花攀在豌豆秆上,在春风的吹拂下抖动着蝴蝶般的翅膀,似在欢快地舞蹈。小姑娘站起来,举着一朵豌豆花,唱着歌走远了,像一只欢快的蝴蝶。

过一段时间,那豌豆花便落了,用手拨开豌豆叶子,里面不知何时藏了一个个鼓胀胀的豆角。摘回家去煮了,稍稍撒一点儿盐末。于是整个村子便弥漫着豌豆的清香味。

在繁花密叶底下摘取最饱满的豆角,是乡下孩子独有的快乐。上岁数的老人,摘豌豆角尝新另有一层含义,尝了鲜就算吃到了新粮,算踏进了生命中的又一个年头,夏收总是从摘豌豆开始。

种菽已久违,但其乐趣犹存。有读诗的愉悦,也有回忆的幸福滋味,都那么悠远绵长。

亲亲土豆

回江城,与几位鄂西朋友相聚,席间上了三道鄂西特色菜:酸辣土豆丝、腊蹄子炖土豆、油炕土豆果。我自赴中原工作,已有六年没有吃这重口味的家乡菜了。

吃着热气腾腾的土豆"盛宴",我不由想起了当年在家乡种土豆的情景来。那一幅幅画面,仿佛就在昨天。

漳东平原乃鱼米之乡,过去是不种土豆的,"文革"时期,上级按"备战备荒为人民"的要求,号召农家种植红苕、土豆,当时红苕种植面积大,生产队和农户都广为种植,土豆则为蔬菜调剂品种,种植少。它主要扮演菜的角色,以土豆丝、土豆片、土豆汤等身份出现,并非主食。

偶尔有鄂西山区的贩子们过来,用土豆换米,五斤土豆换一斤大米,相互乐此不彼,在今天看来,委屈了土豆,五比一的折合,不可思议,但当时就是这样,乡亲们还像是为山区人民谋了福祉、做了多大善事似的,满满的自豪和优越感。

我家三分自留地给土豆的位置也就不足一分地。那时我也只知道它叫土豆,不知它是洋芋,学名叫马铃薯。

家乡的土豆可以种春秋两季。种土豆也简单,从土豆上切下有芽眼的大块子,春节前,有了春天的讯息,预留的菜地松软了,我和祖父祖母就开始播种了。不足半个月,地皮上就透出了绿汪汪胖乎乎的嫩苗,十分可爱。栽秧时节,土豆苗开始发力,往上直冲,菜园里漾动着一片墨绿。家人每天沿着田边行走,看土豆一天一个样,脸上写满欣喜。

经过风吹日晒,雨水滋润,一棵棵土豆苗子长高了,嫩嫩的,绿绿的,笔直地排列在泥土里,间隙均匀,远望去好像泼过油似的,精气神十足。这逼人眼的绿色,也让人的心情豁然开朗起来。

炎炎夏日,我和母亲去采摘土豆。当我们用锄头挖开一棵棵土豆苗时,一个个小小的土豆疙瘩滚落出来。它们呼吸着新鲜空气,东瞧瞧、西看看,谈笑风生,仿佛要把泥土中的郁闷全部倾诉。

我们抬着一袋袋圆圆的土豆回家,还有土豆的藤叶,那可是上好的猪饲料,当然不会落下。

春季土豆收获圆满完成,接下来就是挖田平地,施农家肥,准备种秋季蔬菜,这时有的选择继续种土豆,更多的人家会改种其他品种蔬菜。当然,也有春季没有种土豆的农家,会在收获春季蔬菜后选择种土豆。

我的印象中,我家仅两年种过春秋两季土豆,一般只种春或秋一季。

秋天的原野,灰蒙蒙一片,枯叶满地。

秋季的土豆在秋风中守护家园,静静等待人们的采摘。看到弯弯的土豆根茎,一幅幅温馨的画面浮现在我的眼前,是那样幸福,那样刻骨铭心。

土豆苗子渐渐衰老,叶子烫成"卷发",该到采摘土豆的时候了。

挖土豆在霜降前后。选个晴好的日子,我和母亲又去挖土豆,和暖的秋阳照着田野,地头土豆苗已经干枯,只留下一个个隆起的土堆,照准它一锄头挖下去，便滚出一窝光溜溜的土豆来。那凝结了天地万物精华的一颗颗果实，终于袒露在太阳下，静静地沐浴阳光，多像农人的心，朴实无华，不求富贵，只求温饱，能过上一日三餐粗茶淡饭的日子便是幸福。

不久，秋季土豆收完了，母亲选一些快速地清洗干净，切成细丝，再配上红辣椒和葱花炒熟，吃起来美味可口。

把收回家的土豆立即分类，按大、中、小和是否带伤分拣。大的储存起来慢慢吃；中不溜儿的用来做种；剩下的小果和锄头伤了的，抓紧吃；变质的用来喂猪。

我脸上被冷风吹得白白的，头发乱蓬蓬的，但心里暖暖的，美滋滋的。

若干年后我到鄂西公干，后来又走南闯北，对土豆的认识深刻了许多。

想不到土豆与玉米、小麦、谷物、高粱并称为世界五大作物，地位竟如此之高。

原来土豆叫洋芋，是因为它的老家在遥远的美洲大陆。欧洲探险家将其带回栽种，起初只是将它当成奇花异草来欣赏。洋芋花确实好看，花瓣洁白，花蕊金黄，曾经风光无限，是时尚高贵的象征。后来人们将关注的重点放在泥土中的洋芋上，花谢之后，结出一串串像西红柿一样的洋芋果，不过，不等结果，已被收割，美丽的花朵与深绿色的藤蔓一起，成了猪的饲料，也从来没人吃洋芋的果子，我们吃的是它生长在土地中的球形块茎。

说起洋芋的贡献，我们不能忘记一个瑞典人，他叫约拿斯·阿尔斯特鲁玛。相传他是第一个吃洋芋的人,人们在哥德堡市中心广场上为他塑了一座青铜像,纪念他的勇敢一吃。当年的他可能没有想到自己一口下去,咬开了一条粮食的大河,世人会因他得福。

还有一个说法,1785年,法国人巴孟泰尔在巴黎郊区试种了一大片洋芋。种植的时候,他请求路易十六派重兵守卫,日复一日,引起了周围农民极大的好奇,当士兵们撤离洋芋田的时候,就有胆大的农民去偷了一些洋芋苗,种在自己的田里。洋芋的种植就这样在法国推广开来,帮助法国人度过了荒年,洋芋也因此被法国人称为"地下苹果",巴孟泰尔也因此成名。

公元16世纪,洋芋传入中国,迅速攻城略地,很多地方,洋芋代替曾经的粮食作物,变成了主粮。特别是将山区变成了它的王国。现在,土豆在我国的地位仅次于水稻、小麦、玉米。

土豆是庄稼人的宝,那拳头般大小,周身沾着泥土,貌不惊人的颗颗果实,曾帮多少人度过了饥荒,而今又登上了大雅之堂,上了酒店餐厅的餐桌。曾经,土豆的营养价值被神化了,说它是营养最全面的地下块茎类食物,所有的营养素都在其中,堪称完美。

在家乡,土豆是蔬菜,我吃土豆自然是当菜吃。少时是炒土豆片、炒土豆丝、酸菜洋芋汤,后来吃的花样多了起来,炕土豆、炸干土豆片儿、土豆炖四季豆、土豆炖青皮老南瓜等,时不时地,饭桌上就会出现它们的身影。

如今,炕小土豆成了饭店的招牌菜,炕好的小土豆盛在精致小锅里,油吱吱黄澄澄,放在炉子上慢慢热着,很有几分高贵和洋气。土豆又是腊肉火锅的绝配,煮腊蹄子、腊排骨,用洋芋果垫底,肉成了配角,真正受欢迎的是浸透了肉汁的土豆。

在鄂西地区出差,还见过几样土豆做的干菜,干土豆片儿、干土豆果。干土豆片已在大大小小的饭店普及,是颇受欢迎的下酒菜。干土豆果有韧韧的嚼劲儿,越嚼越香。

我的思绪,回到田间地头;我的目光,投向家乡的土豆。是啊,它们养育了我的身体,营养了我的精神,所以,每当在酒席宴会上看到土豆系列菜肴,总会感到亲切,也时常感慨不已。

闲话红苕

说起红苕,我的心情是复杂的,有苦涩,有欢愉。

《诗经·小雅》中有篇《苕之华》:"苕之华,芸其黄矣。心之忧矣,维其伤矣。苕之华,其叶青青。知我如此,不如无生。牂羊坟首,三星在罶。人可以食,鲜可以饱。"这是一首描述当时下层民众生活艰辛的诗作,生动而形象。

不过《诗经》中的苕,并非我说的红苕,红苕之苕虽与《苕之华》中的苕(tiáo)字形相同,但读音有异,二者也非同一植物。

《诗经》里说的是凌霄,属攀援植物;另有说法叫苕饶,现代称紫云英。

红苕是家乡人的称谓,它在各地叫法不同,分别叫番薯、红薯、山芋、红芋、甘薯、番芋、地瓜、线苕、白薯、金薯、甜薯、朱薯、枕薯、番葛、白芋、茴芋地瓜、红皮番薯、山药、萌番薯等。

红苕泼辣,它耐旱,不嫌弃土地贫瘠。红苕不需要上肥,也不生虫,不得病,只要锄两遍草,秋后就只管收获。一般年成一亩2000斤,算是很高产的作物。所以,不管怎样的年景,只要红苕活了苗,乡下人就不怕冬春挨饿。

春天下籽的时节,田里有了墒,将上年窖藏的苕种排进田里去,过些天,那土里的红苕发芽了,长出藤子,藤子上生出无数的茎来。苕秧长到尺把长后,祖母便让我与她一道,提着竹篮把那青绿的红苕藤子剪回家来,然后从那根藤上剪下一枝枝的茎来,茎很小,趁墒把那茎插进田里,这是小面积插栽。当苕物子(藤蔓)两尺左右后再剪下,分剪成几段,便可大面积插苕了。专供插苕茎用的母体苕物子,随剪随栽,可以不断地去剪去折,过几天就又爬满地了。

过些日子来看,那插进去的茎已长成一条藤子,上面又长满苕茎了。不久,苕物子便蔓延开了,那大片田野全是苕叶苕藤了,郁郁葱葱,密密匝匝,满满的厚厚的,遮住了田土,荡着一片绿色。

那红苕叶叶嫩汁多,是最好的猪饲料。小时候我经常帮家里摘红苕叶,然后把它切碎,倒入大铁锅里熬煮,煮好的红苕叶倒在大陶缸里存放,过不了两天,就散发出一股酸臭味,猪就喜欢这口,吃得可欢呢。来了客,没有菜时,也可到田里把那苕茎采一把,剥去皮,爆炒了,又脆又香,是一盘下饭的好菜。

八九月,密密的薯叶间,静静地开着无数朵红薯花,那花儿形似牵牛花,但很娇小,呈粉紫色,花蕊为黄色,虽然平常,也能惹人。随着秋风的劲吹,红薯的藤蔓开始干瘪,曾经生动的青叶,一部分也随之变黄、变焦,失去了往昔的风采。这个时候,苕物子根处土地便渐渐"开包"了,红苕将土地挤得开裂,一部分红薯已迫不及待地拱出了地面,挖出来,小的有拳头大,大的有三五斤不等。家乡人知道,收获红薯的节令到来了。

收获的日子总是欢乐的,田野里,男男女女,人山人海。第一拨人手持镰刀割去藤蔓,搬到一旁,第二拨人用铁耙挖红薯,这些活计,尽管很累但却很快乐。我就与大人们一起挖苕,既可以挣几个工分,又借机吃几个红苕,尝个鲜。这些日子里,红苕堆成山,傍晚地里仍旧人影幢幢,路上还有挑红苕回家的人。

起挖红薯很有讲究也很有成就感,手持铁耙用力往垄上一挖,随着一声深沉的声响,一大坨带着泥土香味的大小红薯露出了地面,它们走完了在土地怀抱中学习、生长、成熟的生命历程,此后将走向餐桌,融入人们的生活。

说起红苕,那可曾经是我国南方农民的恩物。称红苕为庄稼有点勉强。这种"粮食"与"贫穷"关系密切,算得上穷人两肋插刀的朋友。

楚地是天下粮仓,也盛产红苕。

民以食为天。人类社会发展的历史,可以说就是一部与饥饿做斗争的历史。我的家乡当阳虽然号称"鱼米之乡",但是,二十世纪六七十年代,种稻种麦为生的农民,却不能完全吃饱。因为交完国家公粮征购粮,余粮所剩不多,奇葩的是有些地方为靠力气活命的农民规定的口粮指标,竟然低于城市居民!

粮食短缺,我们往往以"瓜菜代""杂粮补"作为填饱肚子的途径,"南瓜饭、红苕饭,饿死不算庄稼汉!"红苕逐渐成家乡农民的"度命粮"。红苕是老天对乡下人的慈悲,可以说红苕在历史上对人类战胜饥饿居功至伟。

童年与红苕相亲的那种赤贫生活,总是出现在如今的梦中。

我还是很喜欢吃红苕的,小时候,早晨先将两个红苕丢进灶膛,上学时将它们放入书包。有时忘了,来不及烧烤,便捎上几个生苕。为了防止自己忍不住过早吃掉,常常要趁人不注意,将红苕藏在小路田埂下,等放学后悄悄享用,而放学后所藏红苕不翼而飞的倒霉事情,也是时常发生的。

但红苕吃久了厌气,吃多了胀气,家乡人为了化解这些难题,"想破脑壳",变着法子做,换了口味吃。我系统梳理了一下,有"一烤二蒸三炸四炒五煮"的做法。"烤"就是塞进灶膛烤,烧饭时把红苕放到灶膛的柴灰里,炙热的柴灰烤熟的红苕,掰开香气扑鼻,令人欲罢不能。这是小时候经常干的一件事,也是留存在脑海里的童年最快乐的记忆。"蒸"就是将红苕洗净,整个放锅里隔水蒸熟,这样能保持红苕的原味。有时也会将它蒸后切成一片片,晒干到过年时拿出来一炒,金黄金黄的,老远就散着一股香甜的气息。"炸"就是油炸,那时猪油、菜油极其珍贵,只有到了过年做年饭,趁祖母在锅里炸春卷时,才可赶紧切几片红苕,放油锅中炸熟,捞出来解解馋。"炒"就是把红苕切成丝炒,炒红苕茎,当作蔬菜吃,味道也很鲜美。"煮"就是把红苕放入粥中煮,即红苕粥,别有一番风味。

其实,我小时候更多的是生吃红苕,洗净削皮即食,尤其是当红苕存放一段时间后,蔫了更甜。此外,家乡人还将红苕切成片晒干为苕片、苕干(薯片),煎、炒着吃,作为零食也不错。把红苕加工成淀粉、苕粉条,红苕粉色暗青不中看,但弹性极好,夹在筷头上闪闪弹弹。红苕酿造成苕干酒,虽赶不上粮食酒带劲,但仍可解短缺经济时代酒徒之饥渴。真是五花八门,各显神通,将红苕的资源用到极致,让我佩服至极。

幸运的是，改革开放后，家乡人已经解决了温饱问题，有的步入小康生活，红苕的种植面积大量减少，只是人们偶尔还会改改口味，将其作为"调剂品"尝尝鲜。

我记得在东湖边，就有一个大家常光顾的烤红苕摊，在原省农行旁边。冬天街头巷尾，寥落冷清，一派萧瑟的景象，但每天清晨，一个黄冈汉子用大油桶生起一炉旺火，极有次序地烤着一排排红薯。红薯烤熟后，散发出诱人的甜香气味，在街头弥漫，这时上班上学路过的大人、小孩就三三两两地聚过来，吃个滚热的红苕暖暖心，顺便在旺火旁烤烤手。红苕烤得极有功夫，既透又酥，虽然烫嘴，一口咬下去，便觉如糖似蜜，又糯又软，热乎乎的，已经冻得发僵的身子，在几口红薯下肚后，顿觉温热起来。那红脸汉子，一面按人们的要求挑着大小红薯，一面大声吆喝："卖红苕喽，正宗黄冈苕哦！"

我那时在夷陵工作，有一年的冬日到省农行办事，人事处的张晓春接我去吃烤红苕，那汉子又在不停地吆喝"卖红苕喽，正宗黄冈苕哦"，我是第一次到这地方吃红苕，忍不住笑出声来了，因为湖北说"苕"是指"憨""傻""笨""蠢"的意思。张晓春是黄冈人，也笑了，急忙对那汉子说，莫说黄冈苕，你这不是骂我们黄冈人吗？那汉子笑了笑，不解释，又忙去了。那次我们吃的是红芯苕，烤熟了从灶膛里取出来，软溜溜的，很绵，皮儿亮，一碰就破，露出金黄的蜜汁、软软稀稀的肉，舌尖一舔，甜得沁心透肺。

红苕本是中美洲物种，耕种始自玛雅古文明，由西班牙人带到吕宋

（即菲律宾）等国栽种，明朝万历二十一年（1593年）传入我国。关于红苕传入我国的说法很多，但仍以闽人引入说法居主流。据陈世元《金薯传习录》所载，闽人陈振龙父子从西班牙殖民地菲律宾将薯种偷带回国，首先试种植于福建漳州地区，解救饥荒，后发现甘薯适应力强，无地不宜，产量高，陈家子孙很快向内地推广。甘薯历经明清两朝，传种于大江南北，成了仅次于稻米、麦子和玉米的第四大粮食作物，对缓解粮食短缺起到了相当重要的作用。

著名豫剧演员牛得草"文革"中含冤入狱，天天在狱中以红薯充饥。后来重演豫剧《七品芝麻官》，原台词是"当官不为民做主，不如回家卖豆腐"，牛得草想，现在老百姓逢年过节，怕也难吃几口豆腐，"豆腐"应换成"红薯"，于是他脱口而出："当官不为民做主，不如回家卖红薯。"《七品芝麻官》主角清苑县知县唐成，为官在明嘉靖年间，嘉靖在万历之前，那时红薯还没有传入中国呢。牛得草这一修改，虽违背了历史事实，却为百姓所喜闻乐见，因而广为流传。

明代史学家何乔远的《番薯颂》大夸番薯："不需天泽，不冀人工，能守困者也。不争肥壤，能守让者也。无根而生，久不枯萎，能守气者也……佐五谷，能助仁者也。可以粉，可以为酒，可祭，可宾，能助礼者也。茎叶皆无可弃，其直甚轻，其饱易充，能助俭者也。耄者食之不患哽噎，能养老者也。童孺食之止其啼，能慈幼者也。行道鹭乞之人食之，能平等者也。下至鸡犬，能及物者也。其于士君子也，以代匮焉，所以固其廉以广施焉，所以助其惠，而诸德备矣。"在此，他歌颂了红苕的诸多好处：种植方便、用途广泛、老少皆宜，堪称完美。

那年我到台湾考察"三农"，感到台湾人对红苕情有独钟，最独特的是他们的主食是红苕,原来台湾是红苕引种历史比较早的地区。现在在台湾很多饭店,都设有专人煮番薯糜,每次只依照每桌人数专煮一锅,十分看重这道料理。尤为有趣的是,台湾土著喜欢自称"番薯仔",寓意旺盛生命力,将番薯当作台湾本省人的象征;而外省族群则称"芋头",本省人与外省人婚生的孩子,就被称为"芋仔番薯"。

  人们都爱好美食,文人的嘴似乎更馋些,更刁些,也更善于品尝各种各样的美食,不然,巴尔扎克怎么能写得出贪图美食的邦斯舅舅,陆文夫又如何能写出《美食家》这样的作品呢?但是,我倒想,奇珍佳肴,固为人所好,其实也并不绝对。我以为,美不美,常常与需求相关,"饿了好吃",这就是经济学的边际效用论。在最需要的时刻,一碗小米粥,一块烤红苕,也可以带给人最大的满足与快感。那感觉不亚于奇珍佳肴。所以民间才流传某皇帝逃难时,难忘"翡翠白玉汤";慈禧在流亡中,赞美窝窝头的故事,以至于北海公园仿膳饭庄里的小窝头,至今还作为特色点心得以保留。
  据《本草纲目拾遗》讲,红苕能补中、和血、暖胃、肥五脏。在粮食产量极低、旱涝蝗灾频仍的年代,红苕是活人无数的宝物;在物质极为丰富的今天,红苕又成了风靡各国的保健食品。据现代科学研究,红苕不但营养均衡,且有减肥、健美和抗癌作用。微信朋友圈曾经疯传"抗癌食物排行榜",说十大抗癌食物中,红苕名列首位,世界卫生组织评出的六大类最健康食品中,红苕抗癌和保健均为第一。
  红苕,历史悠久的舶来物种,曾帮助国人度过多少饥荒,但它担任

"度命粮"的时代早已结束了。

但红薯还是红薯,它并不在乎有多少人在种植它,而是憧憬着向土地的深处生长,紧贴着土地匍匐前行,以它特有的生命力,展示它的单纯和坚强,谦卑和专注,显现出低调的、自然的、纯粹的美。谦卑虽然是红薯的一种宿命,但却是一种宽阔的胸襟,一种内敛的气韵和一种植物的自在。正是红薯的谦卑,才无私地、源源不断地养育着我们。

芝麻故事

那年夏天,我到豫东公干,忙活了一天,掌灯时分,到了"十三香"广告播得震天响的正阳。一路陪同的尤明认真地说,您辛苦了,今天晚上整点儿高档菜吃。我紧张地说,搞不得的,越简单越好,就随便喝点汤(河南管晚饭叫喝汤)。

晚餐在县城一小酒楼,吃了些豫东普通家常菜,未见什么异常,心里踏实了许多。临上主食时,尤明手一挥,说了声"上大菜",又向我解释,"好菜是压轴的,是芝麻叶绿豆面条,这是我们接待客人最具特色的一道菜。"话音刚落,一碗黑乎乎像腌菜似的芝麻叶和绿茵茵的绿豆面条放在我面前。耳边,尤明不住介绍关于芝麻叶的金贵和吃法,怎么听都感觉像是在吃法国大餐。大伙儿都很兴奋,犹如猛虎下山岗,三下五除二,风卷残云,一扫而空。我小心翼翼地尝了尝,没有什么特别感觉。尤明问我怎样?我笑曰能吃,真是喝汤啊。我的家乡也盛产芝麻,但芝麻叶当菜吃于我还是头一次。

第二天回江城,在小区转悠,碰到物业的几个人讲话,好像河南口音。我凑上前去搭讪,真是巧,他们是正阳人。我聊起昨晚在正阳吃芝麻叶的事,他们很高兴地说:咦,可美啦,咱正阳的芝麻叶可好吃了。他们不厌其烦地向我介绍芝麻叶的采摘方法和种种吃法。

河南是芝麻主产区,每逢这个时节,农人都要摘下一把墨绿的芝麻嫩叶清洗干净,待绿豆面条快熟的时候放入锅内。让一碗面条飘着几片绿色,清清爽爽,煞是诱人。他们还喜欢吃凉拌新鲜芝麻叶,先用开水焯一下,捞起沥干装盘待用。将米椒丝、盐、蒜蓉、酱油、芝麻油和鸡精拌匀,淋入盘中与芝麻叶搅匀,色香味俱全,口感滑爽,滋味别致,在夏季是一道消暑的菜。

他们更多的是适时储存干芝麻叶,就像储存粮食一样。芝麻叶含油成分多,生长到中期,他们就分批摘些不老不嫩的芝麻叶。采摘芝麻叶多选择雨后的晴天。一阵夜雨后,植物都争先恐后地探出新芽,芝麻也不甘落伍,一晚就长出几片嫩绿的叶子,青翠欲滴。这个时候采摘最好。早上,农人去芝麻地里,腰间系一个包袱褡裢,两手摘芝麻顶上的嫩叶,随手放在腰围的褡裢里。芝麻花也是夏季采收,晒干食用,有生发、消肿作用。当然采摘时会小心翼翼,害怕把芝麻绊倒了,谁都晓得芝麻更金贵,更有营养。

将采摘的芝麻叶洗净,阴干,用滚开水过一道,水慢慢变乌色,捞起来沥干水,再到堰塘边,用筲箕淘洗,捏干成团,然后撒地上或放入簸箕里晒干,收起来装进布袋,留着冬春季用水浸泡之后,捞起来下面条,或是炒熟下饭,做包子馅,很香很香呢。

他们说得详细,十分虔诚,我这才相信尤明并没有"忽悠"我。

后来我又到了几个市、县,也受到用芝麻叶"隆重"招待的礼遇,吃过几次后,也慢慢适应了,觉得还真是别有风味,但离尤明吹得神乎其神的美味还是有些距离。

偶尔与家乡人聊天，说起这件事，他们说老家的确没有吃芝麻叶的历史，三年自然灾害时也没有人吃过。一方水土养一方人，饮食习惯有异也是正常的。

在豫东食"大菜"之后，芝麻总是像过电影似的在我的脑海中闪回，一朵朵芝麻花不停地飘逸悬浮在喧闹的城市上空，少年敏捷的身影时常穿行在一片片的芝麻地间。

种芝麻我是相当熟悉的，说它是我少年时代生命中的一部分也不为过。

芝麻属"胡"，据说它是张骞从西域带回的，最早叫"胡麻"，但什么时候改称"芝麻"，我无所考。

芝麻，属一年生草本植物，是家乡的农业经济作物之一。它全身是宝，食用、医用、工业原料，用途极为广泛。芝麻叶含有丰富的氨基酸、胡萝卜素、维生素E、膳食纤维、铁、锌、钙、磷等多种人体所需的微量元素；芝麻含油量极高，气味醇香袭人，亦可用作美食烹饪原料。《神农本草经》记载，芝麻"主治伤中虚羸，补五内、益气力、长肌肉、填精益髓"。章甫《谢张倅惠茶》曰："淮乡久住已成俗，客至亦复研芝麻。"芝麻含有大量的脂肪和蛋白质、丰富的维生素E，芝麻饼粕也是很好的精饲料。

那时郭家岗芝麻种植就在我家祖屋东面的那畈地块。种田人都知道，种旱地麻烦，尤以芝麻、棉花最不好伺候。因此，更显其金贵和稀缺。乡民们对它喜爱有加，在短缺经济年代用它将日子调理得有滋有味。

芝麻是喜欢高温的。谚语有云:"立夏立夏,先栽黍子,后种芝麻。"每年六月,家乡人便开始忙碌精耕细作,将芝麻种子播入泥土。尽管芝麻种子很小,但生命力旺盛,如果风调雨顺,在一两个星期便破土而出,从抽芽到片片绿叶,以不屈不挠的精神和毅力,展示顽强与执着。

乡亲们对芝麻成长的关注有别于其他植物,尤为呵护。摘心、除草、施肥,每一个工序都精细、到位。不久,那苍劲有力的绿便整齐有序地呈现在大地之上,如同一个个威武的士兵日夜守护着沮漳大野。

清晨,我穿过门口的垠坑,沿着乡间小路迈向芝麻地,湿润的泥土散发着淡淡的泥香,轻风拂面,馨香入肺,倍感舒爽。最令人陶醉的还是那绿叶间的朵朵白花灿烂之时,满目的清新,让人情不自禁地驻足轻抚……

芝麻在郭家岗这片肥沃的湿土地上蓬勃生长,绿油油地铺满整个地头,塞满乡亲的期望。天刚蒙蒙亮就有人扛着锄头,踏着鲜亮的露珠锄草破苗。

整齐的芝麻,节节攀高。在悄无声息中,它沉稳拔节,秆茎挺拔直立,叶子肥大厚实,饱满莹润,泛着清亮光泽。中午太阳高照,青绿的芝麻秆上,托着一串串雪白的芝麻花,沿着茎秆,在绿叶之间,自下而上次第开放,花形如同一只只小喇叭,半藏半露,花香馥郁,随风弥漫。

芝麻花引来蝴蝶、蜜蜂,它们在花朵间起舞,于花瓣中驻留。走过一个夏季,那片绿茵仍然葱绿如常,花还是那么的纯净,花丛里不停增添新绿。当下面的花朵凋谢了,上面的主茎周围,又吐出了一圈新的花朵。周而复始,要重复六七次,这就是人们常说的"芝麻开花节节高"。一簇簇、一丛丛、一片片,在绿色的原野里盛开,展示着漳东平原的勃勃生机。

追逐花开，静听花落。少年的我置身广袤田野，心亦在芝麻花中飞扬。

在沮漳平原，种一亩旱地付出的劳力往往三倍于水田，主要是因为除草。南方的草，"起死回生"之快，令农人疲于应付。先日除，若翌日下雨，那草便又拱了出来。

旱地锄草用锄头。一块锄板，一根长柄，简简单单，却使用了千年万年。我以为，锄头是为田间杂草而生的，它是杂草的克星。

旱地锄草总在夏天，而且专选大晴天，热风扑面、暑气蒸腾。锄草人头戴大草帽，一身短打扮，地头放一把褐色土茶壶，锄把上缠了手巾，汗珠滚滚而下的时候，就擦一把；汗出得多了，就咕嘟嘟灌一通茶水，那茶早已热乎乎的。

我十二岁就开始挣生产队的工分了。那天我们来到芝麻地头，朝两个手掌心各吐了一口唾沫，紧了紧手，那根用竹子做成的锄把握在手里光滑滑凉津津的，甚是舒服。

田间还残留着夜间的露水，给了大地另一种契机和福利。生命不用再蜷缩在泥土里喘息，一个晚上露水的浸润就足以让它们纵情地生长。它们可以在白昼温暖夜晚露深的时空里呈现其生命的喧哗和宁静，凝结内心深处早就静候的果实，也给田野平添了另一种喧嚣：那久不在土里的杂草们，这时也一股脑儿随着露水伸出了土面，而且愈来愈疯狂。

繁茂的杂草是芝麻的大敌,也是乡亲务必铲除的敌人。

我抡起锄头,不料手一晃,草没锄着,倒把一棵芝麻锄掉了。大人看见了停住手,把我手中的锄头拿过去比画,言传身教,两只手的距离和弓背要讲究适度,这样挥锄头才得心应手,等等。我依言如是,但不一会儿腰还是酸痛起来,像打进了气一般,于是不得不停下伸懒腰休息。大人们已把我甩得老远了。

真正锄过草的人都知道,那每一个看似简单的锄草动作其实都有三个分步动作:一是落地除草;二是把刨起来的新土敲碎;三是用锄头的背面,将敲碎的土推回去护在根部,轧实,给庄稼培根。

按科学的说法,这种锄地法就是所谓的"松土保墒"。中国最早的农学论文《吕氏春秋·任地》论述道:"人耨必以旱,使地肥而土缓。"意思是锄地的目的是为了防止土壤干旱,具体做法是把土壤弄脂腻、酥松。而《齐民要术》中也有云:"锄不厌数,勿以无草而中辍。"就是说锄地是不论次数的,没有草也要锄下去。这是为什么呢?农谚回答得更形象更透彻:"锄板底下有水,锄头自有三寸泽。"

雾气很快就被太阳收走了,阳光越来越毒,它的每根光线都像一根金针扎在地上,炙得皮肤生疼。衣服粘在皮肤上像贴着一层蛇皮,汗水滴落在干燥的土地上,我仿佛能听到它蒸发时发出的声音。

太阳当顶时,天热得像蒸笼,我熬不住了,扛着锄头往回走,影子被自己的双脚踩在脚底下,我甚至感觉到了它的疼痛。

为了锄草,我们常常早起。农村的早晨神奇而美妙,一轮新日冉冉升起,柔和的阳光像一段时光之绸覆盖在田野上,饱含着一种熟悉而亲切的气息,这种气息唯乡村所有,它是如此纯粹和干净。天空中有鸟儿驾着云朵在歌唱,这样的早晨,自然属于勤劳的农民。天刚蒙蒙亮,田间的小路上走着三三两两戴笠荷锄的农人。对于繁忙的农村人来说,他们没有城里人那种"早晨"的概念,他们把土地看得比天重,农人的价值全部体现在劳动里面,那种无休止的劳作与其说是对土地的索取,倒不如说是一种依恋。你看,中国农民皮肤的颜色跟土地是多么相近!

有时,使用锄头不方便,我便和小伙伴到芝麻地里割草、拔草。芝麻行距株距有些空间,我们个子小,可以猫着腰在地里走动。

芝麻地里杂草以狗牙根、狗尾草居多。狗牙根匍匐地面蔓延,狗尾草则藏在芝麻丛里,贴在芝麻植株身边,由芝麻的叶片遮盖着,使人不易发现。但是,从下面看茎秆,就一目了然了。起风的时候,芝麻叶左右前后摇晃,于是,杂草就暴露在阳光下,油绿绿的,如果不除掉它,任其疯长,它定会比芝麻长得还快。芝麻就必然长得纤细矮小,当年的收成就会少许多。所以,为了丰收,或拔或锄,必须将其除掉。

锄着锄着,割着拔着,庄稼渐渐遮没了脚踝,后来又掩了膝盖。初秋的时候,芝麻花已半开,果荫初孕。锄草仍然锄,但那感觉就轻松惬意了。到有一天,直到芝麻秆长到近一人高,枝叶几乎密不透风,那些莠草因得不到阳光和雨露,自然就无法萌生;蒴果一层层升到梢头,像将要出阁的女子,丰腴,艳丽,喜气盈盈。锄地人最后锄一遍地,为她们做最后的打扮,然后怀着复杂的心情,把锄头挂到梁上。

稍稍歇一阵儿,准备收获了。

九月,一路金黄的芝麻,像一座座"宝塔"暴晒在空旷的地头。金灿灿的芝麻颗颗饱含温情,粒粒饱满实诚。

收割芝麻很有讲究。由于芝麻蒴成熟时间不一样,收割时必须选择在其下部的芝麻蒴发黄、尚未炸开的时候进行。具体收割时辰要在早上,因为白天光照强烈,籽粒容易炸裂掉出。

如果等到其上部的芝麻蒴成熟了再去收割,就已经来不及了,很多芝麻会从炸开的芝麻蒴里蹦出,掉在地里。这时,农人在割芝麻时会在身边铺上一张床单,每割两根芝麻,就要把芝麻棵倒过来,在床单上敲打几下,让已经成熟的芝麻籽落在床单上,避免掉到地里浪费。

来到田野,一眼望去,大地真像一张五彩毯子。我要收割的芝麻,枝干还是绿色的,但叶已经开始黄了,有的叶子已经掉落了。

我走进芝麻地,几镰刀下去,才割破了一层皮。我继续割,一下、两下,一根芝麻应声倒下。哇,总算割下了一根。这时,大人们看到我割得吃力,便指导我:"割芝麻要从底部向上斜割,这样芝麻秆才容易断。"我照着做,真的容易多了。割了一阵以后,感到腰酸背痛,手掌心也痛痛的,放下镰刀,摊开手掌一看,啊,拿镰刀的手掌心红红的,再看看那只扶着芝麻秆的左手,中指已经有了一个红红的血泡。

尽管大人告诉我的这种割法省力管用,但却曾制造过悲剧。因有的人弯腰不够,割后留下的斜桩偏高也害人不浅。那是小学二年级的时候,教算术的姜老师带我们到芝麻田里,去捡没有收拾干净的芝麻梗子蒴子,她刚几岁的儿子在田里跑来奔去,脚被绊倒,跌到地上,惊叫一声,一只眼睛被芝麻斜桩戳得鲜血淋漓,疼得嚎啕大哭。当时农村医疗卫生条件可想而知,后来他的这只眼睛失明了。姜老师原在屈原故里工作,后因被错划成右派下放到丈夫老家周家店,被临时请来给我们代课。真是"屋漏偏逢连阴雨",姜老师的情绪差点崩溃,她再也没有来学校。幸运的是她儿子聪明,后来大学毕业在市工商银行就职。若干年后,姜老师平反被安排在秭归农行,我们师生又见面了。聊起那段岁月,那段芝麻田遭遇,欲言又止,心酸不已。

割一阵后,我们便把收割的芝麻打成小捆,根部分开,尖部相靠,搭成一个个"人"字形,放在地里晾晒,数日后大部分蒴果开裂,待阳光强烈的时候,进行第一次脱粒。除去草绳,在地上铺上塑料布或油布,将两捆芝麻倒置撞击,或用棍棒轻轻敲打。顿时,芝麻沙沙作响,籽粒纷纷落下,仿佛是一场秋雨在多情地击打南瓜秧,让人浮想联翩。接着再将小捆搭成棚架。如此重复进行三四次,基本算是颗粒归仓了。经过全流程体验,我想说,芝麻价格贵,除了它的营养价值高外,采用人工原始收割方式也是原因之一。

花开无语,是成熟的蜕变;籽落有声,是践行昨日的承诺。一株株小小的芝麻,感受四季轮回、人间冷暖,有味道有温度,也有你我他的故事。

又是油菜飘香时

清明节后,我来到玉泉山下的玉东郊野公园,意外看到满畈的油菜花冒出朵朵金黄,晚霞映射下分外灿烂,蝴蝶和蜜蜂在花丛间飞舞,我心旌神摇,仿佛身处家乡那一片金黄的油菜花海,不由得吟诵起一首小诗:

> 远山近岭染娇黄,蝶去蜂来自在忙。
> 垄畔惜无长袖舞,花间且放笑眉扬。
> 漫留细雨消尘梦,时有轻风递暗香。
> 回首旧游知几度,直将此处当家乡。

往事如烟。我记得那片金黄的油菜花由金黄到淡黄,由淡黄到青黄,由青黄到青绿,由青绿到消失。我见证过油菜的一生。

菜籽古时称芸薹菜。北魏贾思勰著的《齐民要术》中,曾把芸薹菜列为古代二十一种重要蔬菜之一。著名医药家李时珍在其《本草纲目》中,指出前人栽培的芥菜和芸薹菜"乃今油菜也""冬月多种此菜,能历霜雪",斯言不谬。

油菜,好看、好闻又实用,让老百姓喜爱。"黄萼裳裳绿叶稠。千村欣卜榨新油。爱他生计资民用,不是闲花野草流。"乾隆皇帝的《菜花》

诗道出了油菜独特的美和平易近人。

从我记事起,我的婆婆几乎每年都要种油菜的。她总是在冬天在菜园随手撒下几把油菜籽。不久,油菜长出来了,浇水施肥成了我放学后的功课,也是最让我高兴的事情。

生产队时代,社员会在田间地头播撒油菜种子。种子进入泥土,很快发芽,蓬勃生长。春风一起,花儿便如潮水般涌了出来,铺天盖地,势不可当。以一色金黄,同姹紫嫣红一起,渲染出春满人间的万千气象。

"篱落疏疏小径深,树头花落未成阴。儿童急走追黄蝶,飞入菜花无处寻。"那时,我总喜欢在阳光里,提着蛇皮袋与伙伴们行进在初夏徐徐的风中,在油菜花丛间嬉戏。打一个滚儿,摔一回跤,捉一次迷藏,任无邪的童真尽情挥洒。中午时分,躺在空空如也的蛇皮袋上,仰望触手可及的蓝天白云,枕着花香,静静地小眠一会儿,真是太惬意了。

当然,油菜予我的记忆不全是美好,偶尔也有伤心事儿。那年我上小学了,开始承担寻猪草任务。一次在万般无奈、无野菜可"寻"的情况下,领头的郭扬富、郭扬操率领我们去邻近生产队的油菜地铲油菜,虽然我们知道,倘若被守田的"管湖佬"抓住,将以"破坏革命生产"论处。刚铲了几铲子,"管湖佬"飞奔而来,我们惊慌失措,迅速"撤退",年龄大些的伙伴已逃离现场,他们也管不了我了,我急忙把篓子、铲子当包袱抛弃了,在凸凹不平的水田埂上跑,一不小心,摔倒在地,鼻青脸肿,裤子擦破,膝盖处破皮,被"管湖佬"逮个正着。看着我一副狼狈像,他严厉的目光中透露出一丝怜爱,摇摇头,将篓子、铲子丢在我面前,没吱声,拂袖而去。我提起篓子,捡起铲子,发疯似地向家中奔去,一边跑,一边嚎啕大哭。回到家中,母亲一看篓子里的油菜,似乎知道发生了什么事,就抚着我的头叹口气,什么也没说。

油菜花凋零了,油菜秆那密密麻麻的菜籽角也饱满成熟了,它们的身体弯成一张弓,浓墨的影子依旧被不知方向的风与西沉的落日拉得很长很长。乡亲们忙碌收割,把油菜秆打捆,运回生产队的稻场里,堆放成垛。过些日子,天气晴朗,把油菜秆铺在稻场,用连枷反复打击菜籽角的部位,正面反面来回几次,菜籽就从角里出来了。甩动被打碎的油菜秆,将其堆在一起,晾晒干燥,分给社员当作柴火。

小小的、黑黑的油菜籽颗粒留在稻场上,用筛子筛,用木锨扬,整理干净入仓,天晴晒干,统一由生产队送到大队加工厂里的油坊榨油。

集体化时期,这些工作都是生产队社员们一起完成的。油坊会给每户发一张油折子,一斤菜籽可以换 4 两多油,凭着折子到油坊去打油。换菜油的场景,最是热闹,也是榨坊繁忙的真实写照。

上小学时,我们是到邻近的周家店的老榨坊去换油。那炒锅的沙沙声、碾槽的吱吱声、嘹亮的号子声、打榨的撞击声、出油的叮咚声和人们的欢笑声,交织在一起,演奏出动人的乐章。

榨油要经过筛籽、炒籽、磨粉、蒸粉、踩饼、上榨、插楔、撞榨到接油等多道工序,是体力活,更是技术活。把菜籽倒在大砂锅里炒好后,用石碾碾碎,再将碾碎的菜籽放到砂锅蒸两遍,放到铁箍里用赤脚踩成圆饼,再将圆饼装进木榨"肚子里"(俗称上榨),直至用撞杆有节奏地撞击木楔。随着撞杆的一声声巨响,香喷喷的土菜油,就像汨汨清泉,顺着榨眼叮咚、叮咚地流了出来。

高中毕业不久，我到大队加工厂当电工，此时，加工厂有了机器榨油，规模大了许多，不过炒菜籽依然是原始的，北边有几口大灶，偌大的锅里整天在炒着菜籽。灶均靠墙砌着，灶后台要比灶前台高出许多，将锅放成斜坡状。炒菜籽用木料做的推挡，用一根绳子拴吊着，使其腾空。农工炒菜籽时，腿成弓步，身微前倾，全身发力推挡炒那菜籽。灶里烧的是棉籽壳，灶膛里像落了一个太阳，火烧得活蹦乱跳，像个疯子在跳舞。

大师傅光着上身，胸前挂着一匹厚厚的土布围裙，围着几口灶台转来转去，当锅里响起"毕毕剥剥"的炸裂声，他随手撮起一小把，看看，嗅嗅，而后用瓦片一碾擦，若菜籽显出苦黄色便是火候到了，就吆喝一声："起锅！"大伙儿一阵忙乱，将菜籽倒入碾粉机里，碾粉机"突突"一阵乱响，出口槽里吐出菜籽粉末来，落进地上的小箩筐里，小箩筐一接满，便有人端起菜籽粉倒进甑里蒸，熟了，倒进空箩筐里，等着做饼。

做饼的圈是钢圈，亮锃锃的，直径约脸盆大小，高三四厘米。炒熟的菜籽用稻草裹着钢圈成圆饼状，放进榨油机里。榨油机像个铁笼子，高两米多，呈正方形。压柄至少有一米五长，师傅们双手攥住，用力往下轧，那轧柄慢慢往下坠，冲压表的指标也缓缓向上移动，油像雨滴似的渗出来，落在最下面的钢盘上，那钢盘有一个鸭嘴似的壶口，金黄透亮的油经它流到地上的木桶里，渐渐地，浓郁的油香在榨油坊中弥漫。

油香飘溢，就意味着丰收。农人们缺油的脸上因此绽出笑容来。有乡谚："女人望坐月，男人盼榨油。"在农人枯索的肚肠里，他们确实要用油滋润滋润了。

又是一年阳春到,我回到了阔别多年的故乡。春风拂过,沮漳平原大片大片黄澄澄的油菜花,伴着鸟鸣,摇曳出一片明媚。

村庄古朴,田野空旷。笔直丛生、茎绿花黄的油菜一簇簇、一畦畦、一片片,呈十字形排列的四枚花瓣儿,对我扬着嫩黄微薄、质如宣纸的笑脸。

置身其间,阵阵花香,芬芳馥郁,沁人心脾。乡情在这花香中酝酿发酵。

那一刻,我终于明白油菜为什么又叫芸薹了。芸,是一种香草,不仅叶、茎有特殊的香味,还是一种可贵的药材,可以驱虫、祛风、通经。薹,即薹菜、青菜,为十字花科,白菜亚种的一个变种。芸薹,就是这样香气浓郁地浸润在人间烟火中,既浪漫又现实。

油菜的实用还在于它有散结消肿的治病功效。唐代医药学家孙思邈有一次醉酒,"至夜觉四体骨肉疼痛。至晓头痛,额角有丹如弹丸,肿痛。至午通肿,目不能开。经日几毙"。难受之际,他想到油菜能治风游丹肿,"遂取叶捣傅",汁液和着弥漫的香气,让他顿时觉得舒服了许多。接着,肿毒便"随手即消,其验如神也"。他甚感欣慰,还总结出新的用法,即"亦可捣汁服之"。

菜籽油除了食用,还可以润发养发。"取油傅头,令发长黑。"唐代《本草拾遗》道出了其养发的原因。另有记载说,这油是古代女子心爱的护发品。想那神清气爽的香,既可以飘荡在丝丝秀发间,又能够蕴藏在家常饭菜里,别有一番味道。

故乡是油菜主产区，在故乡能看见那连片大面积金灿灿、明晃晃的油菜花。我想念家乡的春天，想念那漫山遍野的金黄。

阳光温暖，春风和煦，天空澄碧，大地金黄。蜂飞，蝶舞，花香，和着泥土的气息。人在油菜花丛中，天地宛若一幅散着金光的风景画，以魅力四射的光芒，缓缓地将我环绕。

我听到了蜜蜂嗡嗡的声音。循声看去，只见几只蜜蜂，结伴而行，飞起又栖落，就在距离我很近的油菜花上。

养蜂人就在几百米处，他搭起军绿色的帐篷，给自己煮饭，面向广阔的田野，以及耀眼的油菜花和一箱箱的蜜蜂。

在大片大片的油菜花田以及绿油油的麦地中，有小小的村落。粉刷得格外素白的房屋，在灿黄的油菜花和绿油油的麦田间，颇为赏心悦目。

然而，这些沮漳河沿岸的村落，却也有着它们的落寞。村子里静悄悄的，极少看到有人在走动，即便看到了，也净是些小孩儿和老人。眼前无限妖娆的油菜花呀，也显得愈加寂寥和落寞，仿佛带着淡淡的忧伤。

我心中也有了些许遗憾和惆怅。

此心生不背朝日

从塞罕坝出来，视野立即开阔起来。

眼角的余光扫到一团金色，抬眼向窗外望去，又一团金色闯进我的视野。

哦！是向日葵，一大片一大片一望无垠的金色花海，全是向日葵，在赤日当空下的大地上精力充沛地高昂着头颅，在炙人的热浪中蓬勃地、舒畅地伸展着身姿。

停下车，我们来到田边。原来这是乡村振兴建设示范基地。

轻风掠过金色的波澜，花浪翻涌，从天际的云到田垄的沟，一浪袭过一浪，在呼唤，在招手，在燃烧。在这样壮观的场景面前，我感到自己是那么渺小。

向日葵是世上最纯朴的花朵，朴素的色彩间变化多端，美丽动人。它何尝不是这世间最不寻常的花朵，那绚烂而奔放的黄色宣泄着最富激情的狂热。

一路上，花海在滚动，花香在翻腾。我是第一次看到这浩瀚无边的向日葵花海，心情不免震撼。

向日葵在郭家岗也是常见植物，只是在沮漳平原的田野里它是不占主角的，多在田边地角、房前屋后，以陪衬身份出现。

我问过北方朋友，他们有种植大面积向日葵的经验，据他们讲，向日葵的经济价值主要是花籽可以榨油，所以很多乡民种植一种叫"油葵"的杂交油用向日葵，种子出油较多，用于榨油。

后来读书很杂，不自觉地知道了向日葵悠久的榨油历史。早在1716年，英国人A.布尼安就从葵花籽中提取出油脂，并获得"向日葵油提取法"的专利，之后俄国人开始大面积种植。不过真正从葵花籽仁中榨出食用油来还是俄国沃罗列兹省比留奇区阿列克塞耶夫卡村的农奴波卡略瓦，那是1829年的事。到19世纪中叶，由俄国人育成的各种盛产油的向日葵栽培品种，又从俄国传入美国和加拿大，这时候它逐渐成了一种生长在田地里的经济作物和集群性观赏花卉了，最终成为苏联的国花。我想，寒冷的俄罗斯可能比任何国家都更需要这象征温暖的金黄。

向日葵的原产地在美洲墨西哥一带，近五千年前美洲印第安部落就开始人工种植，野生向日葵在古印第安人的培育和选择下，花盘逐渐变大，籽粒增多，最终成了今天我们所见的栽培向日葵的模样。

直到16世纪初向日葵才传到西欧各地，17世纪末有人尝试把嫩花加上佐料做成凉拌生菜吃，并把籽粒果用作咖啡粉代用品和鸟饲料，估计当时在欧洲它也是新奇的植物。17世纪中叶在伦敦为宫廷权贵作画讨生活的佛兰德斯画家凡·戴克的一幅自画像上就出现了向日葵花盘，估计那时候的英伦人士还觉得这种花木是新鲜事物，否则它不会被如此郑重其事地摆在富贵人家的厅堂中。

西欧的殖民者把向日葵传播到世界其他地方，从南洋传到中国的华南、华东大概是在明代中期。明嘉靖年间出现了关于向日葵的记载，万历年间赵崡著的《植品二卷》中提到当时西方传教士将"向日菊"和

"西番柿"传入中国。王象晋在《群芳谱》中把这种新鲜物种称为"丈菊",大概是因为花朵的颜色让人联想到菊花的姿容,而且长得挺拔,同时他还提到其别名"番菊""迎阳花",苏州文人文震亨的《长物志》首次使用了"向日"这个名称。

清初陈淏子在《花镜》中写道:向日葵"结子最繁,状如蓖麻子而扁。只堪备员,无大意味,但取其随日之异耳"。大概是说它只能在花园边角充数并不受人重视。到嘉庆年间吴其浚明确记载:"其子可炒食,微香。……滇黔与番瓜子西瓜子同售于市。"似乎是西南人首先尝试把它当作零食,晚清中国人才逐渐养成嗑瓜子的嗜好。

那年去卢浮宫,才知道凡·高这个忧郁的天才画家,尤其喜爱向日葵、麦田等,他竟然画过十一幅向日葵,可见他对田野生活、乡村风光的热爱。他曾经在写给弟弟提奥的信里说过自己笔下向日葵的象征意义:画十二朵就代表耶稣的十二门徒——不要忘记他曾经做过牧师;画十四朵的话就是他想象中南方画室"黄房子"的十四个艺术家成员。

在凡·高绘的向日葵成一种文化符号之前,向日葵在欧洲似乎只是花园中普通的观赏植物而已,而且到18世纪就有点不受待见,或许是因为它的粗大、有毛刺与当时上流社会精致的审美趣味不合拍。反倒是在彼得大帝18世纪初考察荷兰的时候,把这种有着绚丽花朵的植物引入俄国。可见这位皇帝的趣味与众不同——喜欢这种花的亮丽,还有它的经济价值。说不定他也是个瓜子爱好者。

我的家乡芝麻、油菜籽充盈,榨油的比较效益高于向日葵,间或种上一些,多用作零食或观赏,秸秆还可用来烧柴。

尽管如此,这个故园植物配角每年依旧会出现在我的生活里,播种、浇水，与它一同成长。

烈日下，耀眼的金黄的向日葵会映入我眼帘，它骄傲地开放，很静谧。它的粒粒果实已经接近饱满紧实，在夏风吹拂的时候，它便晃悠着脑袋，冲我微笑。它坚强、自信、阳光。它始终高昂着头，向着炙热的阳光。

我喜欢向日葵的象征意义，因为它和一个象征意象——太阳相关。古代南美洲的印加人就把向日葵当作太阳神的象征。宋人梅尧臣写过一首《葵花》七绝："此心生不背朝日，肯信众草能翳之。真似节旄思属国，向来零落谁能持。"这首诗赞美葵花永向日的高风亮节，以汉朝苏武持节出使匈奴，坚贞不降，宁可牧羊誓不变节，直到19年后匈汉和好，才被遣返回汉的典故为例，赞颂了苏武忠贞不渝的爱国之心；又把众草不能遮蔽葵花的高洁、零落入泥不保晚节作为反衬，进一步凸显爱国者的傲然风骨。

其实，向日葵之所以向着太阳生长并不是因为人类赋予的意义，而完全是出于物性：向日葵花的向光性是短期性的，从发芽到花盘盛开之前这一段时间，叶子和花盘在白天追随太阳从东转向西，是因为在阳光的照射下，花托部分的生长素含量升高，刺激背光面细胞拉长，使得幼茎朝向生长慢的东侧弯曲，即向日葵顶端（花盘）早晨向东弯曲。随着太阳在空中的移动，改变光照方向，向日葵顶端（花盘）也不断改变方向，中午直立，下午向西弯曲，等太阳下山后，生长素重新分布，又使向日葵慢慢地转回起始位置，再次朝向东方等待太阳升起。可是随着向日葵的花盘增大，花盘盛开以后，向日葵周而复始的转向过程会逐步停止，花盘也会低下头不再旋转。

向日葵花盘四周呈橙黄色的舌状花实际上只有装饰作用,它们无法结出瓜子,中央的管状小花才是可以生殖的。花盘下面的茎上还长有细毛,摸上去有点粗糙感,所以把葵花盘扭下来时会有扎手的感觉。

到了秋天,它已是一个个花盘,乡亲们会掰下"盘子"到街市上直接出售,我们用拇指和食指夹出一个个外皮刚呈现灰色的生瓜子,剥出翠白的籽儿吃下去。这种可食用而且实用的植物,在我的童年印象里说不上多美或者多特别,就和红薯、胡萝卜差不多吧。腊月里,它会和花生、豌豆一样,在锅里翻炒,成了春节前后迎接亲朋的上佳休闲食品。

敬桑爱桑

桑是极富人文色彩的植物。它是喜长在堰边河边的树，夕阳斜斜照下来，穿过树梢，昏昏黄黄，甚美。南方有种桑的传统，在一块田里，世世代代以养蚕为生，周而复始。世间如何变化，朝代如何更替，桑还在，田还在，只是养蚕的人换了一茬又一茬，人间的酸苦谁又能道尽呢？

我的老屋场东南方有棵老桑树，枝茂叶盛的梢头，亭亭如盖。隔壁肖太婆说这桑树是她祖辈留下的，年月有些久远。树上的鸟儿特多，有喜鹊、黄鹂、斑鸠等。村里的桑树一般没有人专门栽，因为桑长得很慢，能栽树的地方都栽上了成材快的树，桑都是自己长出的。在家乡，你随便将谁家的一棵幼小的桑树折断，用它抽驴打牛，没有人和你计较。许多日子过去，桑树在某个角落悄悄长大后，别人就不能去动它了。桑木轻、韧，是做扁担的好材料。不过桑树长成参天大树是不多见的，这棵老桑树算得上是当地一"绝"吧。它高大粗壮，呈"Y"字形，只是向上开口更阔些，树皮斑驳陆离，树顶像焰火一样繁密。它的两边是两口堰塘，大的叫"垠坑"，小的称"洼坑"。

记得每到春天，桑树花开得像个小棒槌，黄白色，像毛毛虫的触须一样，花谢了，粉粒落满地面，小棒槌变成了青绿的葚，桑叶披挂了整个树身。我爬上树丫，采摘那茂密的树叶，作蚕宝宝的食物。

养蚕是个趣儿。我家很少成阵势养蚕，养一点儿只为添乐。蚕这种活物，家乡人虽然熟稔，但讲述起来不一定细腻。荀子在《蚕赋》里描述过蚕的形象，马首而女身。蚕不吃桑叶的时候，头抬起来很像马的头，而蚕的身体非常柔软，像女孩子的身体。看一张蚕种纸，密密麻麻，像小白芝麻粒的蚕子儿，生命萌发，由小黑线头儿似的开始，渐渐细长，渐渐胖渐渐肉身变白、变亮，钻进蚕茧成蛹。从小到大身体有一万倍的差别。

夏天到了，桑葚踏着雨水脚步慢慢走来，那红得发紫的桑葚儿灌满了浆水，挂满枝头，惹人喜爱。

桑葚熟了，我们的快活季节也来到了。我和小伙伴嘴馋，争着上树抢桑果吃。白云头上飘，风儿跟着跑，我们就像几只新孵出窝儿的鸟儿，满世界都是我们的快乐。

结葚稠密的大桑树，像绿云里缀着许多彩色星星。爬树功夫好的上树，任务是把桑葚摇下来，其余的站在树下等。那上了树的才气人呢，底下的人都把小褂儿脱好，铺开准备接桑葚，而他，骑在树上，自己先哑上鲜了。吃一颗，向下瞧一眼，美滋滋地晃脑袋。树下的小伙伴咽干唾沫，脖子仰得生疼！

桑葚雨落下来了，"叭、叭、叭"满地蹦。树下的小伙伴全不管桑葚砸脑壳，只顾着拾。这时树上树下才真正热闹起来。

桑葚甘甜无核，每次吃完它之后，手上和脸上犹如涂了"紫药水"，嘴上好像涂了紫色唇膏，一个个面目全非，小猴似的跳进堰塘嬉闹戏水。

《本草纲目》等中医典籍认为，桑葚利五脏关节，通血气。久服不饥。安魂镇神，聪耳明目，变白不老。捣汁饮，解中酒毒。酿酒服，利水消肿。性味甘寒,具有补肝益肾、生津润燥、乌发明目等功效。而桑葚果中的锰元素,对心血管具有一定的保护作用。

烈日当空的正午或闷热的傍晚时分,大人小孩都早早地躲到了树荫下,打扑克,听知了鸣叫、喜鹊唱歌,其乐融融,不禁让人想起那句"前人栽树,后人乘凉"的话。有时树下还坐着一个唱念有词的女知青。她正值豆蔻年华,肤色白皙若玉,五官清秀,眼睛亮若黑葡萄,鼻子挺直若象牙。她的名字也有诗意:玉冰。按辈分我要叫她姑姑,她的父亲原是地区的高官,因错划成右派下放到边远县份,遇到知青上山下乡政策,就将她和她的哥哥送回老家插队落户,住在肖太婆家。她常常在树下唱《沙家浜》选段,朗诵自己写的诗歌,音色清脆,自得其乐。我们似懂非懂,但仍能感受到她思念远方父母的忧郁和无奈。

入夜,毛毛细雨比猫步还快,跌进树叶里汇成敲响路面的"小夜曲",很有诗意。雨后树顶滴翠流绿,绿得更深沉。

后来,大人们吓唬我们,说树上的洞里有蛇,闹不好会咬死人的。我憋了好一阵子没有去爬树。那天黄昏,我寂寞难耐,经不起好奇诱惑,悄悄上了树。我紧张地盯着那神秘的树洞,细细瞧了一阵,先用竹竿戳一下,只听里面一声尖叫,我吓了一跳,两只麻雀"扑腾"一下飞了出来。我壮起胆子,索性把胳膊伸进洞里,捕获了几只襁褓中的小麻雀。

桑葚摘完了,几根被折伤的枝条在秋风中摇摆着,落叶的季节又到了。冬天,白雪皑皑,漳东平原被一床硕大的"棉被"盖住了。玉冰也带着她的歌和诗招工高飞了,离开了她的祖籍地。

那年我调到远安,又因工作与桑结缘。

那里有个苟家垭镇,是"垭丝之乡",传说是黄帝的妻子嫘祖的故乡,养蚕织丝就是嫘祖发明的。

这里的山爱长桑,这里的"虫"爱结茧。多少年前,这里桑蚕故事就数不胜数。以苟家垭蚕丝命名的"垭丝",在东南亚一带很有名气。后来由于众所周知的原因,苟家垭的"垭丝"实际上是徒有虚名了。

改革开放的春风吹起,蚕乡骤起波澜。农行、信用社决定贷款支持重振"垭丝",那几年,远安县农行信用社一边贷款支持农户建养蚕室,添置蚕具、蚕药,让蚕乡养蚕人的后裔拾起了他们的祖辈、父辈们的活计,养蚕致富;一边贷款支持垦植桑叶基地,一时间,苟家垭镇的桑蚕基地达到了5900多亩。几年过去,蚕茧丰收,桑农致富,偿还了贷款。

植桑养蚕是一项十分复杂的工程,它包括开荒—植桑—采叶—养蚕—加工—销售等环节,为了使各个环节能顺利衔接,远安县农行又贷款支持,形成了产、供、销一条龙社会化服务体系。

那个春天,我又来到苟家垭,放眼望去,漫山遍野的桑树一片翠绿。宽大明亮的蚕室里,蚕宝宝们在大片大片的蚕叶丛中,吃得摇头晃脑心满意足,蚕乡的富裕梦,已经开始实现了。

《诗经》里关于桑树的篇章很多,桑的最早记述出现在甲骨文当中,人们从野蚕的身上得到启发,养蚕食桑,从而获得轻便柔韧的丝帛,这应该算得上是人类生活品质飞跃的一个特征。蚕母,在古代被尊为神母,而桑树还带有神化的色彩,早在商周时期就被当成祭祀活动的神木,祭祀常在宗庙甚至桑树林中举行。先秦时农桑遍野,文字记述中古朴粗糙的自然画面,因为桑蚕饲养在农事里的普及,逐渐变得柔和、华美。

《诗经·鄘风·桑中》是男子回忆与姑娘约会场景的情歌。男子与姑娘相隔两地,在劳动时忽然想念身在远方的情人,情之所至,便随口唱出了这首歌——

爰采唐矣?沬之乡矣。云谁之思?美孟姜矣。

期我乎桑中,要我乎上宫,送我乎淇之上矣。

对于《诗经》时代的青年男女而言,只有通过共同劳动才能结识新朋友。而桑林便是约会的好地方,其静谧、开放的自然环境使得青年男女非常容易敞开心扉,孕育出一段段爱情故事来。

桑树在《诗经》中表现出更为博大、更深层次的象征意义则是家园。而"桑梓"作为家园的象征,是中国文化独有的特色。它不仅是大自然进入我们眼里的一道风景,也是日常生活里启动我们缥缈记忆的陈列架的开关。

随着农桑文明向工业文明的跨越,如今都市里的人,早已难有种桑养蚕的乐趣。读《诗经》,就像读那尘封的历史,那么遥远,又恍如昨日。

近来重读叶圣陶先生早期童话《玫瑰和金鱼》一文,另有一番滋味上心头。它用两个段落的篇幅,描述老桑树发玲珑之声,表缱绻之怀:

老桑树在一旁听见了,叹口气说:"小孩子,全不懂世事,在那里说痴话!"他脸上皱纹很深,还长着不少疙瘩,真是丑极了。玫瑰可不服他的话,她偏过脑袋,抿着嘴不作声。

老桑树发出沙哑的声音说:"你是个小孩子,没有经过什么事儿,难怪你不信我的话。我经历了许多世事。从我的经历,老实告诉你,你说的全是痴话。让我把我的故事讲给你听吧。我和你一样,受人家栽培,受人家灌溉。我抽出挺长的枝条,发出又肥又绿的叶子,在园林里也算是极快乐极得意的一个。照你的意思,人家这样爱护我,单只为了爱我。这完全不对,人家并不曾爱我,只因为我的叶子有用,可以喂他们的蚕,所以他们肯那么费力。现在我老了,我的叶子又薄又小,他们用不着了,他们就不来理我了。小孩子,我告诉你,世界上没有不望报酬的赏赐,也没有单只为了爱的爱护。"

叶老代桑树发声的一席话,真切、精准,击中了世俗之心。在叶老笔下,桑树还是树吗?它不是了!它是人。我们要敬桑爱桑,将桑树当作人看待。

"农桑""桑麻",昂然之既往,在宇宙闪光。

古代中国,丝绸为文明符号。张骞通西域,郑和下西洋,我们的瓷器和丝织品,让不同国家开了眼界。国家现在提出"一带一路"倡议,也意在接续传统,通过和平外交,展现大国姿态,展示国家实力,引起当今世界各国对于我们文明历史、礼仪之邦的尊重。

人间多美好。时下,国家的生态文明建设踏上了新征程。以桑树的树冠丰满、枝繁叶茂、秋叶金黄、适应性强、易于管理等诸多良性考量,真应该让桑树作为城乡公共绿化的优先树种。用它营造风景林,素日林荫森森,果实成熟了,又招来鸟类,那会是怎样一派生机盎然的自然景观啊!

蓖麻蚕纪事

河溶中学是当阳的第二中学，是有点儿名气的。她依傍在漳河之东，得山水滋养，是膏腴之地，出过不少人物。董必武先生就曾指示：河溶是桑蚕发达地区，学校可以试种蓖麻养蚕。并借在武汉开会之机转道前来学校视察，为学校题名题词，让学校一时声名大振，也让我们学生引以为豪。

说起董老与河溶中学那段被世人称颂的友情，要追溯到20世纪60年代。那是1964年1月，《湖北日报》刊发董老题词，号召大家重视林业，开展植树造林活动，河溶中学积极行动起来，绿化校园，绿化周围的村镇。短短时间，学校内外郁郁葱葱，绿波起伏，景色宜人。于是，河溶中学冒然给董老写信报告了学校的绿化情况。哪里想到，日理万机的董老，竟对这个农村中学的来信格外重视，用八开竖条信纸亲笔写了5页近2000字的回函，董老表扬了河溶中学试养蓖麻蚕的成效，又语重心长地鼓励河溶中学的师生们好好学习，将来成为社会有用之材。并应河溶中学要求，为河溶中学题写了校名，写了"因地制宜为集体农民兴利，实事求是教青年子弟读书"的题词。董老的题词字字千钧啊！

1965年5月9日，80岁高龄的董老再次亲临河溶中学视察。

董老对河溶中学的亲切关怀，永远铭刻在河溶中学师生们的心坎上，也成了河溶学子永远的骄傲。

后来我查阅相关资料,了解到董必武视察和题词除了上述因素外,更有鲜为人知的河溶情结。河溶中学的植树造林养蚕、写信汇报是个诱因。

辛亥革命时在武昌逼黎元洪当都督的聂豫,和董必武、张难先等曾是密友,聂豫于20世纪初曾多次邀董必武到过其河溶镇的家中小住,张难先早先也曾从沔阳游学(逃荒)到过河溶镇。1923年底聂豫在武昌的当阳同乡会上认识了同乡李超然,其时,李刚从四川旧军中回鄂,思想激进,被聂器重,推荐给董必武,不久,李超然经董必武介绍加入中共。董于1924年9月亲自到当阳部署李超然在当阳展开革命活动,1925年7月,李超然、罗晓霞等在当阳建立了当阳第一个中共党小组。1926年7月,聂豫、李超然在河溶镇举行万人大会,誓师起义,中秋破当阳城后又直捣远安、荆门,牵制宜襄荆沙之敌,有力配合了北伐军武昌攻城。

董老在大革命时期所见的河溶十分繁华,商贾云集、帆樯林立,乃水陆交通便捷之地,尤以"溶丝"盛名天下。那时顺沮漳河泛舟,上达数百里,南漳、保康、远安等地的蚕丝都通过各条水陆渠道汇集于河溶,在此交易、加工,名曰"溶丝",然后通过沮漳河运往沙市、长沙等地,再出口东南亚诸国。聂豫曾是河溶聂广成商号(丝行)的少东家。故而董老念记旧日情景,嘱我校植树养蚕、为民兴利。

我认为,这也是董必武题词和视察河溶中学的真正原因之一。

蓖麻蚕是新中国成立之初从国外陆续引进的优良蚕种,这种蚕以蓖麻叶为主要饲料,生长期短,从养蚕到打完茧子,只须18天,蚕丝质量好、产量高。董老的题词和视察极大地调动了师生养蓖麻蚕的热情。

记得到了冬天,同学们便在学校的内外沟堤田埂和堰塘道路两旁,用各种可以找到的工具挖好多一尺见方的坑。次年春天来临,在寄托我们希望的土地上,郑重其事地把几颗黑不溜秋的硬邦邦的光滑的蓖麻种子,扔到坑里盖上表土,足足地浇上水。过了些日子去看,叶子已经长得巴掌大了,对照教科书一看,跟书里描写的一样,那个激动啊,就跟自己做了多大壮举似的。

在家乡的村头、地边、沟壑上,经常能看到成片生长的高大蓖麻,它为一年生或多年生草本植物,也叫大麻子、老麻子、草麻。全株光滑,上被蜡粉,通常呈绿色、青灰色或紫红色;茎圆形中空,有分枝;叶片盾状圆形,边缘有锯齿,掌状分裂;圆锥花序,下部生雄花,上部生雌花;花瓣性同株,无花瓣;蓖麻夏季开花,深红色的花柱非常漂亮。与一些绿化草木相比一点也不逊色。

蒴果球形,外壳长满了刺,看起来跟栗子很像,成熟时开裂,蓖麻子长圆形,表面光滑,有灰白色与黑褐色或黄棕色与红棕色相间的花斑纹,像小鸟的蛋,又漂亮又好玩。但毒性很大。

蓖麻的叶子可养蓖麻蚕,蓖麻的种子可用来榨取蓖麻油。现在蓖麻油在工业上有着广泛的用途,是高级的航空用润滑油,还是冶金、机电、纺织、印刷、染料等工业的重要原料。

蓖麻药用价值也很高,叶可消肿拔毒、止痒,根能祛风活血、止痛镇静。

在现实生活中,蓖麻的整个植株的确有很高的经济价值。

到了秋天,大片大片的蓖麻,高的有两三米,矮的也有一米多,看不到尽头,满眼的葱绿,满鼻子的清鲜。秋日里的蓖麻叶一反春日的柔嫩浅绿，厚实如黛玉。因为学校的蚕房里缺饲料，同学们也都乐意顺道采摘蓖麻叶。大家做起事来争先恐后，把竹篮装满了，倒在一旁的大背篓里，又提着篮子去采。班干部傅义晒得黑不溜秋，活脱脱一个"酱油坛子"。他和镇上的几个顽皮男同学恶作剧，去捅蓖麻树上的马蜂窝。见一群小马蜂袭来，大家吓得慌忙丢下篮子抱头逃窜，把流行的"的确凉"衬衣和白网球鞋脏得一塌糊涂。特别是女同学，急得大声尖叫，藏匿在草丛、沟壑中，或双手抱着头在地上打滚，实在是狼狈极了。返回的路上，背着沉甸甸的蓖麻叶，憧憬无边，希望我们的蓖麻叶子送去，能养出又肥又壮的蚕。

一般时候，我们轮不上亲自喂蚕的美差。初秋的一个深夜，机会终于降临了，我和三位同学被派去值下夜班。穿上白大褂，神圣感油然而生。来不及细想，就忙碌开了。换洗簸箕、清除蚕沙、擦拭蓖麻叶、撒药喂蚕……每两小时喂一次，不能间断。

几百簸箕的蓖麻蚕，分幼蚕和蜕了四五次皮的蚕两批。刚出壳的小蚕吃得不多，蓖麻叶没见吃多少。可一定要勤换叶，我们把新采摘的蓖麻叶盖在爬满小蚕的旧叶上，等蚕慢慢爬到新叶上来吃，然后把带着蚕的新叶放到一个干净的簸箕里，再把吃剩的旧叶和蚕沙拿出去倒掉。

蜕了几次皮的蚕，有手指长，白白的，甚是可爱。我拿起一条放在手上让它慢慢爬，像在玩弄一个宠物。蚕快要吐丝了，它们不再吃食，身体渐渐显得透明，开始急忙找地方吐丝做茧。此时，我们便把它们放到已预先架好的一捆捆麦秆、菜籽梗上，它们急不可待地往上爬，这便是"上山"。蚕找到合适做茧的地方就立刻开始吐丝，一两天之后便形成一个个白色、黄色和粉色的茧。我们实在想不通，它们曾经绿莹莹的身体怎么就能吐出亮晶晶的丝来。

蚕房卫生要求很高,要经常通风换气,用漂白粉或石灰粉消毒防止传染病。更要紧的是驱赶可恶的老鼠。蚕房有些破旧了,老鼠无孔不入,稍不注意,蚕就会被咬伤咬死。在即将上茧之前,蚕子通体已变得黄亮透明了,老鼠一咬,伤口处就是一团胶状凝固体,那东西经蚕吐出来就是蚕丝啊!

忙到夜深,月色浓浓,夜香袭人。我们来到蚕房前的堰塘旁休息。凉风习习,蛙声一片。我们陶醉了,有些诗才的熊继涛念念有词:"一颗颗、一点点,繁星闪烁盼晨光;一片片、一条条,麻叶飘落蚕欢畅……"我记起毛主席的一首《咏蛙》诗:"独坐池塘如虎踞,绿荫树下养精神。春来我不先开口,哪个虫儿敢作声。"那时的主席,如我们一般年少啊。

菜中灵芝名藠头

沮漳平原种藠头一般是在天气转凉的时候,约九月中旬。

种藠头是有些讲究的。那时我和祖母会选一些鳞茎大小比较均匀的植株,把鳞茎逐一分开,剪去枯黄叶片及枯根,挑一个天晴的日子,便可种植。

我们会先刨一条小沟,把茎端朝向同一方向倾斜排列,然后开第二条沟,将第二条沟中开出的细土覆盖在前一沟上,使前沟盖平,以种藠全部埋入土中为度,太浅鳞茎会发青,太深则鳞茎不易膨大。这种半卧式种植方法可使将来出叶后鳞茎与地面之间出现一个弯曲的颈部,既可防止日后雨水冲洗,使种茎露出土面,又可使新生分蘖的鳞茎在土中膨大,防止见光发青。这也是我在当时学习的一点小窍门,排蒜就不同了,大人们要求我们尽可能把蒜籽垂直与地面摆放,具体原因我也不明白,也可能是习惯而已。

藠头的根系对土壤微生物有一定抑制作用,故不宜连作,也不宜与其他葱蒜类蔬菜接茬,最好与大豆、花生、瓜类或油菜等轮作。

藠头为无性繁殖作物,以鳞茎作种球,秋季栽培的种球内已宿存有数个分球芽,栽后不久即萌发生长。分球芽不断长出新叶,当年都能形成大小不等的分球。它二月开细花,紫白色,外层淡紫、蓝紫,内层呈白色,蓝白相映,紫白相间,有梦幻之美。根如小蒜,一本数棵,相依而生。

我熟悉绿叶掩映的藠头花。田间地头里的藠头,绿叶葱郁,绿叶映衬紫花,紫花辉映绿叶,紫意盎然,分外秀美。一垄垄藠头顶端一朵朵紫色的伞形小花,宛如一盏盏富有造型的吊灯,静静地绽放,最是那一低头的温柔,像一朵水莲花不胜凉风的娇羞。远远望去还以为是薰衣草呢。

藠头进入盛花期,乡民们也到了忙碌的时候,开始忙着给藠头松土下肥,为下一步培土做准备。

到了四月中下旬,藠头叶开始转蓝。为了控制叶子的生长,我们将藠头叶松松地打个结。这样一来,营养就会更多地输送给地下的藠头。

端午节前后,藠头叶变成靛蓝色,感觉像蒙了一层蓝灰色的秋霜,就开始收获,家家忙着挖藠头。刚挖取的藠头,白而美,大而肥,一个个像鸡腿。过了季节,藠头抽葶,结子,会消耗鳞茎的营养。原本肥大的藠头,就会越来越瘦小。

那时候,家乡种藠头普遍。一年中所食的咸菜中,少不了盐水藠头。

藠头味道可口,个大,色白,柔嫩,汁多味足,制成的罐头酸甜可口,具有很高的药用价值,具有消食、除腻、防癌等功效,是名副其实的保健食品,也是我国重要的出口创汇蔬菜之一。

家乡人还有一种特殊的藠头加工方法,叫酱藠头。将经过初步腌制的盐水藠头放到豆瓣酱里,在太阳底下晾晒。把晶白的藠头,晒成红红的酱油色。然后,在大铁锅里煮沸,再封存在陶瓷罐里。如此制作的酱藠头,色香味自然是俱佳的。而且,不生虫,不变质,经久耐存,需时取用,非常方便。

只是这加工过程太漫长,工序也实在太复杂。除了藠头要分拣、浸泡、修剪、腌制,豆瓣酱的加工也不省事,豆要挑拣,酱要发酵,酱坛子要天天搬进搬出。晾晒酱藠头,既要追赶太阳,又要防止雨淋,就得天天搬动笨重的酱坛子。

如今愿意做、又会做酱藠头的人已很少。婆婆、外婆离去后,我再没尝过酱藠头。就是想再看一眼,都成奢望。倒是盐水藠头、糖醋藠头,还可以在农贸市场和副食超市买到。

藠头腌制之前,要经过多次浸泡,多次修剪。我干过这活儿,外皮要剥离,根须要修剪,烂籽要剔除。新抽出来的嫩芽,还要逐一剪除。因为长时间在水里浸泡和长时间拿剪刀,常常两手发白,手指起泡。经过严格修剪的藠头,绝对晶白、肥大。

这样腌制出来的盐水藠头、糖醋藠头,自然是品质一流,口味上佳!那个新鲜、脆嫩呀,别提有多美了!

薤,是藠头的古称。其叶类葱而根如蒜。宋人罗愿云:物莫美于芝,故薤为菜芝。藠头为"菜中灵芝",古人对其钟爱之情,由此可见。时珍曰:薤八月栽根,正月分莳,宜肥壤——农谚有"七葱八韭九藠头",意思是农历七月种葱,八月种韭,九月种藠头。

藠头原产中国,在长江流域及以南地区广泛栽培,也有野生,以排水良好、土质肥沃的壤土或沙质土壤栽培为宜。

"薤白",皮肉白嫩的藠头,美色,美味,入诗,入画。古时,它还同葵、韭、藿、葱一起,被列为"五菜"。

现在,薤白与藠头是两种植物。但在古代,薤、藠是不分的。其实,"藠"字造字含义,就强调了"薤白"的特征。上下结构的"藠"字,"草"字头,表示绿色的茎叶;下部仿佛"晶"字,其实,是三个叠加的"白"字,表示晶白的鳞茎。

《本草纲目》在介绍藠头时,也附带说到野生藠头(野薤、山薤)。按《王祯农书》云:野薤俗名天薤。生麦原中,叶似薤而小,味益辛,亦可供食,但不多有。即《尔雅》山薤是也。

山薤、野薤、天薤，即野生的藠头，生于荒野、路边草地或山坡草丛中，那时，我们打猪草时常与其相遇。野藠头，植株比田里藠头更矮小，花序也小一些，花梗也短一些。花色也似比藠头花更深沉，是紫红色或蓝色的，它只见紫花，不见绿叶。我们翻开茅草丛，仔细寻找，好不容易看到几片卷曲的枯叶，看不出是中实而扁，还是中空而有棱。没有绿叶的野藠头，看上去有些怪异。

藠头具有"除寒热，去水气，温中，散结气"等特殊功用。既能清肠胃，除污秽，即使学道之人常服，也是无碍的。并且，可以"通神安魂魄，益气续筋力"。细阅《本草纲目》有关记载，李时珍对藠头可谓情有独钟。

道家视藠头为荤菜，列入戒食之五荤，"谓其辛臭，昏神伐性也"；而佛家的大五荤、小五荤，藠头均未列入。

为什么道家以藠头为荤辛之物，而佛家却言其不荤呢？对此，李时珍在《本草纲目》中有解释：薤，生则气辛，熟则甘美。种之不蠹，食之有益。故学道人资之，老人宜之。

我想，藠头"虽有辛，不荤五脏"，大有"酒肉穿肠过，佛祖心中留"的况味，学佛法，学道术，首先，得求生存，求强健。

六祖惠能，还吃过肉边菜呢。

惠能，唐代高僧。据记载，惠能后至曹溪，又被恶人寻逐。乃于四会（今广东省四会市），避难猎人队中，凡经一十五载，时与猎人随宜说法。猎人常令守网，每见生命，尽放之。每至饭时，以菜寄煮肉锅。

出家人禁食荤，"肉边菜"自然也是禁食的。但是，为了躲避恶人，为了弘扬佛法，万不得已情况下，吃"肉边菜"也是允许的。

后人并没有因此而非议六祖惠能。心诚意坚即行。六祖惠能的伟大，就在于讲求诚心，讲求实效。

天天跟猎人在一起,如何做到完全吃素呢?如果不吃"肉边菜",还有后来的六祖惠能吗?六祖惠能并不识字,他的学法、弘法,主要靠心灵感悟。当初,是以著名偈语"菩提本无树,明镜亦非台。心中无一物,何处惹尘埃"而深得五祖赏识,得以传授衣钵的。是啊,真心信佛,诚意修道,实在不在乎吃不吃薤头。

　　后来,学习汉乐府古诗,看到薤头,往往会想到《薤露》和《蒿里》。古代医书上云:薤叶光滑,露亦难伫。意思是说,薤头茎叶,过于光滑,露水难以停留。这本是很寻常的自然现象,古人却因此发出人生苦短的深深感叹。薤上露,何易晞。露晞明朝更复落,人死一去何归归。《薤露》诗就是基于这样的背景创作的。

　　这原本是一首感叹人生苦短的诗歌,汉乐府中有许多这样的短歌。后来,被引作悲伤的挽歌。并且说,这是汉朝齐国人为田横所作的挽歌。《薤露》也因此成为中国古代最著名的挽歌。与《薤露》同样著名的,还有《蒿里》悲歌。我想,创作之初,它应该也是可歌可咏的短诗,只因为格调悲凉,才引作挽歌。

　　《薤露》更多感伤、悲叹,感叹人的生命,就像薤露一样,太阳一出来,就被晒干了,极其短暂。不仅短暂,而且一去不复返。并不能像薤露那样,明朝再次降落。

　　《蒿里》也有感叹,感叹在死神的催促下,无论贤者、愚者,都不能稍有停留,都将成为蒿草丛中的一堆枯骨。不同于《薤露》的是,《蒿里》还蕴含了对死神的谴责,对命运的抗争。

　　从中可以看出,人间的美好生活,值得留恋,值得珍惜。期待朝露再次降落,降落在朝薤头花上!期待朝阳再次升起,映照在野薤头花上!

但愿如葛

仲夏时节,故地重游,车进黄陂木兰区域,沿公路两边的斜坡上,葛藤蔓延遮蔽着整个山丘,有的悄悄爬上了树丛,叶掌肥厚如盾,青如绿漆。浅紫的葛花,鸡毛掸子一样翘在上面。满眼的花,一路延伸到路的两旁、湖泊沿岸。

葛是蝶形花科的藤本植物,又名野葛、山牛藤等,南方居多,具有极强的生命力,大多生长在山坡、山谷、丘陵、平原、灌木丛和树林边缘等地区,如地锦匍匐大地,随处可见。

我最早是在故乡的沟沟坎坎边见到葛的。长满杂树野草的沟坎里,随处可见一种介于草与木之间的藤。叶子都似红薯叶子,无长茎,直接贴在藤上,那就是葛藤。它细长而韧,女人爱用它编织装针线的筐箩,男人则喜欢用它编成鱼篓挂在腰间下河摸鱼。

在民间,葛藤由于其旺盛的生命力和蜿蜒茂盛的生物形态,被认为是代表福禄绵绵的吉祥植物,常用来作装饰的花纹。关于葛藤还有一个美丽的传说。相传唐朝末年,农民起义军领袖黄巢在追击唐军时,看到一个妇人带着两个孩子逃难。令人奇怪的是,她将年纪稍大的孩子背在身上,年幼的孩童却牵在手里。黄巢上前询问,才知道大孩子是妇人哥哥的遗孤,妇人宁可让自己的孩子奔波劳累,也要保住哥哥的血脉。黄巢听后十分感慨,说道:"你安顿好之后在门框上挂上葛藤,我军见到葛藤,绝不为难你。"妇人不仅自己挂上了葛藤,还将此事告诉乡亲们,果真大家在战乱中得以保全。自此之后,人们认为葛藤具有驱灾避祸的吉祥寓意,因此每当端午的时候,家家户户就在门框上挂上葛藤,最后这演变成了一种习俗。

有一首思念情人的诗叫《诗经·王风·采葛》。"彼采葛兮,一日不见,如三月兮!"那个采葛的人啊,是我心上的姑娘。看到遍布山坡的葛藤,我就立刻想起美丽的她,一天没看见,就好像隔了三个月那么漫长,叫我如何不想她。

一个年轻的姑娘,在初夏,提个篮子采葛,轻唱着歌谣,怎么不叫人动心呢?

葛藤喜欢攀爬附着,因此人们常用葛藤的这种形态来比喻夫妻之间相互依附的亲密关系。《诗经·唐风·葛生》就将葛藤与寄生植物的亲密关系比作妻子与丈夫的和谐婚姻,也是通过对其场景的真实描绘,衬托出荒凉凄清的气氛,哀悼自己的亡夫。

中国人对植物的认识,如对身体的认识一样,古老深邃,源远流长。

在《诗经》中,葛藤也时常以织布原材料的形象出现,如"葛布""夏布"或"葛麻",这说明早在先秦时期,人们就发明了提取葛藤纤维纺线织布的方法。《诗经·周南·葛覃》描述了一位出嫁的妇人为了回娘家探望父母,进行了采葛、织葛布、做衣服等许多准备工作,以获得婆婆的同意。

"葛之覃兮,施于中谷,维叶萋萋。黄鸟于飞,集于灌木,其鸣喈喈。"茂盛的葛藤蔓延在山谷之中,幽静的山野中能够听到黄鸟清脆的叫声。这一切都是那么熟悉又欢快。

"葛之覃兮,施于中谷,维叶莫莫。是刈是濩,为绤为绤,服之无斁。"妇人辛勤地操持家务,将柔韧的葛藤采集起来,纺线织布,做成漂亮舒适的衣服,心中既满足又骄傲。

"言告师氏,言告言归。薄污我私,薄澣我衣。害澣害否?归宁父母。"前面忙忙碌碌地辛勤劳作,努力表现,原来是为了能够回家探望父母。得到婆婆的允许之后,又着急将手头的活儿赶紧干完。妇人归心似箭的心情,通过采葛和织葛等一系列动作得以形象揭示。

我读《诗经·周南·葛覃》的时候,便想起了山谷之中席卷而来的绿葛。深秋了,葛叶凋谢,藤蔓枯黄,乡人开始割葛藤挖葛根。"为绤为绤,服之无斁。"穿葛布织的衣服,穿葛藤编的鞋子,从来不会厌倦。

葛布织的衣服,我没见过。我揣想,织葛布和织麻布,是差不多的,都是提取植物的粗纤维为布原料,浸泡,捶丝,团丝,纺织。葛藤鞋,我是见过的,比稻草鞋耐穿。这些鞋子称为"葛履",柔韧坚固,透气耐磨,价格低廉,十分实用。20世纪70年代,当阳老家的集市上还有卖草鞋、葛藤鞋的人。夏秋季,男人除了光脚的,就是穿用草和葛藤打的鞋的。现在有一个词,形容底层的,叫草根,如草根出身、草根人物。但在《诗经》年代,谁说这个词,很可能会被当傻子取笑,谁的脚上穿的不是草鞋啊。古人不说草根,也不说平民,说布衣,形象贴切,又不会让穿粗布的人自卑。西汉桓宽《盐铁论·散不足》有云:"古者庶人耋老而后衣丝,其余则麻枲而已,故命曰布衣。"粗布,也就是葛布麻布。诸葛亮在《出师表》里说:"臣本布衣,躬耕于南阳,苟全性命于乱世,不求闻达于诸侯。"一介布衣,并不失去自己的雅气和胸怀。

葛藤的用途非常广泛。茎叶鲜嫩时可以食用,成熟之后通常作为牲畜家禽的饲料。葛根可以提炼淀粉，制成的葛根粉是一种味道鲜美、营养丰富的食物。葛藤的茎秆柔软、坚韧，经常用来编制器皿。此外，葛藤还具有很高的药用价值。

葛粉来自葛根。秋冬季节，葛根从地里挖上来，洗净，切片，晒干，除作中药材外，许多人买回去直接放在保温杯里泡水当茶饮。此外，将新鲜葛根捣烂，研粉，过滤，沉淀。沉淀下来的白色物质叫葛粉。葛根粉似藕粉，可用开水冲服，亦可用其调兑鸡蛋在铁锅上摊成鸡蛋皮，吃起来特别爽口。还可将其做成团团，汤煮，或者清蒸，那道菜名叫葛根粉圆子。

不过，葛粉好吃葛根难挖，那可是个重体力活，比挖番薯累多了。

在江城工作的日子里，去黄陂出差甚多。这里葛藤遍野，人们充分利用资源，深耕葛藤产业，已形成附加值丰厚的产业链。大小集镇商场饭店都有葛粉、葛根饮料酒水出售。每次去黄陂，朋友自然都会送一提葛粉。民间往来葛粉也成了随手礼。

小小的嫩嫩的葛花，还有强大的解酒功效。据说，很久以前，有嗜酒之人，某日在山间豪饮，已经喝得酩酊大醉。突然一阵风吹来，飘过来几朵紫蓝色的花，有几片花瓣儿落在了他的酒碗里。这爱酒如命之人，哪里舍得把酒倒掉，他连花瓣儿都舍不得拈出来，花瓣儿也沾着酒呢。他很快把酒和着花瓣儿一股脑儿地倒进嘴里，没多久，他居然觉得清醒了，酒醉的所有症状居然全没有了。仔细思量后，他发现，帮他解酒的是那紫蓝色的葛花。葛花能解酒，就慢慢传遍四方了。

葛花中含有的皂角苷和异黄酮等有效成分可以在免疫系统和内分泌系统发挥协调作用，改善酒精引起的新陈代谢异常、脏器障碍及肝功能、消化道功能障碍,清热、解毒、护肝、健胃、补肾,从而控制和缓解由于饮酒过度导致的心神不宁、昏晕烦乱等症状,真可谓"何以解酒,唯有葛花"。可见,这世间万物,相生相克,真是耐人寻味。

其实,不仅仅是葛花,葛根粉也是解酒佳品。有一次,我和朋友喝酒。有人说,喝了酒后,再喝一杯葛,很快会醒酒。我不信。后来经过深入学习才知道,葛根"主要成分有黄酮类物质、β—谷甾醇、淀粉等,有扩张冠状动脉血管和脑血管、增加冠状动脉血流量……降血糖等作用",自古以来是养生的上品,解酒仅是其功能之一。

当然,完全靠葛花葛粉来解酒护体,也不是万能的。当饮酒过量,出现酒醉的不良状态时,即便用葛花葛粉暂时缓解了症状,身体本质受到的伤害也不是一时半会儿就可以恢复的。所以,喝酒喝到不需要葛花葛粉的时候,方是佳境。那时,脸上红扑扑,额上亮堂堂。举手投足之间,自然、随意;言笑晏晏之时,自如、酣畅。一种温暖,一份满足,一腔真情,一份纯净,会像山间清泉一般,汩汩地从心底奔涌出来。

说起葛藤的性情,它既不温柔,也不刚劲,但它有着看不见的爆发性的内在生命力。它让我们品尝到葛藤根煲出的靓汤、葛藤粉炒出的飘着清香的鸡蛋,还饮到了可解酒的葛藤酒。

年轻的时候,我们也都有过葛藤般肆意成长的日子,那样的日子像夏日里穿梭白天黑夜的雨幕,不懂爱恨,到处侵入。现在,年岁大了,理性降临内心世界,葛藤般的疯长与狂野,不再绽放在自然下,而是回归到了心灵的原野上。

人如草芥,但愿如葛,方乃甚好。

辑二

三峡柑橘情

在我心中，

故乡三峡最亮丽的风景

是那满目的柑橘树。

三峡柑橘情

从宜昌城溯江而上,是三峡风景线。不少人看过刘白羽的《长江三日》,若亲身感受一下,兴许比他体会更深。

有人说,三峡自然风光雄险壮丽,人文历史底蕴深厚,享誉世界;有人说,葛洲坝带出一个中等城市,三峡工程成就了一个大宜昌,一时间,"东方日内瓦""世界电都"美誉纷至沓来。

但在我心中,故乡三峡最亮丽的风景是那满目的柑橘树。

橘 景

春到三峡,漫山遍野的橘花竞相开放,远远望去,如繁星当空。春风拂过,花香阵阵,沁人心脾。远离喧嚣,置身其境,陶醉其情,整个身心与花融为一体,变得清纯而宁静,仿佛超凡脱俗了。中堡岛——"三峡水利枢纽工程"核心所在地,由此扬名四方。1992年春天我第一次登上中堡岛时,大片大片的柑橘林和油菜花扑面而来,青翠和金黄直逼人的眼。第二年再去,这里已成山峡枢纽工程选址地,只见偌大的工地上人来人往,机声隆隆。又过了几年,"高峡出平湖,当惊世界殊",改头换面又成新景。如今,中堡岛、坛子岭已成新三峡亮丽的名片。

西陵峡西口右岸有一条河,宛如一条流香溢美的彩带,缠绕在崇山峻岭之间,王昭君的故乡就在河畔。传说昭君出塞前,从京城返乡探亲,泣别乡亲之时,正值橘花盛开,昭君一路弹着琵琶,想到从此永别故土,泪如雨下,那泪珠与水中的橘花汇聚一起,再随波漂散。从此,溪水清澈,水中含有橘花的香气,故名香溪。人说三峡出美女,美女却说,那都是橘花水滋养的缘故。

上行不久,神龙溪由北向南,从百里外的神农架注入长江。神农溪里纤夫在长江汇合口弓身拉纤,古铜色的皮肤在柑橘花的掩映下,绿白黄色彩斑斓,好一幅天地人和谐的动人图画!纤夫们在号子声中喊出了质朴粗犷的爱,也唱出了人生的悲欢离合。在三峡两岸,纤夫这一古老的职业与柑橘树相随相伴,共生共荣。也正是三峡地区的无数条涓涓细流,滋润着柑橘树,丰富着长江。

深秋时节,长江两岸及支流边,漫山遍野黄红的柑橘掩映在绿叶间,绵延百里。层层叠叠的柑橘树上挂满了柑橘,将树压弯了腰。微风吹动,柑橘羞羞答答,时藏时露。极目远眺,风光旖旎,气象万千。柑橘与巫山的烟云、神女峰下的枫叶、瞿塘峡的激流一起,绘成秋天的童话。难怪历代文人骚客对她情有独钟,大发感慨呢!寓居三峡两年多的杜甫,亲自感受到三峡色彩的季节变化,在《放船》中写道:"青惜峰峦过,黄知橘柚来。"苏轼有《赠刘景文》诗云:"荷尽已无擎雨盖,菊残犹有傲霜枝。一年好景君须记,正是橙黄橘绿时。"

柑橘上市之季,每天天刚露出鱼肚白,三峡地区便飘荡着柑橘的清香。徜徉街巷、车站、码头,那一担担、一袋袋、一车车、一船船黄里透红的柑橘,汇成一个金灿灿的世界。买卖双方讨价还价,吆喝声不绝于耳,忙得汗流浃背。来往的人川流不息,熙熙攘攘,好不热闹!秋末冬初,三峡人陶醉于橙黄橘绿之美景,也品享着柑橘丰收的喜悦,苏轼在另一首诗中写到了三峡人以甜美的柑橘招待客人的情景："长江连楚蜀,万派泻东南……野戍荒州县,邦君古子男。放衙鸣晚鼓,留客荐霜柑。"

三峡柑橘风景蔚为壮观,已融入"三峡人家"的生命里。

橘　情

三峡人对橘树和橘果有着特殊的感情,甚至把她当作心中的神树、神果。

我数次到过橘乡,到过屈原故里,徜徉于柑橘林,与柑农聊天,酒酣耳热,十分理解他们对柑橘树的情感。如果说我知道"屈原"的名字是因小时候家里穷,渴望端午节吃粽子,那么,后来我对宜昌这位大诗人的敬仰之情则源自《橘颂》、三峡柑橘及柑农。屈原所云"行比伯夷,置以为像兮"之习俗,在今天三峡人的民俗事象中尚有遗痕可寻。春节期间,由两名儿童(一持刀、一携饭)到果树下,持刀者在树上砍一刀,另一儿童即把饭食"喂"入刀口中。砍者问:"结不结?""喂者"代答:"结!"又问"结好多?"答曰:"结蛮多!"是为祈年。三峡地区民间雅称橘为"福橘",常以之馈人以表祝福。结婚、祝寿亦少不了橘子充当吉祥果的角色。旧时,富户人家常以成片橘林(山)来陪嫁,而穷户人家则以橘苗代替。祭神、祭祖的供果中也少不了橘子的位置。不仅如此,传说,在汉代,日本人曾派农业官员到中国寻找橘树,将橘子视为"四季香果",说它"一季开花,二季结果,三季成熟,四季食用",也将橘树奉为神树。

无论是兵荒马乱的旧社会,还是新中国成立初期的困难岁月,柑橘都是三峡人赖以生存的生活期盼。收获时节,人们摘下柑橘,不敢受用，吞咽口水，把它卖掉，换回盐巴和口粮。只是来了特别贵重的客人，才把它作为"奢侈品"献给嘉宾。据说，20世纪六七十年代，兴山县南阳镇旁的小山坡上有几棵高大的脐橙树，果子大，产量高，甜中略带点酸味，符合外国人口味，于是，县里派民兵守护，橙子成熟后，立即采摘运往京城，用于外事活动。有几次，兴山的朋友邀我去拜谒这神树，可每次都因故遗憾错过。

柑橘是橘、柑、橙、金柑、柚、枳等的总称。三峡地区的柑橘品种丰富，品质上乘。有脐橙、夏橙、甜橙、桃叶橙、蜜橘、金橘、椪柑及三峡柚等。其中，兴山、秭归县的脐橙，夷陵的蜜橘和后来的长阳椪柑都是响当当的品牌，一时也成了紧俏产品。我所在的远安与兴山农行是友谊单位，逢年末为职工办福利，我们便用远安鸣凤米换兴山香溪脐橙。改革开放后，日子一天天好起来，柑农们可尽情享用，独享"品橙殊荣"。

有人讲，三峡工程的兴建，给三峡库区带来了福音和财富。不假，但这是对整个三峡地区而言的，真正对淹没区的移民而言，他们受到的损失是无法统计的。因为淹没区一带刚好是最适宜柑橘生长的地区，这里成片成片的柑橘林倾注了柑农们祖祖辈辈的辛勤和汗水，也包括国家农村金融贷款的支持和我们农村金融工作者跋涉的足迹。

三峡工程开工后，移民与开发同步。为了弥补柑农的损失，国家一方面逐株核查，给予现金补贴，一方面大力组织开发新柑橘林。那时，我有幸再次参与扶贫贷款、农业开发贷款、世界银行开发贷款的论证和发放工作。几年后，三峡地区柑橘产量猛增，一下子占到全国的百分之十。"生产过剩"，消费不足，市场开始出现滞销，价格随之下跌。地方政府举办三峡柑橘艺术节，"文化搭台，柑橘唱戏"，诚邀各地客商，推销三峡柑橘。有一年惊动了党中央国务院，李鹏总理亲自安排上海等大城市调运三峡柑橘，号召市民购买爱国柑橘，支持三峡工程建设。后来，三峡人办起了柑橘保鲜厂、柑橘饮料厂，柑橘仍是三峡人经济收入的主要来源。

人橘情未了

　　新世纪，我再次走进三峡库区，看到截流后的大坝开始分段蓄水，得知沿途的新滩、泄滩、郭家坝、香溪镇的优质柑橘基地已沉没在水下。秭归县城归州古镇也已搬迁到茅坪，建成了三峡坝首第一美丽县城。我多次拜谒过的屈原祠已不见踪影，屈原也随之"移民"了。王昭君的故乡兴山，因为工作关系我常去，美人生长的地方，让我每次前往都心情美好，惊叹大自然鬼斧神工的同时，亦钦佩昭君和亲救国的勇气。

　　那天，我沿香溪去兴山，沿途远远近近的柑橘树和它的伙伴繁茂苍翠，想到它们马上就要和香溪一起淹没，不免一阵伤感。当时兴山县高岚镇正做搬迁准备，不久这座县城也将成为三峡库区。进入昭君村，看到一座向上牵引成半圆状的吊桥，得知它也将被拆除，格外多看了几眼，也算是向它道别吧。昭君与屈原的命运不同，长江水刚好从她脚下路过，无须颠沛流离，她的家乡昭君村可以得到完好保存。在昭君村，我看见零星稀落的柑橘树不成片、不成林，散落在村子周边，特别高大，枝叶繁密，硕果累累，脐橙掩映在枝头肥大的绿叶间，在夕阳的余晖下，疏阔、雄壮。

　　每次船过三峡，看两岸层林尽染，柑橘压枝，我便想起屈原的《橘颂》："后皇嘉树，橘徕服兮。受命不迁，生南国兮。深固难徙，更壹志兮……"我思索，橘树"不迁"虽有"橘逾淮北而枳"之说，但更表达了三峡人故土难离的情结啊。

三峡工程建成投产多年，当年的投资早已收回，防洪发电航运已产生了巨大的效益。移民搬迁也已过去二十多年了，迁入地政府提供了很好的生活、就业条件，对移民关爱有加。为了实现政府"搬得出，稳得住，能致富"的目标，每逢春节前后，政府就会组织车辆运送分散在全国的移民，浩浩荡荡奔赴三峡老家。他们成群结队，探望故土故人，祭奠长江水域下的老屋场和柑橘树，包上一包黄土，或泪眼婆娑，或抱头痛哭，那场景不亚于当年离开故土时一步三回头的依依不舍，令人动容。

一晃又近二十年过去，我对三峡柑橘的思念一如长江之水涛声依旧。站在高高的坛子岭上，俯视三峡大坝，遥想永远淹没在江水中的中堡岛和那些柑橘林，百感交集，难以释怀。

当年为了三峡工程的兴建，三峡人舍小家，顾大家，含泪砍去了他们心中的神树、情感的寄托、生活的依靠，"先天下之忧而忧，后天下之乐而乐"，这正是三峡柑橘的无私奉献精神，也正是三峡人质朴勤劳、重建家园的英雄气概！

因此，我一直固执地认为，三峡风景之所以如此美丽，皆因三峡之山、之水、之人，而山因柑橘花而壮美，水因柑橘树而灵动，人因柑橘果而朴实。三峡风景风情，由此誉满天下矣。

邂逅柿子树

我喜欢吃柿饼,父母有时会在镇上买一点给我解馋。虽然郭家岗及周边的村落都有零零星星的柿子树,但那都是野柿子树,结出的柿子,个头太小,味道酸涩不好吃。真正的柿子树是需要嫁接的,嫁接的柿树结出的柿子才好吃。

首次邂逅柿子树是20世纪80年代初的一个秋天。

那天,我和光彦股长到干溪公社农行信用社督导旺季信用回笼,营业所的农金员小刘领着我们去清溪场清收贷款,那地方已靠近远安县。我们骑着自行车一路上坡,骑一阵,推一段,走一走,先柏油路,后土路,好不容易走近这个大队,再向前走土路崎岖不平,自行车实在不能再骑,也不方便推。我们只好把自行车停在坡岗旁的一处稻场边,准备步行。

刚走几步,小刘眼尖,手一指说,你们看,那一片柿子都红了。我擦着满头的汗,不经意地远望,果然,不远处还真有几处散落的红树啊。红得像火,突然之间就亮在了眼前。

这是我第一次看到嫁接的柿子树,也是第一次遥看柿林秋日美色。

走了几百米,就是生产队稻场,有不少人在劳作,晒谷子,堆蒿草,忙碌着。队长带几个人迎了上来，小刘一一介绍，带我们到仓库旁的保管室小歇。与会计计算当年收支账、现金账和社员收入账，确定了还款额度。队长说，等这批稻谷晒干后马上交售，就可以归还你们的贷款了，最迟这个月底。我们相信他的话，山里人朴实，不会说谎。只要他卖粮，由农行贷款的粮管所就会付款，直接转到了生产队在信用社的账上，还贷款后，还有余下存款，我们今年的信用回笼计划就有保障了。

忙完算账，我们起身准备转向另一个生产队，队长几个人送我们到村口，我忽然眼睛一亮，村口孤零零地立着一棵大柿树，充满张力，生机勃勃。它足有两三层楼高，几间房子那么大，柿叶肥大，有手掌大小，背着西方天空的余晖，疏阔又雄壮。它红得很有些张扬，枝枝丫丫上都是红，像一簇簇火焰。那是非常动人的一幅图画，疏疏朗朗的枝丫上挂满了柿子，稠稠的一团一团，红嘟嘟的，上面有一层细细的白粉。

我情不自禁地叫道：好大一棵柿子树！这是我第一次近距离看见的柿子树，很有些兴奋。队长笑着说，这是我的。

他说，生产队没有成片种植柿子树，田间地头，这里一棵，那里一棵，都是野生的。即使很爱栽种果树的人家，顶多也不过三两棵。自己家的这棵柿子树是他的爷爷栽的，已有半个世纪了。记事时，那棵柿子树的主干就有一人高、碗口样粗。它的叶是椭圆形，厚实而光滑。

每年四五月间，这棵柿子树也会开放许多小小的黄花。每朵小花黄灿灿、脆生生，它们躲在翠玉般的的花托中，绿黄相映，美丽极了。花朵谢后便长出了小小的柿子，起初指头一般，然后有鸡蛋大小，到了秋天就长到拳头般大了，不经意间脱去绿色紧身衣，穿上橙黄的外套，一个个躲在大大的柿叶间，脸蛋橙黄半藏半露，很是喜人。

以粮为纲,大割资本主义尾巴的年代,山区的孩子们很少见过桃、梨、苹果,以及花生、西瓜等。陪伴他们的瓜果零食只有山楂、野酸枣之类,家门前柿子树结出的柿子更是他们的宝贝。

队长站在树下一边说着,一边瞄准那个最醒目的大红柿子,竹竿支撑着网兜轻轻伸去,从下面一兜,柿子便欣然落进,再对准一个,稍稍用力一拉,又掉进去了。有两个孩子像猴子一样,噌噌就爬上去了,直接抵达最顶端那挂娇艳的柿子。

刚摘下的几个大红柿子熟透了,很软,艳红圆润。乡谚云"吃柿子,专拣软的捏",我们捏一捏,然后嘬一小口,嘬出了一兜儿蜜一般的柿子汤,"吸溜、吸溜"带声儿,往嘴里吸。醇醇的甜顿使我们舌下生津,别有一番滋味在心头。

我们从树下过,脚窝儿里软软和和的,小刘一脚踩在叶片下面的红柿子上,鞋底鞋帮像涂了一层蕃茄酱,让他哭笑不得,但心里一定美滋滋的。

我以为,与柿子树的情缘到此为止,哪知道,我与它的相遇竟是序曲。

时间过得真快,转眼到了80年代中期,我调到远安县工作,每月都会路过这一地段,总要隔着车窗看这多变的风景。远安山区柿子树更多些,不过也是零星地栽种,鲜有成片成林的,以河口乡和望家乡为甚。

这里的柿子树夏天绿叶飘飘,秋天硕果累累。它们树干粗大,枝条茂密;枝叶舒展,叶面呈绿或褐色,长圆形或狭长圆形;花乃雌雄异株,柿果开始是青色的，上面有一层白粉，到了秋天，先变得橙黄，继而变成红色。

喜鹊是柿子树的闺蜜，从柿子花离开花蒂它就来寄居了，一根一根枯枝搭就的窝被浓密的柿子树枝叶遮盖，风里雨里，它们总保持着窃窃私语的情状。柿子熟了，柿子树也会用一片厚实的叶子给喜鹊保存一挂在那里。

俗话说，七月枣，八月梨，九月柿子红了皮。按公历算，十月之末，庭院、坡冈的柿子都红了。

秋风乍起，岁月的书页翻到深秋。走进深秋的远安山乡，放眼望去，看到的是枝繁叶茂的柿树及柿树上红红的果子掩隐在枝头肥大的绿叶黄叶暗红叶片间的丰硕的景象。

那就是一幅暖暖的水墨画。片片红叶，在秋风中摇曳，犹如一面面小红旗在招展，阳光透过枝叶，投下长长的光影，斑斑驳驳，微风吹过，几片树叶悠悠地飘落，分外俏丽惹眼；胖胖憨憨的柿果，像晶莹剔透的红宝石，挂在灰黑的树枝上，它们三五成群聚在一起，簇拥着，依偎着，繁星般地呈现着，越往高处，越是重重叠叠，像一盏盏吉祥的灯笼，把山乡的秋装扮得分外喜庆和妖娆，红色的沸腾和静谧同时在乡村飘浮。难怪王实甫如此说："晓来谁染霜林醉？总是离人泪！"其中的"霜林醉"，说的就是柿林醉人的秋色。

树叶凋零，光秃秃的的枝头上挂满红彤彤如灯笼的柿子，为秋季荒凉的山野点缀着最后一抹嫣红，天气晴朗时，在金色的阳光照耀下，在湛蓝的天空映衬下，更显亮丽、张扬。

这些柿树，宛若山里人倔强和质朴的品质。在贫瘠的生态里，不屈不挠,深深植根于山石薄土之中,历经风雨,长成一棵棵几十年或上百年的大树,与大山一起守望着岁月的沧桑。

初冬的时候,柿子树上的叶子渐渐掉光了,从上到下,红红的"灯笼"挂得满满的,农人都抽空摘柿子。

采摘时,在树杈上便于摘果的地方留下一些个儿大的柿果。霜降后树叶全都脱落了,那留下的为数不多的几颗柿子,通红通红地挂在树端枝杈间,也是很有诗意的。

休息时,男人们始终是悠然地抽烟,女人们一成不变地纳袜底,唯有一些小孩子还在柿子树上。离得近的他们随手摘了吃,离得远的就像大人一样,用叉子叉下来,放到身边的篮子里。

有人挑选软柿子撕开皮,里面就露出晶莹糯软的果肉,轻轻咬一口,甘甜的汁水流进嘴里,清洌爽口,是寒冷干燥的冬季里的上好水果。

吃着甜蜜的柿子,欣赏着美丽的柿林红景,心里想着柿子的吉利,这应该是秋季里最值得雀跃的事情。

柿子到家,需要立即加工。人们把刚成熟的柿子削了皮,放到太阳底下晒柿饼。柿饼晒干后装进篓子捂着,待到霜降之时解开看,每一个上面都有一层白霜,那是糖分的外化,舌头一舔很甜,食之甘甜滋润,还能清热润肺、健脾化痰。

据说,柿子多的农户,男人会留些做烧酒。柿子酒虽不及苞谷酒那么清亮纯粹有劲儿,但提提神、解解乏还是不错的。男人最爱的是这两盅,对于柿子,他们感兴趣的大约也就是看好其体内的这些酒精蕴藏了,至于柿饼只能算零食,那是孩子们的口福。

远安的秋冬,明媚而鲜亮。

时间走向 90 年代初,我调往宜昌,才知道长阳、五峰、兴山、秭归山区县是柿子原产地,算得上柿子的故乡,与它亲密接触的机会多了,也让我对柿子的前世今生有了些许了解。

柿子原产于中国长江流域及西南地区,是一种真正土生土长的中国水果。

它是落叶乔木,为柿树目柿树科柿树属,能在自然条件差的山区生长,营养丰富,含有大量糖类和多种维生素,具有很高的药用价值和经济价值。根据味道,可分为甜柿和涩柿两种类型,甜柿如湖北罗田甜柿、日本富有柿等,在树上成熟后即可鲜食;涩柿子比较常见,中国古代原生柿种几乎都是"涩柿",需要人工脱涩方能品尝甘甜。

无论甜柿还是涩柿,在未成熟之前,果实中都含有大量的可溶性单宁,这是涩的来源,可以理解这是植物界一种自毁形象的保护机制,即在生长发育阶段,柿子通过让自己变得难吃来避免被敌害骚扰,而随着果实的逐渐成熟,柿子又希望自己被吃掉,种子可以得到传播,于是在这个阶段,柿子果实中的可溶性单宁转化为不可溶性单宁,涩味降低,甜度增加。

虽然甜柿和涩柿在成熟的过程中,都有可溶性单宁转化为不可溶性单宁的动作,但是因为 DNA 的不同,让两种柿子在可溶性单宁转化为不可溶性单宁的力度上各有不同,因此涩柿子并非没有努力,而是被基因限制,即使成熟的果实,它的可溶性单宁也可以高达 0.2% 以上。

科学家研究发现人类对于苦涩的味道,要比对甘美重视得多,苦涩的味道不招人喜欢,还意味着危险。南北朝时代,人们最终忍受不了柿子美丽的诱惑,就开始大胆实验,逐渐掌握了柿子的脱涩方法,柿子也因此走进大众的生活。

我国为柿子的重要产区,也是食用大国,柿子品种繁多,按色泽可分为红柿、黄柿、青柿等,按果形能分为圆柿、长柿、方柿、牛心柿等类,种植范围比较广泛,在陕西、山西、河南、山东、河北、湖北等地都有种植。

制成柿饼是柿子的最常见吃法。柿饼白里透红、皮脆柔软、清甜芳香,食后唇齿间有抹不掉的香甜。

柿子酒以柿子为原料,根据自己喜好,配以糯米、罗汉果、蜂蜜等其他辅料,加入曲子和酵母,进行发酵精制而成,其香气浓郁、酒体澄清、口感醇厚。

将柿子做成柿子醋具有悠久的历史,在《屐人记》中有这样的记载:"万般果醇,止咳生津""尝往洛阳买卖,声名渐行",这是我国关于柿子醋和酿醋的最早记载。

说到大红柿子,还有个朱元璋和大红柿子的传说。

众所周知,朱元璋讨过饭,给地主家放过牛,日子曾过得穷困潦倒。有一年霜降前后,他四处乞讨,几天没吃过一顿饱饭。行走在一个山坡上,踉踉跄跄、晕晕乎乎,摔了一跤,从山坡上滚了下去,被一棵大柿树挡住了,树上掉下来几个大柿子,朱元璋吃了一个,又甜又香,他接着连吃四五个,又上树摘了一兜子,才满意而归。后来朱元璋参加义军,一路拼杀,当了皇帝。但他深知自己读书少,管理无方,打江山难,守江山更难。有一天晚上,朱元璋梦见一位高人拉他到柿子树旁,笑着对他说:"柿子救命,士子救国。"朱元璋从梦中醒来,深信这是仙人指点。于是他广纳贤才,欲委以重任,但又怕跟着他打天下的武将们不服。又到了一个霜降节、柿子红了的时候,朱元璋带领开国元勋徐达等人来到柿子树下,给他们讲述自己逃荒要饭时柿子救命的遭遇,说到动情处,不禁泪如雨下,他脱下自己身上的大红斗篷,披在柿子树上,封柿子树为"凌霜侯",并连声说:"柿子救命,士子救国。"武将们被朱元璋情绪所感动,也都赞同了"士子治国"的提议。第二天,朱元璋颁下诏书,封李善长、徐达、常茂、李文忠、冯胜、邓愈等六人为公爵。这六位士子后来都成了朱元璋治理国家的得力助手。

国人爱柿子,爱它构成的红景。东汉文字学家许慎曾在编著的《说文解字》中对"柿"解释道:"柿,赤实果也。"

柿子是著名的"木本粮食"和"铁秆庄稼"。在民间,人们会用"红嘟嘟"称呼柿子,可见柿子的红是如此惹人怜爱。唐朝诗人刘禹锡在《咏红柿子》中韵唱"晓连星影出,晚带日光悬",张均的"洲白芦花吐,园红柿叶稀",用白的芦花和红的柿子互为映衬,色彩对比鲜明。

柿子树和柿子不仅可以作为景观观赏,它的味道也一直吸引着古今文人的味蕾,南朝梁简文帝萧纲曾称赞柿子"甘清玉露,味重金液",把柿子的味道比喻成美酒或者甘美浆汁。元末明初时,自然灾害频繁,北方山区常有以柿代粮充饥的记载,柿子一度由水果变成粮食,成了"铁秆庄稼",在这些粗粮中,加入柿子掺拌制作柿糠,丝丝甘甜成了灾荒时期贫困山区人们度日的美食。

国人本来就对红色情有独钟,而红彤彤的柿子,不仅喜庆辟邪,就连发音上也因"柿"与"事"谐音,衍生出"柿柿"如意、喜"柿"连连、心想"柿"成、万"柿"大吉、"柿"业如火等理念,作为供奉之物,被广泛用于生辰、婚礼等场合。

苦涩的毛桃

我的老屋场周边植物种类繁多,其中在我少年时代留下深刻印痕的是屋场前的毛桃树。

那棵毛桃树没人种养,不经意间就长出三米高了,我上小学那年春天,它开花了,一簇簇粉嫩细碎的小花清丽素雅,浓浓的花香溢满了屋场。不久,毛桃树挂果了,果实有球形也有卵形,表面有浅绿泛白的细毛,毛茸茸的桃挨到身上,痒痒的。毛桃子苦涩、爽脆,咬下咀嚼有嘎吱嘎吱的声音。

因为味道不那么爽口,也就没人待见。有一天,乡绅郭春佛老先生捡牛粪到后垭,看我们在桃树下嬉闹,就摇头晃脑地念念有词:"桃之夭夭,灼灼其华。之子于归,宜其室家。桃之夭夭,有蕡其实。之子于归,宜其家室。桃之夭夭,其叶蓁蓁。之子于归,宜其家人。"我不知其意,他说是《诗经》云云。意思是说,桃花怒放千万朵,色彩鲜艳红似火。这位姑娘要出嫁,喜气洋洋归夫家。桃花怒放千万朵,果实累累大又多。这位姑娘要出嫁,早生贵子后嗣旺。桃花怒放千万朵,绿叶茂盛永不落。这位姑娘要出嫁,齐心携手家和睦。后来才知道《诗经》里有一首《桃夭》,非常著名,即便只读过几篇《诗经》的人,一般也都知道"桃之夭夭,灼灼其华"。像小桃树那样年轻,像桃花那样明艳、美丽的少女,永远驻在读者心里。吟诵《桃夭》,没有美酒也醉了。

当时村子里的毛桃树也不少。一般农历二三月开花,早熟的到农历五六月采摘。那时的农业生产"以粮为纲",毛桃树都是土生土长。这种桃树流出的"脓",现在叫"桃胶",又名桃油、桃脂、桃凝、桃花泪等,为桃类树身的分泌物,具有清血降脂、缓解压力和抗皱嫩肤的功效。想不到童年时脏兮兮的玩物,现在竟然变成一种高档食品,真是匪夷所思。而桃花,是植物精华,趁新鲜将其捣烂取汁,涂敷面部,可以达到面色红润、皮肤光滑细腻而富有弹性的效果。

也许正是因为桃花自身的美丽和美容养颜之功,人们便爱用它来形容美女。息妫是春秋时期息侯之妻,"目如秋水,面若桃花,长短适中,举动生态,世上无有其二",楚文王闻色心喜。公元前680年,楚文王伐息,灭息国,夺息妫为夫人。息妫至楚,三年不同楚文王说一句话。有一天,她趁楚文王外出打猎,溜出宫外,与息侯见面,两人自知破镜难圆,双双殉情。时值三月,桃花盛开,楚人便以息妫为桃花夫人,立祠以祀,后人又封她为主宰桃花的女神。

自古以来,美丽的东西总易引来非议。兴许是太过艳丽了,桃花也成了轻浮的代名词。比如,形容某人好色或滥情,会说他有一双桃花眼或命犯桃花。有些古人,也将息妫说成红颜祸水。甚至将息妫定为桃花夫人,也隐约有讥讽之意。其实,息妫的故事,是女性的悲剧,"千古艰难惟一死,伤心岂独息夫人"。

一晃我上小学五年级了,见识学问也渐长,还读过一些桃花诗。最著名的是唐代诗人崔护的《题都城南庄》:"去年今日此门中,人面桃花相映红。人面不知何处去,桃花依旧笑春风。"诗人崔护到长安参加进士考试落第后,闲游南郊邂逅一位美少女,一见钟情,次年清明重访南郊不遇，于是怅然题写此诗。这种富有传奇色彩的故事，其真实性难以得到史料的佐证。单就诗而言，意象简单，只有"人面、桃花、春风"，却因时空转换而使人迷思；虽有怅惘之情，却令人遐思无穷。

"桃花嫣然出篱笑，似开未开最有情。"宋代诗人汪藻的清丽诗句，惟妙惟肖地描绘出少女初恋的羞涩，初绽桃花半开半合的娇羞玉容；清朝词人张惠言的"一树桃花，向人独笑"，则生动形象地表达了桃花对人的柔情蜜意，令人回味无穷。

"古代第一美男"，西晋顶尖文学家潘安为官清正廉洁，为文文章锦绣，为夫专情妻子，为子孝顺父母，为父疼爱子女，堪称贤良方正之士。这样一位才貌双全、温润如玉的"帅哥"，便视桃花为人间尤物，喜爱有加。他任河阳县令期间，为致富百姓美化环境，动员民众遍植桃树。每年春天，一县桃花，明艳似锦。河阳因此博取"花县"美名，桃花也别称"潘安花"。潘安与桃花之恋，不正是才子佳人美好情缘的写照吗？潘安独爱桃花，不恰好体现了他的专情美德吗？

最有意思的要数金代文学家元好问的《杨柳》："杨柳青青沟水流，莺儿调舌弄娇柔。桃花记得题诗客，斜倚春风笑不休。"此诗虽有自作多情之嫌，却把"桃花、春风"写得风情万种。到了明代，陈于王《题桃花扇传奇》诗云："玉树歌残声已陈，南朝宫殿柳条新。福王少小风流惯，不爱江山爱美人。"诗人有感于短命昏君朱由崧重蹈南朝陈后主覆辙的历史，激愤难抑，写下了这首脍炙人口的怀古名篇，讽刺当政者只知爱恋美人而不顾国事。

金庸写武侠小说，造了一个童话般的岛，叫桃花岛。桃花岛可能是历代小说中最著名的岛了——与世隔绝，无忧无虑，桃花开遍了山崖，涛声拍岸,浪花如飞雪。陶渊明写了一个"无论魏晋"的桃花源。桃花有隐逸之美。

我没有找到桃花岛,但那年桃花烂漫时节,我到过宜昌南津关的桃花村。树上罩着一片云霞,我惊呆了,从没见过这么广袤繁盛的桃花。我在桃林里游走,头上、衣裳上,落了很多花瓣,真让人迷醉。我不知道,有哪一种花,能像桃花一样,让人内心焚烧起来。

我游历过很多寺庙,印象里寺庙也大多种桃树,或院子里,或寺庙门口两边的路上。白居易《大林寺桃花》写道:"人间四月芳菲尽,山寺桃花始盛开。长恨春归无觅处,不知转入此中来。"也许,寺庙种桃树,是自古以来就有的。桃花,在出其不意时,营造出幽静闲远的禅境。人间繁华不再,红尘似云飘散,踏入山寺,山道两旁的桃花成团,清泉自山岩轻轻滴落,叮咚叮咚,有枯寂的韵致,让人悲欣交集。

家门前的桃树依旧开花结果,只是树更粗壮了,分三枝向四周和空中发散生长,味道也似乎比以前好吃了许多。更有趣的是,桃子用手一掰,果肉与核便分离开来。果肉绵软,取出的核,还可作玩具。

有一周日,正是期末考试的前一天,我闲得无聊,突然心血来潮,穿着短裤,赤膊爬上树摘毛桃。刚摘了几个,便惊动了树顶蜂窝里的土蜂,它们倾巢出动,把我身上脸上蛰了个遍。我慌忙跳下树,跌了个跟头,双腿破皮流血,浑身瘀青,更难受的是脸肿得像红南瓜,眼睛睁不开。母亲急忙找喂奶的女人们挤了些奶水,擦到我脸上身上,但无明显的效果。第二天参加考试,同学们像参观稀有动物似的,指指点点,特别是女生更是叽叽喳喳的,偷着笑。班主任冯老师怕影响大家考试,把我从前排调到后排。考试我并不在乎,只是眼睛肿得睁不开,看不见试卷很恼火，我左手把眼睛撑开，右手答题，开始不太顺手，过了一会儿，精力集中了，也就适应了。

桃子，是圣品，气机神秘，又是大众物品，平和自然。那时，我们听孙悟空的故事，想着孙悟空偷吃的就是这种桃子，现在想来，李白的桃园里灼灼其华的桃树，结的也许也是这种桃子吧。

财爹爹的拐枣树

处暑这天,读朋友《枳椇拐枣》,文章写得很美很玄,情怀浪漫,引经据典,很长知识。原来我少时熟悉的拐枣就是枳椇啊。细细想来,又忽然发现它是儿时食物中唯一消失在我成年世界的果品,自从那年走向社会讨生活后竟然一直未与它谋面。

我当时认识的那棵拐枣树,长在民风淳朴的郭家岗后塆屋场,说得具体点,是长在财爹爹(祖辈)家的屋后面。我很惊讶,整个后塆,除了财爹爹的拐枣树外,再也找不出第二棵。

这棵拐枣树普普通通,其貌不扬,有六米多高,树干有桶粗,没有绚丽的色彩,也无夺目的外形,树干直而无奇,树叶朴实无华,果实成熟于树枝,色调沉着内敛,恍眼看上去,犹如枯树枝。

拐枣树每年在春天抽芽、开花,果实却要在深秋霜降之后才会成熟。

在缺乏水果滋养的孩提时代,甘甜的拐枣可是我们手中的佳品。每当清霜时,儿时的我总会想到沁心入脾的拐枣。

万物萧条时,拐枣慢慢成熟,我们整天在树下咽着口水眼巴巴盼着、等着,刚开始,未熟时有点涩,大半熟时摘下来,需要放上几天才能吃。霜降时,果实开始麻黄麻黄,就有点甜了。此时,我们迫不及待地拿着竹竿,悄悄跑到财爹爹家的拐枣树下,用竹竿"偷偷"敲打树上的拐枣,偶尔还爬到树上采摘拐枣。我们双手把定树枝,用力一摇,枝头上那一串串熟透了的拐枣便会簌簌地落下来。赭褐色的拐枣,七扭八拐不成形,猛一看像枝杈,味道酸涩中带点甜。待在家看门的仁爷爷(曾祖辈)发现,我们早已溜之大吉,钻进后面的棉田藏起来,捂着嘴偷笑,也有些害怕。若是惹恼了老太爷,可能会找到家里告状,那可就要挨揍了。

霜降已过,霜风正起,树叶在秋风中飘落,赫然悬挂在枝头的便是密密匝匝的拐枣。站在树下往上望去,真能找到"磊磊落落秋果垂"的韵致。那形如枯枝的枣柄,在风中摇曳,熟透的拐枣在风中掉落。我们会不约而同地来到拐枣树下,在厚厚的落叶或灌木丛的枝叶上,捡起大串大串的拐枣,掐掉拐枣末梢上的种子,放在嘴里细嚼慢咽,觉得其味如枣,甜似蜂蜜,那种香甜味可以在嘴里盘桓好久好久。就这样,我们在竹苑席地而坐,吃熟落的拐枣,别提有多惬意了。那时,仁爷爷会站在远处,端着那一米来长的烟杆,杆子还系一个黑布烟袋,慢悠悠地抽着旱烟,笑盈盈地望着我们……

奇特的是,拐枣的风味并非来自它的果实,竟是源自它的果柄。拐枣真正的果实很小,圆球形,状如豌豆,坚硬而干燥,有三条纵沟,为黄褐色瘦果。细细看去,柄体肥厚,柄形扭曲,黄褐色或青黄色,酒香扑鼻。可恰恰是这肥厚扭曲的果柄,储存着甘美如贻的肉质,令人回味不已。

拐枣,这名称最有乡野味道,学名枳椇,是现存最古老的树种之一,在地球上已有一千万年的历史了;它是中国特产,在种类繁多的果树家族里,最具中国风,可以说是果树中的国粹。徐锴在《说文解字系传》中提到拐枣称其"又作枳枸,皆屈曲不伸之意。此树多枝而曲,其子亦卷曲,故此名之"。除此之外,它又俗称鸡爪子、鸡爪莲、万寿果等。

《诗经·小雅》中有"南山有枸"的诗句。陆玑《毛诗草木鸟兽虫鱼疏》中说:"枸树山木,其状如栌,一名枸骨,高大如白杨,所在山中皆有,理白,可为函板,枝柯不直,子著枝端,大如指,长数寸,啖之甘美如饴,八九月熟,江南特美,今官园种之,谓之木蜜,古语云:枳枸来巢,言其味甘,故飞鸟慕而巢之。"历史悠久的拐枣,从《诗经》走入生活,是何其美妙!

拐枣有很高的营养价值,含有丰富的有机酸、苹果酸钾等无机盐类,还含有多种维生素和18种人体必需的氨基酸,还含铁、磷、钙、铜、锰、锌等营养微量元素和一些生物碱。此外,拐枣还具有一定的医用价值。其果梗、果实、种子、叶及根等均可入药。李时珍《本草纲目》说它"味甘、性平、无毒,止渴除烦,去膈上热,润五脏,利大小便,功同蜂蜜"。拐枣果梗可泡酒饮用,性热,有活血、散瘀、祛湿、平喘等功效,具有很好的治疗和保健作用。

古书中对其解酒毒,也有很多趣闻记载。《本草纲目》载:"……昔有南人修舍用此木,误落一叶入酒瓮中,酒化为水也。"《苏东坡集》就曾记载了用枳椇种子治疗沉年喝酒损伤的病例。东坡先生同乡揭颖臣慢性酒精中毒,由大夫张肱用"枳椇子"为主药的醒酒药治愈,应为真实的医案,而枳椇叶落入酒瓮酒即化为水的记载,恐怕有点神话了,但枳椇可醒酒是肯定的。据说,土家族有一种不传之方"千杯不醉",里面有一种药就是拐枣的种子。服了"千杯不醉"后,喝酒如喝水,怎么喝也不醉。

财爹爹的拐枣树和他一样离开了我们。岁月渐行渐远,那群对世界充满憧憬、自命不凡的少年也已苍老,但他们"偷"拐枣的场景恰似一幅历史画面,定格在了记忆里。

糖梨时代

我在官垱上中学时,王家塆和李家巷子是必经之路,那是当时官垱到闵场的主要通道,直到 20 世纪 70 年代中后期,修直官垱到河溶镇的新公路,穿过郭家岗,西边王家塆的那条路才慢慢冷清下来。

回望穿行王家塆和李家巷子的那段岁月,我总会想起那棵高大的糖梨树。这棵树连同它的果实,留在了我记忆的深处。

这棵树长在公路的东边,挺立在李圣军家门口屋场上。离树不远处,还新建了红日小学。

它成材于何时,无籍可考,也无口传。老人们说,这棵糖梨树至少在百年以上。老糖梨树高二十多米,树围两米有余,虬枝苍劲,树冠遮天蔽日。树身斑驳,竖条纹理像一道道宽窄有异、深浅不同的沟沟壑壑。有的纹理缝隙像大峡谷一般,几乎要把一棵树分成两半。"裂谷"中堆积了厚厚的、黑黢黢的腐殖质,腐殖质上又滋生出另一棵棠梨树。棠梨树长得慢,不经百年,是断然不会如此苍劲粗粝的。

那些年,我一天到晚两个甚至三个来回奔走在这条路上,棠梨树的四季变化都印在我心里。

乍暖还寒的早春,糖梨树的嫩叶还没来得及探头,白色的小花就缀满枝头,花枝相拥,聚成簇簇花丛。糖梨树头顶的花,鹤立鸡群,一枝独秀地傲然挺立在红日小学后面。

炎炎盛夏，乡民坐在糖梨树下纳凉。妇女们纳着鞋底，欢欢笑笑，家长里短地谈论着；男人们是"三皇五帝夏商周"地谈古论今；小孩们则围着大树追逐打闹。

稻花飘香的金秋，糖梨成熟了，浅棕色的果实，悬挂在低垂的枝头。糖梨果比乒乓球小一些，皮薄肉白，其味虽不如梨，但在那物资匮乏的年代里，却是我们孩童最喜爱的食物。

成熟的糖梨，也是鸟雀们喜爱的食物。白天，鸟雀叽叽喳喳地在树顶飞来飞去，选择熟透了的果实啄食，弹落的糖梨散落在草丛里，引来家禽抢食。夜晚，鸟雀歇息在树枝上，黑色的鸟粪洒落四周。飘落的树叶和鸟粪堆积在树下，腐烂后便是棠梨生长的肥料。年复一年，树越长越高，果子愈加酸甜。

每天上学放学，我都会眼巴巴地仰望它，依依不舍。

有一天放学早，糖梨树的主人还在田里劳作，我们见机会难得，实在经不起诱惑，丢下书包，迅速在附近找来几根晾晒衣服的竹竿，相聚于糖梨树下，用长竿直接敲打，或者将两根竿子捆绑，伸向果枝，叉住一束，用力绞动，便有颗颗糖梨散落一地，或者一大簇掉在地上。正兴奋时，郭扬贵大叫一声："有人来了！"只见同班同学王官德、李圣全等朝这边跑来，我们赶紧停止敲击，慌忙丢下竹竿，每人用书包装了一些棠梨，分头向郭家岗逃窜，幸亏离家近，他们追赶了一阵，就返回了。否则我们会挨打，打架是王家塝孩子们的强项。

郭家岗与王家塝隔得近，就三四百米，我家的南、北、西三面全被王家塝的旱田包围，王家塝人干活累了，也常到我们屋台子歇歇。而我们的田地则都在屋场的东面，延伸很远。

红日大队当时有七个生产队,郭家岗是五队,王家塆和李家巷子那一片分别是六队、七队,在全大队他们是比较强势的,大队书记、副书记等主要干部都从这两个大队产生,所以他们一直是大队的政治中心。王家塆的孩子们根正苗红,也特别能打架。郭家岗的孩子们相对懦弱,有力气的大多是地富子女,不敢乱说乱动,成分好一点像我一般的,大都个头小,战斗力差,好几次发生争斗,都是以我们失败而告终。这次"偷"击人家的糖梨又不占理,只用逃跑的份。意外的是第二天上学,王官德、李圣全只对我们瞪了一眼,还不算恶狠狠,我们心里石头落了地,此事不了了之。

后来,我离开郭家岗外出谋生,走南闯北,没有读万卷书,却行了万里路,吃过不少糖梨。我发现各地的糖梨大小、味道不一,像李家巷子古老、高大的糖梨树极少。异地的糖梨只有樱桃那般大,味道也差一些,没有过去我吃过的果肉那种面面的酸酸甜甜的感觉。我怀疑它们是否是一个品种,专家对我说,是一个树种,味道差异与地域土壤有关。

糖梨,在不同地区的叫法是不一样的,在我的家乡被称为"糖梨子"。其实它的学名叫棠梨,别称甘棠、野梨、土梨、杜梨、铁梨等,蔷薇科落叶乔木,枝有针刺,耐旱耐湿,为黄河和长江流域野生植物,一般生长在平原或山坡阳处,抗旱能力强,很耐寒冷。糖梨不仅花和果实可以食用,而且木材致密可制作各种器物,它也是我国栽培梨的优良砧木之一,具有很高的经济价值。

糖梨树虽非名贵木材,然而因名人系于斯木,也就成了地方文化的一种象征。所以从古至今有着众多的文人雅士赋诗著文,讴歌颂扬甘棠树。甘棠之名,出于《诗经·召南·甘棠》。《诗序》云:"甘棠,美召伯也。"宋理学家朱熹注解说："召伯循行南国,以布文王之政,或舍甘棠之下,其后人思其德,故爱其树而不忍伤也。"后世因用"甘棠"称颂地方官吏之惠政于民者。

据《本草纲目》记载,糖梨具有很珍贵的药用价值。其根、叶、果都可以入药。根和叶润肺止咳,清热解毒,主治咳嗽和急性眼结膜炎,果实健胃止痢。记得有一年邻居小伙伴食物不洁肚泻,摘几个糖梨烧熟吃下去,果然灵验。之所以比"利特灵"还奏效,是因为糖梨有涩肠止泻解毒的药理。

年复一年,李家巷子的糖梨树默默地开花,默默地结果,生命中夹杂着几分寂寞,还有几分无奈,却又生活得实实在在,把最美好的东西都给了乡亲。悲哀的是它不知道自己的阳寿马上到了。"以粮为纲",糖梨树倒在了一纸公文中。李圣军、王官喜说,20 世纪 70 年代初期,公社规划新村,要求重新划分宅基地、自留地。政策是"前七后八",即自家房屋前七米、后八米以内财物归农户,以外全部划归公家,就这样连同这棵庞大的糖梨树在内的其他农户的几棵古树全都划为生产队所有,瞬即被砍伐了。不仅如此,王家塆、李家巷子连片竹林中碗口粗的竹子,也多半划为公家所有,慢慢被砍掉使竹林改成田了。

树梢惊鸿起,树倒残叶败,树枝在拖曳中发出吱吱呀呀的呻吟,似乎在眷恋生养它的故土。

糖梨当年是稀有物种,远近几个村落也不多见,现如今,在漳东平原几乎绝种了,当阳境内是否还有其身影,尚不知晓。

离开故乡多年,糖梨树给过我不曾忘却的童趣,它绝非仅是我们这代人的记忆,我们的上辈乃至祖辈的过往,都与糖梨树有过千丝万缕的情感联系。

杏子滋味

又是一年麦黄时,伫立小区杏树下的,看到稀稀拉拉的小小杏果,我不禁想起三门峡的仰韶大杏和家乡的黄杏。

在中原几年,每逢杏黄时节,朋友都会送来几盒杏子尝鲜,朋友说这是大黄杏,也叫"仰韶大杏"。它色鲜、个儿大、肉厚、味甜、美名远扬。此时,正是体验、采摘、品尝大杏的黄金时节。我把杏子在耳边轻摇一下,仿佛能听见杏核的回荡声,咬上一口,心甜味长,色泽、糖分、口感比我家乡的黄杏强不少呢。

儿时村子的前塆西边堰塘边有一棵果树。那果树叫杏树,那果子叫"杏"。据说是野生的,生于何时不得而知。我记事时它已经两丈来高,主干也有大瓷碗碗口粗。树冠不大,但枝繁叶茂。

我和伙伴们经常在树下玩。春寒料峭,杏树开始爆青了。杏树上没有一片绿叶,杏花的花骨朵次第开放,不久,褐色的树枝上开满了一束束雪白雪白的花朵,像一朵朵美丽的雪花。花多瓣,圆形至倒卵形,萼片是红色,花蕊是黄色,十分美丽。

细雨如丝,杏树贪婪地吮吸着春天的甘露。它们伸展着嫩绿的枝条,一片片卵圆形或卵状椭圆形的叶子,在雨雾中欢笑着,显出勃勃生机。

初夏,花开始落了。花瓣旋转着从空中飘落,像蝴蝶在飞舞。杏树开始结果了，绿绿的叶子中间结满了绿绿的小杏子。杏子近圆、长圆或扁圆形，果皮多青绿色，向阳部有红晕或斑点，遍身生着茸毛，等杏子渐渐长熟，茸毛就渐渐不见了。杏树垂着青青的果实，像挂着一盏盏绿色的小灯笼，惹人喜爱。

杏子，成熟于端午节前后。原来绿绿的杏变黄了，果肉暗黄色，味甜，多汁，淡黄色至黄红色。

摘杏子是很幸福的事情。

杏子挂在枝头是那么诱人，在树下向上望去，它们就像一个个橙黄的乒乓球。那时候由于怕大人们责怪，我们总是悄悄中午结伴出发，去杏树下面乘凉，伺机摘杏子。杏树太高了，起初，我们只能用竹竿"啪啪啪"打落树上的杏子，不过每次还能装上半竹篮子。有的杏子熟了直接就可以吃，有的还有一点硬，需要把它放在草堆或旧棉絮里捂上几天催熟，口味也不错。

后来长大了，胆子大了些，干脆就爬上树摘杏子，边摘边摇晃树枝，看见满地散落的黄澄澄的杏子，心里可有成就感了。

坐在树下，我们仔细看看手里的杏，个个又大又圆，捏着软软的，果皮上有细毛，闻着还有一股淡淡的清香。顺手拿起一个，用手搓搓，用衣服擦擦，轻轻咬开它，蜜汁流入嘴里，真甜。没有熟的杏子又酸又甜，熟透了的就甜津津的。

那时生产队没有任何经济林，杏子是我们儿时零食的主要来源。

杏树多为高大落叶乔木，树冠在自然生长条件下多呈圆形，树姿开张或前期直立后期开张。它的寿命可达100年以上，盛果期比桃树还长。

杏子性热。成熟后的杏子，用手轻轻地捏一下，便肉核分离，没有丝毫的粘连。

杏子在唐宋诗词里，还是很出名的。依稀还记得有"春色满园关不住，一枝红杏出墙来""借问酒家何处有，牧童遥指杏花村""绿杨烟外晓云轻，红杏枝头春意闹"等耳熟能详的诗句。

在《庄子》记载中，杏本是具有神圣气息的。作为孔夫子讲学的杏坛，想必有一片杏林。杏树环绕，花香袭人。弟子们在香花中读书，夫子在花影中抚琴。书声、歌声、花落、香雪，好美的画面！

另外，《神仙传》记载，三国时吴国人董奉隐居庐山，为人治病而不取钱。凡来乞医而治愈者，重症令植杏五株，轻者植杏一株。数年计十万余株，郁然成林，自号"董仙杏林"。后来，人们在董奉隐居处修建了杏坛，称"真人坛""报仙坛"，以纪念董奉。久之，"杏林"便成了中医的代名词。而"杏林春暖""誉满杏林"等，就成了对具有高明医术和高尚医德者的最高褒扬。

吃完杏肉，剩下的杏核，我们把它收在一起，装在口袋里，带到学校去。课间便和同学用杏核当弹珠打弹弓。

有时，也把杏核砸碎了，吃其中的杏仁。不过后来听说，杏仁生吃有毒，大家也都不敢吃了。一大把的杏核，就随手一扔，杏核一个个觅得了好的归宿。它们入土扎根，第二年破核而出，抽出叶片枝条，径自生长起来了。农村的杏子树，大都是这样繁殖开来的。

晚秋，百花凋残，万木落叶。杏树的叶子掉光了，果子被人们摘没了，它奉献着，最后屹立在风雪中……

郭家岗这棵杏树，据说毁于20世纪80年代初分田到户前后，说是因为无法分配而毁掉的。村里唯一一棵野生野长的杏树，最终消失了。

榴花红似火

入夏后，在许多春花都悄然谢落之后，石榴花悄然绽放了。

郑州的朋友说，你门前的石榴花开了，回家看看吧。

秋天又到了，石榴熟了，他们又说快来摘石榴吧。我知道这是朋友间的念想，我心如潮涌。

十年前我交流到中原，一待就是六年。服务的单位横跨红旗路和黄河路，办公主楼矗立在北面的红旗路，邻黄河路的是省分行营业部和生活区。在绿城期间我一直住机关大院宿舍区的一楼，北窗前有个花台，种有桂花树、樟树和石榴树各一棵，南窗间隔通道后面是一个花园，花草树木繁多，其中就有几棵石榴树。

北窗那棵石榴树树干歪歪扭扭，细细长长的枝条四散展开，有几枝还伸向我的窗户上沿，一开窗，那火一样红的石榴花和几个圆乎乎的小石榴，探头探脑地进入我的眼帘。

"五月榴花照眼明"，古人把五月称为榴月，把石榴花称为"榴火"。从南窗放眼望去，那朵朵火红的石榴花，绵软的花瓣，在透明的蓝天下，开得热烈，像一把把小火炬，又像一抹红云飘在那里。

独身一人漂泊在这个城市的时候，我常常会伫立窗前，尤其是周末和某个下雨天，看花开花落，赏果实丰硕，有时也发思古之幽情，浮想联翩，沉醉其中。

石榴的确让人情有独钟。它是西汉张骞出使西域时,从安石国跋涉万里带回来的。唐朝诗人元稹曾诗以记之:"何年安石国,万里贡榴花。迢递河源道,因依汉使槎。"谁会想到,这娇贵的洋石榴,远离故土,竟是如此泼辣,旱不怕,寒不惧,贫瘠地薄,照常发芽,随心开花,生长于乡野,步入百姓家。

石榴分两种,果榴与花榴。果榴个头很大,红扑扑的,一剖开,是玛瑙一样晶莹剔透的籽,白里透红,红里透亮,排列整齐,果粒带着晶莹的红,甜美多汁。而我们院里的石榴,是花榴,花开得美,但果实不大,榴籽是青白色的,籽粒小小的,挂果后,人们多是观赏,偶有小孩子去采摘,味道差了许多。

石榴花,开在历朝历代诗人的笔尖上。西晋文学家傅玄用"灼若旭天栖扶桑"来形容石榴的红艳;唐代诗人杜牧在《山石榴》中描绘得别有情趣:"一朵佳人玉钗上,只疑烧却翠云鬟。"白居易更是了不得:"一丛千朵压阑干,翦碎红绡却作团。风袅舞腰香不尽,露销妆脸泪新干。"被认为是赞美石榴花的神来之笔。

石榴花也是爱情花。武则天有一首诗,写于感业寺的晨钟暮鼓中,写得愁肠百结,肝肠寸断:"看朱成碧思纷纷,憔悴支离为忆君。不信比来长下泪,开箱验取石榴裙。"朱是大红色,碧是青绿色,因为思念太浓,相思泪下,以至于神思恍惚,把红的看成青绿色,如果你不相信我对你的情感,就打开我的衣箱,把我的石榴裙取出来检验一下上面的泪痕。诗中有相思,也有幽怨。唐高宗李治看到这首诗后,立刻把武则天接回了身边。

"梅花香满石榴裙",古时女子倾慕石榴红,漂染后的裙裾贵为"石榴裙"。

据说杨贵妃喜爱石榴花,亦爱石榴裙。唐明皇宠爱杨贵妃,下令文武百官,见了贵妃一律见礼,拒不跪拜者,以欺君之罪严惩。众臣无奈,见到杨贵妃身着石榴裙走来,纷纷下跪施礼。大臣们私下都以"拜倒在石榴裙下"之言解。后来,这一说引申为美女的姝惠,也表现了男子的倾心。石榴裙也成了女子的代称。

石榴果是讨口彩的水果,自古被称为吉祥忘忧果。它外表圆满光滑,内里金房玉隔,万子同包,果皮一旦绽开,里面间隔为多个子室,子室里都有若干籽粒,红似玛瑙,白若水晶,容易让人生出繁衍兴旺、子孙满堂、事业后继有人等诸多联想。

石榴的药用价值也很高。花和叶,据说是美容排毒佳品。石榴花煮沸食用,可以清除体内毒素、散热止痛,鲜用则有养颜的效果;石榴叶制成茶,能够润燥清心、消除烦渴,用来洗眼,可以明目安神、消除眼疾;那果儿,性温,具有收敛、抑菌、抗病毒、抗氧化的作用。

调离中原后的五月,我抵达大别山南麓,瞻仰董必武同志老家红安县城的旧宅,意外发现了石榴树的红色故事。

那是一幢三间正房两间厢房的小三合院,跨进院门,一株三米多高的石榴树抢眼而来,花红得耀眼,翠绿的叶儿,将它的红映映衬得愈加明艳。

我仔细看了树下一块牌子上的说明,得知这是一棵再生石榴树。董老的原屋在工农大革命受挫时被敌人放火烧了,院中的石榴树也枝毁干焦。眼前的这棵石榴树得以幸存,多亏一位老街邻。当时,他从火烧现场发现树蔸尚存,冒着被杀头的风险,悄悄连蔸带根挖回去栽了起来,精心培植,使其成活。历经20多年风风雨雨之后,在董宅重建之日,已是皓首老翁的街邻,欣然将这棵石榴树献了出来,树归原主,回到了原来的位置。可惜老翁已辞世多年,如今我们已无从了解这英勇护树又默默献树的无名人士的心态了。

我琢磨,那位老街邻为什么会如此珍惜、保护一棵残存的石榴树蔸?他是董老当时的少年好友,还是尊崇董老高尚品德的乡里街邻?讲解员向我介绍,这位老街邻当年并没有参加工农红军,也没当过赤卫队员,但募捐支前很积极,是当年党在县城里的一个基本群众。这样的群众,当然会拥护党,同时也会拥护党的杰出代表人物。这样,他势必爱屋及乌,如同保卫党,保卫党的杰出代表人物那样,来保护董老亲手培植的这棵红石榴了。我想,这或许是最好的解释吧。

站在这株石榴树前,我仿佛见到董老那发白髯美的慈祥面容,犹如冬日阳光让人身温心暖,他那淳朴的红安乡音犹如黄钟响彻太空。

瞧着这棵再生的石榴树,我以为,这树的经历、花的颜色、果的丰硕在望,都含着物外之物,意味着什么,象征着什么。

赏石榴花、品石榴果的过程也是我的成长历程。

那时,郭家岗上不少农家屋后都有石榴树。我家祖屋后有个大竹园,园子里除了竹子,还种着高大的柳树、阔叶的桑树、开白花的杏树,但最耀眼的是那几棵枝繁叶茂的石榴树。后门一开,就会看到那古朴苍劲的树干、俊逸的枝条纵横交错、碧绿碧绿的树叶、红艳剔透的石榴花。

春日和煦的阳光下,石榴枝发青,陆续抻长了细条条叶子。五月过了,太阳增强了它的威力,树木都把各自的伞盖伸张了起来,不想再争奇斗艳的时候,有少数的树木却开起了花。石榴树便是这少数树木中最可爱的一种。石榴树有着梅树般的树干,杨柳似的叶片,奇崛而不枯瘠,清新而不柔媚,这风度实兼备了梅柳之长,而舍去了梅柳之短。

最可爱的是它的花,那对于炎阳的直射毫不避易的深红色的花。随着叶子的丰满,石榴花渐渐膨大了,渐渐地开了。有的花筒向天,有的花筒倒悬,还有的一侧翻仰,皆艳艳地鲜,艳艳地亮。跟前有大小蜂虫,有各色蝴蝶,把花儿朵儿全吵醒了。祖母或端着瓢,或赶着鸡,走出走进,身蹭一树俏美榴花,她也显出早年的风韵了——嘴角兜着笑纹。

观赏榴花,观赏勤恳的人,那一番感受印在了心上。

若有几日的阳光照耀过来,石榴树就会更加美丽。阳光斜射过来,那叶便更显生机,红艳艳的石榴花也愈发动人。此时,我会惊讶于眼前石榴花并不是石榴花了,而是颗颗晶莹闪亮的红玛瑙。那一刻,真是激动和满心欢喜,更会想起"庭中忽见安石榴,叹息花中有真色"的诗句来。不久,石榴花便渐次谢落,于是,新的果实孕育了出来,挂满了那几棵并不粗壮的石榴树!

沮漳平原的清秋里,天空是永远净澈辽远的湛蓝,云朵是素白的。年少的我,总会站在石榴树下,呆呆地仰头看着。有时,会有几只雀儿飞来栖落，它们叽叽喳喳的样子，好像是找到了一个喜欢的新家。慢慢地石榴果儿去了绿，变得红起来，并且，在某一天，它们会突然高兴得咧开嘴来，这时也是我们上树采摘的时刻……

眼里盛满火红的石榴花，口中含着晶莹剔透的石榴果，欣赏、品味，长了、久了，味道才会出来，日子才会在这样经年的品赏中，变得意味深长。

近些年，国家开展乡村振兴建设，石榴树渐渐多了起来。回到故乡，在农家小院里，我会经常看到它们。红艳艳的小花朵挂满枝头，那样家常，那样喜庆。夏风轻漾之时，满树便绿叶漾动；红花欢唱了，树叶在夏风中，也会摩挲出轻轻的响声。"山崦谁家绿树中，短墙半露石榴红。萧然门巷无人到，三两孙随白发翁。"这是一幅山村风情图，因为有了火红的石榴花，乡村的夏天一点也不寂寞。

黄昏时分，我会在一棵棵石榴树前对着火红的石榴花，品赏这经历了生命和岁月的洗礼之后最美好最动人的色彩，心里会不自觉地表达情感寄托，祈愿生活更美好。

花开万点黄

那是20世纪最后一年的冬天,夷陵古城实施"搬森林进城"绿化工程,几天里主要街道全部栽上了两三米高的常青植物桂花树,市区披上了绿装,到处都是桂花树的影子。仿佛它原本与这个城市水土相服,相见恨晚,根一触地,就枝繁叶茂,花团锦簇,与这个城市的历史文化立刻相吻合。

千禧年的金秋,一夜之间,家乡这个城市大街小巷桂花飘香。农历八月的花魁,就是桂花,难怪八月又叫桂月。有金桂、银桂、丹桂和四季桂,以金桂香味最为浓郁。浓烈桂香的烘托和渲染,与夷陵历史文化符号交相辉映,这桂香就又蕴含着岁月经年的醇厚味道了。公园里,滨江两岸,娱乐的人们,在这满城香气中,尽情地享受"此香只应天上有,人间能有几回闻"的美妙滋味。

二十年后,我依然对那浓而不烈、清而不浊的香味留恋不已,常存怀想。那是甜蜜的味道,幸福安静的味道。

我想,开在夷陵城里的这些桂花树,不仅是一棵棵树,还依附着我们的记忆和感情,我很赞同阿来说的这句话:当这个城市没有很多古老建筑让我们的情感来依止,多一些与这个城市相伴始终的植物也是一个可靠的途径。

桂花历史悠久,人们对她有着深切的喜爱。

桂花是木樨科植物,因其叶脉形如圭而称"桂",因其材质致密,灰褐纹理与犀角相似,也有"木犀"之名,又因野生于山岩岭间而称为"岩桂"。按照花色和开花习惯的不同,又可分为花色金黄的金桂、白色的银桂、红色的丹桂。

早在公元前3世纪,先秦时期富于神话传说色彩的最古老的地理书《山海经》就有"招摇之山多桂"的记载。在古人心目中,桂花更是美的化身,秦国丞相吕不韦主编的《吕氏春秋》赞曰:"物之美者,招摇之桂。"宋代诗人吕声之的"独占三秋压众芳,何咏橘绿与橙黄。自从分下月中种,果若飘来天际香",杨万里的"不是人间种,移从月中来。广寒香一点,吹得满山开",等等,都盛赞桂花是三秋时节的领衔花木,有着不是"人间种"而是"月中来"的非凡渊源,以及异乎寻常的遍地奇香。

真正让"桂"的指向发生重大变化是在南北朝时期,东晋以后道教、佛教兴盛,躲到江南的文人士大夫身居闹市而又迷恋自然山水,这时期在江南山野里冬夏常青的桂花树就成了南方士人庄园造景的用材,左思在《吴都赋》里也写到了江南"丹桂灌丛"的情形。

因为桂花在中秋节前后开放,随着神话传说的不断演化,桂花树又和月亮联系起来,升格为一株长在月中的长生不老的仙树。据说南朝陈后主为爱妃张丽华修造的桂宫就是模仿月中场景:"庭中空洞无他物,惟植一株桂树,树下置药、杵臼,使丽华恒驯一白兔……时独步于中,谓之月宫。"可以说是最早的超现实角色扮演游戏了。

唐代人段成式在《酉阳杂俎》中说:"旧言月中有桂,有蟾蜍。故异书言:月桂高五百丈,下有一人,常斫之,树创随合。人姓吴名刚,西河人,学仙有过,谪令伐树。"这说明在唐代以前吴刚伐桂之类的故事就在民间流传了。

调江城后,有一次,我到咸宁出差,正是丹桂飘香时,看见一棵桂花树,油绿近乎墨色,树身满是青苔,树冠如大红灯笼,掩映近一亩地,树身要两人合抱。村长说,这树已千年了,桂花开,全村弥香。

看来植物学家把桂花定义为灌木或小乔木不太准确,那可是参天的大树啊,显然不是小乔木。

咸宁是桂花树的故乡,那里乡民的院子里,除了果树,桂花树是种植最多的树了。桂花四季常绿,易活,花香,花可食,都喜欢。

乡人讲,早年深秋或初冬,乡间街巷就有了悠长的吆喝声:"桂花糖,桂花糕,香香甜甜。"货郎用银白的切刀,切一小块给孩子们吃,大人端一个搪瓷盆出来,盆里是白米,三斤白米换一斤桂花糖。密集的村落,吆喝声有民谣一般的腔调。当啷当啷,拨浪鼓一阵一阵地远去,消失在辽阔的原野。

沧海桑田,千百年与桂花的亲近中,人们的饮食欲望和浪漫怀想日益增长。在皓月当空、幽静清净的夜晚,享受与桂花有关的饮食,桂花酒、桂花茶、桂花糖、桂花月饼等,围坐在桂花树下赏秋闲话,谈古说今,放松自我,变成了当代人心中遥远而温馨的图画。这画中,团圆祥和的心理状态和平缓纯净的生活节奏,在慢慢流淌着,仿佛从远古走来,发出清晰的声音,饱含着浓浓的诗意,应和着古人的情怀。

古人是很重视酿造桂花酒的,他们觉得"饮之寿千岁"。战国末期楚国诗人屈原在《九歌》中也早已有"援北斗兮酌桂浆""辛夷车兮结桂旗"的表达,其中,"桂浆"就是指添加桂花而酿制的美酒,"桂旗"则指车辆上用桂花装饰的旗帜。

先民很早也发现了桂花的药用价值,它性温、味辛,煎汤、煮水或浸酒内服,能平肝顺气、暖胃止痛、健脾补虚、静心醒神、散寒破结、清新口气,对食欲不振、痰饮咳喘、经闭腹痛、痔疮、痢疾等症有一定疗效。

泡制桂花茶也是古人至爱。把新鲜的或阴干的桂花,用清水轻轻漂净,撒入沸腾的开水中,再放入适量蜂蜜或冰糖,搅拌均匀,便是上佳茶品。这可以美容养颜、清火明目、舒咽利喉的桂花茶,是非常适合女子饮用的"幸福茶"。当然它还可以做成桂花露,满足更多人的需求。

令人唇齿留香的桂花啊,就是这样连着古今,拉着情感,牵着故乡,藏着幼时的记忆,被收进了过往的匣子,让一抹如烟月色烙上了深深的印记。

当下的桂花,越发拒绝寂寞。它以热烈的个性、灵动的性格,轰轰烈烈地绽放在广袤的土地上,浸染在灵山秀水中,开始有了乡野泥土的质朴芬芳,融进平凡的人间烟火,大有市场化运作、产业化发展、"席卷千军如卷席"之势,席卷全球,香飘万里。

我又从一座城市奔波到另一座城市。

十多年后,到了绿城工作。我与同仁们商议,能否把绿色搬进机关大院,先是在道路两旁栽上桂花树、樟树、广玉兰这些常青植物,后又反复征求大家意见,改菜园为花园,种上了一些四季轮回开花和不少四季常青的复合草木品种。竣工时,大家眼前为之一亮,都说有森林的感觉、花园的味道，连当初对菜园翻新不理解的人也拍手称赞。

桂花是一种香气独特的珍品，我也是受益者。我住在院内一楼的宿舍，前窗后窗被枝叶繁茂的桂花树掩映，金秋时节，微风中，摇曳的桂花树不时与窗户亲密接触，满室生香。院子里也有一股股浓郁的桂香，在轻风的吹拂下传得很远。

自古以来，桂花的身份就十分高贵而圣洁。

小时候，听老人讲，每月十五，抬头看看月亮，可以看见吴刚用大板斧在砍月桂，还能听到斧头的砍树声呢，月亮上还居住着美丽的嫦娥，她是最美的仙女。又听说是吴刚想娶嫦娥为妻，嫦娥说，把月桂树砍倒了，我便做你的妻子。吴刚伐了亿万年，树还在，因为树随砍随愈合，是一棵神树。但吴刚不死心，便一直伐下去，不舍昼夜。

后来读了毛泽东的《蝶恋花·答李淑一》一词，这首词融进了"吴刚伐桂""嫦娥奔月"的神话故事，才明白吴刚为爱情伐桂故事的美好、悲壮和温暖。

再后来读史，知道古人演绎了不少美好的故事，比如"月中落桂"的传说纷纷出现，唐代人把此事视为祥瑞而载于正史。其中最有名的是杭州灵隐寺"桂子月中落，天香云外飘"的故事，时人以为灵隐山的桂花树都是从月亮上落下的种子长出来的。

桂与科举的联系则最早来自西晋郤诜的"犹桂林之一枝，昆山之片玉"，自谦只是广寒宫中的一枝桂，昆仑山上的一片玉，也就是众多人才里的一个。古代乡试、会试一般在农历八月举行，时值桂花盛开季节，唐代以来的文人遂以"折桂"喻"登科及第"，登科及第者为"桂客""桂枝郎"，科举考场则美称"桂苑"。

凡是和桂花联系在一起的似乎都是好东西,桂堂泛指华美的堂屋,桂殿泛指华丽的宫殿,子孙仕途昌达、尊荣显贵为"兰桂齐芳"。就算抛开这些富贵发达的寓意,文人们也喜欢称赞桂树独立山崖、如同兰花一样孤芳自赏的姿态。

多少个秋天了,我都是在绿城度过的,我喜欢这里秋天大气的通透,蓝得一泻千里的天空,高远,静谧,明媚,这里人们看重中秋节,赋予她更多的精神意义。那时,我站在那些迷人的桂花树下,陶醉在飘逸的香气中,仰望明月当空,心中不由自主地生出些感慨来。

烂漫的秋天,院里桂花悄然盛开了,浓郁,亲切,芬芳馥郁。"亭亭岩下桂,岁晚独芬芳。叶密千层绿,花开万点黄。"一排排丰满圆润的树冠,苍翠光洁的枝叶,如一把把大伞,看不到花。走近细看,挺而厚实的绿叶覆盖下,小如珠粒的黄色小花,星星点点串联在锦绣的枝叶丛中,重重迭迭,纤秀繁茂,只有米粒那么大,有四瓣,中间有几丝花蕊,那么的精巧。这么细小的花朵居然能散发出如此醉人的馨香,真不可思议。

秋月高高地挂在空中,月光如水银般静静地泻在桂花树上,初开的桂花散发着淡淡清香。心,是安宁的;胃,是温暖的;日子,是蜜甜的。

秋声之中,桂花飘落,是最寂然的。一阵轻风拂来,它如天女散花般轻轻飘落,无声地消失,不知不觉地消失。我忽然悟到了暗里花儿最沉香的含义。

它藏在绿叶下,不张扬,不炫耀,踏实地生长,用细碎的花创造清香,任花魂四处飘散。在人心浮躁、物欲横流的世界里,世人应该像桂花一样固本守心,修身韫德,享受生命中每一个简单的快乐,默默地散发自己积蓄已久的热情。

栀子花开呀开

黄昏时分,我走在黄河路上。

"城市交响曲"此刻正上演着车辆川流不息声,如打击乐般固定又多元化,此起彼伏的叫卖声如弦乐连绵不绝,商铺的音响声如铜管组般雄壮而热烈。

晚风轻轻吹拂,湿润的空气中夹杂着隐约的花香味。越往前行,那香味渐渐浓烈了起来。我循着那香味走去。

不远处,一辆人力三轮车,里面挤满了各式各样高低不一的花花草草。嗨,这小天地真是热闹非凡啊!红红绿绿,姿态各异,各有各的风采。站在三轮车旁边的少妇,吆喝着"两元一束,两元一束",凑近一看,原来一个篓子里含苞待放的栀子花娇羞地三五朵捆在一起,正对着我张望,淡淡的清香里,我不由追忆起自己曾经斑斓的云朵下的淡淡的青春。

那时,校园边常家塆、李家塆的竹园里,都有不少栀子树,长得枝叶葱茏。一进六月,满树馥郁,像打翻了香料瓶子,整个塆子和学校都染了香。一朵一朵的栀子花,栖在树上,藏在叶间,像刚出窝的洁白的小鸽似的。微风过处那花香儿便轻轻袅袅地飘进了心田。女同学们可喜欢了,衣上别着,发上戴着,跑到哪儿,都一身的花香。虽还是粗衣破衫地穿着,但因了那一袭花香,再平常的样子,也变得柔媚千转。

栀子花开放时,青青的花樽托着雪白的花瓣,一朵紧接一朵地开,声势浩大,开得大大咧咧,开得廉价、随和,开得健康、放达。

栀子花丰腴白嫩,只需一两枝,教室里就清香扑鼻。有一种单瓣的原生栀子花,极香,看上去有点孤清。

比起单瓣的栀子花,复瓣的栀子花肥硕多了,它的花骨朵是青色的,花开时,是大朵的白。汪曾祺说栀子花的香,"香得掸都掸不开"。是的,栀子花真的香极了。汪曾祺是喜欢栀子花的,"栀子花粗粗大大,色白,近蒂处微绿,极香,香气简直有点叫人受不了,我的家乡人说是:'碰鼻子香'"。

栀子花,好像总跟青春连在一起,很多歌手都吟唱过它。刘若英唱《后来》——"栀子花,白花瓣,落在我蓝色百褶裙上。爱你,你轻声说。我低下头,闻见一阵芬芳",何炅的《栀子花开》也是这个调调:"栀子花开如此可爱,挥挥手告别欢乐和无奈,光阴好像流水飞快,日日夜夜将我们的青春灌溉。"悠扬的山歌,从树林里飘来,从花丛中飘来,从人民的心口飘来:"栀子树,伴墙栽,朵朵娇花带露开,十八少年哥啊,你要采花早下手,莫待花黄落地衰,辜负春光拾不回。"古老的山歌,表达了人们对生活的无限憧憬。

传说栀子花是天上仙女,她憧憬人间的美好,下凡变为一棵花树。一位年轻的单身农夫,看到这棵花树后,很是喜欢便移植回家,百般呵护。于是花树生机盎然,开出许多洁白的花儿。栀子花白天为农夫洗衣做饭,晚间将花香洒满院内外,并一直与农夫相伴到老。后来,老百姓知道了，便家家户户养起了栀子花。又因为栀子花是仙女的化身，女子们都喜欢佩戴她。从此，栀子花便花开遍地，香满人间。

有人说栀子花的花语是"永恒的爱与约定"，这不仅是爱情的寄语，更展示了栀子花那清洁、温馨、脱俗的外表下，蕴含着的美丽、坚韧、醇厚的生命本质。

流年缱绻，栀子花悄无声息地开开落落几年，转眼又到了各奔东西的时候，栀子花是最适合在初夏毕业季说再见的时候替代苍白语言的信物。我们在常家塆的栀子花丛旁话别，背影定格在篮球场背后那古朴沧桑的教室，有憾无悔，青春不再来。

也许，正像有人说的"生活需要仪式感"，纯洁如雪的栀子花就是我们多年以后回首，唯一可以用来向成人礼致敬的信物，一半是依依不舍，向曾经的筚路蓝缕的告别；一半是到中流击水，浪遏飞舟的相遇。

栀子花，有一种朴实之美。记得大诗人杜甫在《栀子》一诗中对栀子花也有过描述："栀子比众木，人间诚未多。"

古人亦有将清香馥郁的栀子花插入发辫的习惯，"芙蓉衫子藕花纱。戴一枝，薝卜花"，宋人李石美好曼妙的诗句即可印证。

栀子花初开时丰腴白嫩，开些时日后会慢慢变黄，简直是"人老珠黄"，但结的果实可以做黄色的染料。栀子花的果实像小酒杯，而古代有一种盛酒的器具就叫卮，栀子花故得名。《史记》中就有"若千亩卮茜，千畦姜韭，此其人皆与千户侯等"句，说种下千亩栀子花，就可以变得像千户侯一般富有了。早在秦汉以前，栀子便是应用最为广泛的染料了。《汉官仪》记载:"染园出栀、茜,供染御服。"这足以说明当时的高级染料亦是用了栀子。日本平安时代的《源氏物语》中也写道:"用栀果所染成的浓黄色袖口,非常美丽耀眼。"

据《滇南本草》中记载,用栀子花 3 朵,同时加蜂蜜少许煎服,可以"泻肺火,止肺热咳嗽,消痰"。

是啊,那栀子树的叶,经年在风霜雪雨中翠绿不凋,那栀子花从冬季开始孕育花苞,近夏至才会绽放。含苞期长,清芬才久远,功效才明显啊。那看似不经意的绽放,却是经历了长久的努力与坚持。

栀子花不仅有疗疾功效,还可做菜食用。《广群芳谱》中提到好几种食法:选大花复瓣的栀子花,"梅酱糖蜜制之,可做羹果";还可用调过味的面糊油炸;在熬好的红豆百合糯米粥里,加入一两片栀子花瓣,再加白糖调味,就成了活色生香的栀子花红豆百合糯米粥,不但视觉上得到享受,味蕾也得到充分满足。

日本人是非常喜欢食花的,自然不会放过栀子花,食花瓣还不够,他们将栀子花的果实研碎与米饭同煮,煮好的饭是鲜艳的明黄,秀色可餐。

我见得多的是,用开水烫焯栀子花朵,浸泡片刻后,加适量香油、陈醋,用中等火势烹炒,即可食用;或将栀子花洗净,和着鸡蛋,搅拌均匀,加清水适量,根据个人口味放入精盐或白糖,做成汤菜食用。

青烟袅袅,时光又回到了眼前。

我买下几束尚未开放的栀子花,回到家里,插进注满清水的玻璃瓶中,我想,要不了多久,就会开出一朵朵洁白的栀子花。看着它们,我仿佛嗅到了阵阵芬芳浓郁的花香。

那三棵枣树

离郭家岗仅一里地的朱家港口,居民多姓朱和刘,也有好几户郭氏家族的后裔,他们都是从郭家岗搬迁而来。港口沿着漳河河堤形成了几个塆,揽着几十户人家,组成了一个较大的村落,与郭家岗同属红日大队。

村前,滔滔漳河向河溶奔流而去,岸边起伏的麦浪和葱茏的林木黄绿交替,明暗生辉。最亮眼的是郭玉环家门口的三棵硕大的枣树。漳东平原枣树多矮小分散,三棵枣树集中存在就尤显稀罕。

它们体态庞大,主干短粗,成"一"字形排列。树身由下向上开裂成数股,纹路跌宕起伏,形态各异。树皮撕裂后炸出的细毛,或卷或竖,怒发冲冠。主干之上,又顺势连发出若干根大枝。枣树为了自卫,枝条生有许多扎人的刺,容不得人们轻易靠近。

就是这样三棵枣树,为乡民平添了莫大的欢乐和幸福。

"人间四月芳菲尽",枣树的枝头渐次长出一些小的嫩芽,嫩芽化作稀疏的绿叶,叶儿虽小,但翠绿油光。不久,绿叶间便爆出一簇簇小米般的碎花。那黄色的小花儿,细密,娇小,俏丽,开得热烈又羞涩,低调又隆重。花儿虽碎小也有六瓣,但金黄清香,不为取悦、炫耀,只为孕育最美的果实和营养滋补的佳品。

天气渐热,一串串小青扇儿一般的树叶,慢慢地密起来,树下一大片阴凉也跟着厚起来。

一阵微风拂来,簌簌而落的枣花犹如淅淅沥沥的小雨,飘入我的心湖,溅起一层层美轮美奂的涟漪。

随着树叶的日渐茂盛,枝叶间便结满了一颗颗绿宝石般的青枣。那青枣一串串,闪着青光,清新喜人。

盛夏,玉环家的枣树青枝绿叶,呼啸着向蓝天探去;在阳光下一律闪烁着油亮的叶片,垂挂着沉甸甸的枣子。这时从河面上吹过来一阵轻风,奔腾往复舞于树间,摇枝弄叶,哗哗作响。

浓荫盖地,绿风荡漾,一地清凉,我站在树下,全身沐浴着凉凉的舒爽。诗圣说:"忆年十五心尚孩,健如黄犊走复来。庭前八月梨枣熟,一日上树能千回。"自从枣树枝头挂出青果,孩子们就日日在树下抬头仰望,垂涎欲滴。青枣半生不熟时就有调皮的孩子们采吃。树高人小爬不上去,就找竹竿打。我有时候也会成为其中的一员,那时,每次寻猪草到了朱家港口,我们是不会放弃这机会的,只是每次都很遗憾,总是收获甚微,没有饱腹尽兴过。有一次,在枣树下遇见一个初中刘姓同学,个子高我一头,穿喇叭裤,蓄飞机头,学着宜昌下放知识青年的口音,装扮得流行时尚。聊天说起他们村里有一位大叔,到公路上看见一辆解放牌汽车,左瞄瞄,右瞧瞧,自言自语地说,这家伙这么大力气,吃什么呢,长这么长,怎么转弯调头呢?一群年轻人大笑,调侃他说汽车喝棉油,八人抬它转弯。刘同学不悦,与我发生争执,动起手来,自然我是输家。唉,后来才知道原来那故事说的就是他父亲。不久我上了高中,也与他断了联系。

立秋前后,枣树枝条上的叶儿由浅绿变深绿。圆鼓鼓的大枣由青变白,由白泛红,晃眼馋人。偶尔摘食几颗,嘎嘣,脆甜,解馋!

一树绿叶缓缓地变枯,随着阵阵秋风飘落,最后变成直刺苍穹的树枝,迎接又一个严厉的冬天。

上高中离家二十里路,每两周回家一次,每次往返我都得从枣树附近走过。寒来暑往,它成了我高中阶段风雨兼程的见证者;春夏秋冬,它从发芽返青到开花结果,都成了我上学途中的重要记忆。

在反击右倾翻案风的日子里,我高中毕业了,回乡当农民,当电工。有了些许知识和理想抱负的我,更多的是迷茫和苦闷。秋高气爽,我会来到枣树下,摘几颗红枣细品它酸甜绵长的味道,它可记录着漳东平原自然和人世的变化。就这样一年一熟,薪火相继,用它的年轮,用它的果实,周而复始地向人们传递着漳东平原自然和社会的遗传密码。

后来,奉调中原工作,参与农发行信贷支持枣业产业化发展,调研审议好想你健康食品股份公司贷款,了解到他们在中原、新疆及西北地区都有大量种植基地,产供销、贸工农一体化,具有长长的产业链。我忽然想起家乡的枣树,虽记忆犹在,相比这规模,这场景,内心不免震撼。

原来中国是个红枣的国度,占世界红枣产量的98％。这个王不是自封的,那可是联合国正式加冕的。

红枣起源于中国,在华夏大地已有八千多年的种植历史,"八月剥枣,十月获稻",枣在中国的文字记载,已有三千多年矣。关于它最古老的著述,大略出现于《诗·豳风·七月》。

中国最早记录解释枣品种的文章《尔雅·释木》,就说周代枣的品种已有壶枣、白枣、酸枣等十多种了。红枣经世代选育优化,已成各色百态。有水分大的鲜枣,有肉厚的干枣;有小如指肚的蜜枣,有大过一寸的骏枣。如今的红枣到底有多少个品种,不是一般人能讲清楚的。

我国原生红枣基本分布在黄河两岸。据说是近岸土质适宜,河谷水分恰好。而最宜之处,是黄河中段。

那个秋天,我在延安上党校,行走在延安的大地上,公路两边、田间地头、房前屋后,越来越多的红枣树、红枣林,如雨后春笋般席卷了一片又一片黄土高原。

枣树由于是由野生酸枣进化而来的,所以保留了极强的野外生存能力。它不怕风吹、雨淋、畜啃,树干上的累累疤痕就是最好的证明。

寒冷的冬夜,在枣树下常可听到噼啪的冻裂声,它皮可裂、枝可断,但依然顽强地活着。它的木质自带红色,硬而有光泽,制作家具或雕刻工艺品,效果极佳。

它貌不惊人却很内秀。那一尺来长的枣吊,柔嫩得像楚王宫里的细腰女子,叶片一如美人瓜子,叶面厚实,油绿如翡翠,背面有几道纹线,如美女画眉。一到秋季,每个枣吊上都会吊着三五颗圆滚滚的果实。

来到枣园,品尝着鲜枣,切实尝到了脆生生、甜丝丝的滋味,尝到了皮薄核小、果肉厚实的陕北名枣的别样风味。

关于"枣"的来历,相传,那年黄帝带领人马狩猎,被困一山谷,饥渴难耐。几番寻找,方才见到几棵树结有诱人的红果。采摘而食之,酸中带甜,口舌生津,解渴止饥。黄帝便说:"找它不易,就叫它'找'吧!"后来,苍颉造字时,根据"找"树有刺的特点,就用刺的偏旁叠起来造了"枣"字。

秦始皇统一六国时，红枣就作为军粮从军行了。李自成起兵它也曾助一臂之力。1947年，解放军转战陕北，缺少军粮，老百姓送来了相当数量的红枣炒面。改朝换代，拥军佑民，红枣立了大功。

陕北人讲，枣树天生就是为穷人准备的一道生命防线。无论怎样地天打雷轰、风狂雨骤、雪霜加身，红枣从不会绝收。枣树向来有"铁秆庄稼"之称。不管多老的树，都会突然从粗干糙皮上发出一根嫩条，或在离主根远的地方钻出一株小苗，当年就能挂果。有民谣曰："桃三杏四梨五年，枣树当年就还钱。"

其实，食用红枣的好处，古人早就意识到了。远在西周时期，人们就开始酿造红枣酒，并作为上乘贡品，宴请宾朋。红枣入药也很早，《神农本草经》已有收录，历代药籍也有记载。《本草纲目》载："大枣味甘无毒，主心邪气，安中养脾，平胃气，通九窍，助十二经……""干枣润心肺、止咳，补五脏，治虚损，除肠胃癖气"。对高血压、动脉粥样硬化等病症，也有极佳疗效。枣核中的枣仁呢？具有镇静、医治失眠作用，为中医常用药物。

对于红枣，民间有"日食三颗枣，百岁不显老"和"五谷加小枣，胜似灵芝草"的说法。被称为"百果之王"，被誉为"天然维生素丸"的红枣，除了单食、烹饪外，还可制作枣面、枣酒、枣醋及香水等。儿女嫁娶，它更是不可或缺的吉祥之物。新房的床上席下，都会藏有大把大把的红枣、栗子和花生。它是对一对新人"早生贵子，早立家业"最最美好的祝愿！

又一个凉爽的秋季悄然来临了，客居北方的我，在品味"好想你"名枣时，深深地忆起家乡的那三棵枣树。

野菊花又开了

野菊花又开了。

秋风一阵寒似一阵,落叶一阵紧似一阵。瑟瑟寒风中,庄稼收尽了,繁花凋敝了,茂叶枯败了……一切的一切都在走向萧敝,而野菊铆足了劲猛一抖擞抬起了头,焕发了精神。它们不在意秋风的寒冷,在万木退缩之时,生出一株株耀眼的碧绿,绽出一朵朵夺目的小花儿!

我对菊花的认知是从野菊开始的。

野菊有绿色的茎。绿色的茎又细又长,长的盈米,短的尺半。故乡的野菊茎身多弯曲如藤,似木,骨感极强。茎上的叶子很特别,边缘长着一圈小小的齿儿,好似一把绿色的小锯子。茎的顶上托着一朵或几朵小花,花朵不过一枚镍币大小,多为黄花,杂以白紫,花蕊是椭圆形的,黄里透着一点绿。舌状的花瓣均匀地围在花蕊周围,乍一看像极了袖珍的葵花。

我出生和长大在郭家岗,房屋东面是菜园,菜园周围是竹篱笆,竹篱笆下是一圈野菊花。一到秋天,野菊花就长疯了,层层叠叠,挤挤挨挨,把竹篱笆包围得严严实实,成了一道密不透风的菊花墙。野菊的花枝经常会窜出来挡住小路,遮住紫茄子或者小辣椒的阳光。

金秋时节,漳东平原的原野上,野菊花更是随处可见,一片片,一簇簇,绿色的枝蔓烂漫地在田塍、沟坎、路边铺地而起,一朵朵小巧玲珑的花朵在瑟瑟的秋风里,无声无息地怒放着,黄的、白的、紫的,放眼望去喜悦无限。在阳光下,它们是秋日里一朵朵多彩的云霞,飘啊飘,荡啊荡;在阴雨中,她们是一颗颗耀眼的星星,闪啊闪,眨呀眨。

家乡的野菊率直任性、不卑不亢。生在哪儿就长在哪儿,有花就尽情地开,有香就尽情地放。这一朵迟迟不肯闭缩,那一朵又挤出半个脸来。那份清纯、率真和疯野,让人瞥一眼就心生爱怜,心醉情迷。

它们自有独特的沁人心脾的芳香。花开时节,田野里处处弥漫着它们特有的味道——清香、甘苦、醇浓,似药如酒,让人缩鼻一闻便神清气爽,心旷神怡。步入花丛,掬一枝到近前,浓香盈怀,稍一抖动溅得满身都是。

太阳暖暖地照着,孩童三三两两提着篓子在原野田地寻猪草,篓子装满了,累了,在荒草地里玩耍,打闹,追逐,采一把金黄的野菊花,躺在草地上嗅着阳光下的菊香,仿佛春天又回到身边。

我就是他们中的一个,不过那时,我已十一二岁,少年不知道愁滋味。我和伙伴们伴野菊或坐或躺,各成风景。

对菊花的认知随着见识的增加而增长。20世纪90年代到河南开会,参观开封龙亭公园菊花展,让我眼界打开。

原来菊花是有各种颜色的。最初的菊大概只有黄色的。"鞠有黄华""零落黄花满地金","黄华"和菊花是同义词。后来就发展到什么颜色都有了。黄色的、白色的、紫色的、红色的、粉色的都有。后来调至中原,每逢十月下旬,陪客人到开封参加菊花文化节,看花赏花也成了规定动作。有一次,我看到一盆绿菊,花大盈尺,菊花花瓣形状多样,有平瓣的、卷瓣的、管状瓣的;在清明上河园还见过一盆"十丈珠帘",细长的管瓣下垂到地,说"十丈"当然不会,但三四尺是有的。

看多了,对菊花的学问或许有了些提高。

中国的菊花好,中国人长于艺菊,菊花品种甚多,在众多的花卉中也许是最多的。北方菊花和南方的差不多,狮子头、蟹爪、小鹅、金背大红……南北皆相似,有的连名字也相同。

菊科菊属的各种野生菊花在亚洲和欧洲东北部都有分布,但最早人工栽培菊花的是中国人。两千多年前的古籍《礼记》中有"季秋之月,鞠(菊)有黄华"的记载,意为秋末菊花正开黄花,将花期与季节月令相联系的传统也由此开始。战国时屈原的《楚辞·离骚》中有"朝饮木兰之坠露兮,夕餐秋菊之落英"的名句,开了吃菊花的先河,同时以春兰、秋菊并举,开后世赏兰赏菊之风的先河。

汉代时菊花从野生发展成药用植物,大概就有了人工栽培。东汉《神农本草经》说"菊花久服利血气、轻身、耐老延年",所以菊花的一个别名是"寿客"。古人以为农历九月初九重阳节正值地气上升与天气下降的二气交接之时,为避免接触不正之气,人们需要登高辟邪,魏晋时候逐渐发展出头佩茱萸登高、喝菊花酒,在米酒里掺入菊花茎叶的习俗,当时帝宫后妃皆称菊花酒为"长寿酒",当作滋补药品相互馈赠。

到唐代,菊花已经是园林中的常见品种,在黄菊之外还出现了白居易诗中提到过的白菊、李商隐咏叹过的紫菊,花匠也开始采用嫁接法繁殖菊花。

似乎宋人才开始刻意强调菊花是"花之隐逸者",因此陶渊明的名气在宋代远远大过唐代。到宋代菊花由室外露地栽培发展到盆栽,并能用其他植物作砧木嫁接,花色也出现了绿色的"绿芙蓉"、黑色的"墨菊"等稀有品种。临安每至重阳九月的花会谓之"开菊会",人们在这一天有喝酒赏菊的习俗,宫廷内也养菊、插菊花枝、挂菊花灯、饮菊花酒。

北宋出现的第一部菊花专著《菊谱》里只记录了 36 个品种的菊花,到明清时已经有 200 个左右的品种,也达到中国菊花栽培的一个新高。此时菊花就不只是黄色了,诸如绿云、金背大红、玉堂金马、鬃翠佛尘、汴梁绿翠等名菊,光看名字就觉得别致。像"绿牡丹"就碧绿如玉,日晒后透出黄色。

菊花早在古代就走出国门,公元 8 世纪中国栽培的观赏菊花传到朝鲜、日本以后,日本将其与当地野菊品种进行杂交,形成了日本栽培菊系列。清代的时候日本的菊花还返销到中国来成为稀奇货,乾隆皇帝曾召集当时有名的画家邹一桂绘制洋菊 36 种,并赐题诗文,邹后来还据此出版过一套《洋菊谱》。

正如樱花在日本是春天的象征一样,菊花则是秋天的象征,公元 9 世纪宇多天皇创建的皇家园林里它是主角之一。那时候也出现了大型的赏菊会,中国每年的九月初九重阳节在日本又称菊节,在这一天,皇太子率诸公卿臣僚到紫宸殿拜谒天皇,君臣共赏金菊,共饮菊酒。十月,天皇再设残菊宴,邀群臣为菊花饯行。12 世纪初期的后鸟羽天皇对菊花特别喜爱,将其作为自己的标志,后来"十六花瓣八重菊花纹"就成了日本皇室的家徽。

后来，美国人类学家本尼迪克特的《菊花与刀》一书以"菊花"来象征日本的民族性：对古人来说菊花是秋天最后耀眼的颜色，随着菊花的凋落而来的是阴沉的冬季，就好像生命最后的闪光一样。如此看来日本人欣赏菊花、樱花是相通的，里面都有对于季候和死亡的敏感。

菊是淡泊的、古雅的，文人爱它闲云野鹤般的遗世姿态，有那么多的诗词歌赋为它撑腰，它的地位自然不同于凡花俗草。

元代的大学问家陶宗仪素爱菊花，在屋前屋后，种了许多菊，耕读授徒之余，写写文章，或引觞独酌，不亦乐乎。他有咏菊诗："三嗅秋香立，吟哦待酒来。"在菊花前吟诗多么风流快活，菊花淡淡的香味，本让人心醉，何况，竹帘内有人已经在倒酒了，酒香随秋风飘来，未喝已然醉了。

看菊花朗朗绽放时，一瓣一瓣，清晰明朗，有形有色，美得宽厚、大气。正如《本草纲目》中所言："菊春生夏茂，秋花冬实，备受四气，饱经露霜，叶枯不落，花槁不零，味兼甘苦，性禀平和。"最喜就是这平和二字，这也就是常说的心素如简、人淡如菊吧。也正是因为经历了四季之雨露风霜，禀受了四季之天地精华，菊花才能以博大之心胸、平和之心境吐露芳华，再苦再累也不争、不吵、不抱怨，无论贵贱都不卑不亢、谦和从容。

从现代科学来看，花木的荣枯和自然气候的关系只是一种"自然运行或者生理上的规律"，但是在古人看来鲜花和季候的关系却是人格化的，比如在秋末最后凋谢的菊花一类，因为能"拒霜"而受到赏识。

再放大，花木甚至和朝代兴衰、城市起落也联系起来，比如在宋代，琼花和扬州就在文化意义上建立起了密切关系，以至于后人说元兵占领扬州以后琼花也香消玉殒与宋朝同始终。

我记起黄巢写的《不第后赋菊》一诗："待到秋来九月八，我花开后百花杀。冲天香阵透长安，满城尽带黄金甲。"黄巢极言自己的雄心壮志，自比菊花。误过繁花似锦的春，错过激情澎湃的夏，在万物萧条的深秋，菊花把自己开成一朵金黄的花，这除了自然的选择，更有生命的坚守，也是大器晚成的福报。

当然，我也喜欢在早春开花的雏菊，每次春暖花开到颐和园，就会看见一片片雏菊，几片蛋黄色的花瓣簇拥一个圆圆的金黄色花心。它有着大地清朗的气息，也带着一丝感伤，人淡如菊，就是这样的味。

雏菊的原产地是欧洲，又称春菊。雏菊没有菊花的花那样纤长、卷曲，而是短小笔直，像未成形的菊花，故名"雏菊"。欧洲有些地区也称雏菊为"圣玛格丽特之花"，这是因为中世纪的基督教会在纪念圣人时常以盛开的花朵点缀祭坛，雏菊就是祭祀 13 世纪因拒绝父亲选定的夫婿而进入修道院的匈牙利公主圣玛格丽特的。圣玛格丽特可以说是一位隐士，她从王室逃入修道院，而中国人陶渊明则是从官场逃到南山脚下，种菊花、喝酒、读书、写诗。

雏菊看上去就是一种倔强的小花，见到它，会让人生发勇气和力量。捷克作家伏契克被德国纳粹关进集中营，他在《绞刑架下的报告》中写道：每放风，看到墙根的一朵雏菊，意识到生命的存在，于是增强了与死亡斗争的勇气与决心。

不过，我更多的是感念年少的朋友——野菊，常常伫立在它们跟前,若有所思,思考人生。野菊是平凡的,不是出身名门旺族,只在贫瘠的土地上默默地伸展着叶片,绽放着花蕾,天生一副不谙世事、嘻嘻哈哈的娇憨面孔,谁会在乎它呢?野菊又是与众不同的,它代表着一种精神和境界,诗人鲍照曾经感叹生在荒郊野上的野菊是"味貌复何奇,能令君倾倒";一生忧国忧民的陆游也借菊言志,"菊花如志士,过时有余香";袁枚也是触"菊"生情,"千红万紫尽飘流,开到寒花岁已周。晚节不嫌知己少,香心如为故人留"。有这些例证就够了,谁还能否认野菊对这个世界的独特贡献呢?

在如今这个世界上,生活中总会有太多的无奈、不公平和别无选择。我回忆野菊,从中明白了一个道理:不必在乎在别人心目中的位置,重要的是我们要拥有一个美好的生存目标。为目标去努力,去牺牲,我们的生命才会在裂变之后以更美的形态存留于世。

菊花令人长寿,这样的故事在民间流传很多、很广。例如,早在两千多年前,东汉史学家应劭在《风俗通义》中就说到菊花,他说,河南南阳县(今内乡县)有个叫甘谷的村庄,山上开满菊花,山泉水从山上的菊花丛中流过,带走了一些散落的花瓣,水里便含了菊花的清香,这甘谷中的泉水就格外甘甜。村上三十多户人家都饮用这山泉水,人人健康,寿命最长的活到130多岁,短的也有七八十岁。

晋代的隐士诗人陶渊明在"采菊东篱下,悠然见南山"的时候很可能没有后世想象的那样飘逸,他种菊花是为了酿酒入药这个实际目的。不过他对菊花的爱赏对后世却有重要的影响,宋代以后的清高文人常以菊花象征陶渊明这样的"贞秀"隐士,以和洁身自好、怀才不遇搭上点关系。

宋人说菊"苗可以菜,花可以药,囊可以枕,酿可以饮"。现在还是如此,菊花茶在餐馆里常见,花瓣气味芬芳,也有人当菜吃,吃法很多,可鲜食、干食、生食、熟食、焖、蒸煮、炒、烧、拌,还可切丝入馅,但是对乡间的野菊花却要留心,因为它含有让人过敏的物质,有些人碰触菊花会产生疼痛,脚胀,吃了花则会上吐下泻。但是,野菊花味苦、辛,性凉,具有清热解毒、疏风凉肝的功效,可滋养眼睛保护视力,对人体的心脏、大脑和血管都具有良好的保护作用。

在乡下,常见乡民把野菊花晒干,拿来泡茶喝。我呢,爱喝菊花茶,常买野菊蓓蕾做成的轻圆黄亮菊米当茶饮。将菊花洗净放入煮沸的清水中,加入同样洗净了的枸杞、麦冬,稍煮片刻后,一份黄得雅致、红得清新的养生水就形成了。对于这样的水,看着,赏心悦目,喝下,美味补益。

在菊花的气味中陶醉,很美妙有趣。看那清香之气升起来,宛如置身仙境,心中亦升起菊花般的香甜。待菊花水稍稍温却,将脸俯下,闭上眼睛,慢慢呼吸,用那清香之气熏眼蒸面,可以护眼、提神、止头痛。再抬头,一定神清气爽。把菊花阴干,放入棉布枕袋里,做成菊花枕头,枕着菊花入眠,也别有一番味道。

菊花还可以制成菊花酒,菊花酒又称"延寿客",它和茱萸一起,在九月初九重阳节这日,成为求寿祈福的象征。《西京杂记》中借西汉宫人贾佩兰之语记载了这些内容,"九月九日,佩茱萸,食蓬饵,饮菊花酒,令人长寿"。

菊花真是和水一样,有着柔软的坚强。它不管在哪里,无论被煮还是被蒸,都保持着不变的形态和情怀,并始终醇香袭人。它总是以熨帖和柔美的姿态,长久地表达着对人的慰藉和关怀。

　　这些年,在秋风瑟瑟时节,在乡下,见到沟坎、土坡中金黄色的野菊花,心就会一下子亮堂起来。彻骨的北风中,落叶遍地,万物肃杀。时光无情,所有的菊花也已凋谢,只有它依然无畏地站在枝头,像在坚守最后的诺言。黄色的、白色的、大朵的、小朵的,都从明艳变成了暗黄。曾经娇艳无比的花蜷缩在一起,小小的一团,疲惫而沧桑。

　　家乡的野菊正在静悄悄地开!我怀念它们,亦是眷恋我生命之中的那些美丽时光。

风舞槐花香

几天前，郑州的朋友打电话说，春天到了，槐花开了，可美啦，回来看看吧。噢，又到槐花飘香时。其实我只是在中原工作几年，他们却把我当家人了，说得暖暖的，我心头一热。

我对槐花留下深刻印象确是在河南。每次下市县，看到道路沿线开满或白或紫的槐花，就知道中原的春天真的到了。

起初，我并不认为槐花是可食的。那次去洛阳，接待单位领导不停地给我碗里夹菜，说这是槐花蒸菜、鸡蛋煎槐花，是他的最爱。我吃罢，实事求是地讲，味蕾倒也没有特别的感觉，上主食时，又来了个槐花饼和一碗槐花疙瘩，那味道还真不赖。那是我第一次吃槐花。

次日返郑的时候，经过偃师、巩义的沟壑地带，我朝公路两旁看，只见满山遍野都是茂密的槐树，盛开的槐花，一团团，如银似雪，似浪如雾。远远望去，一棵树就是飘浮的云朵，一片林就是滚动的云海。望一眼雪白一片，风一吹甜香百里。

后来我到许昌、平顶山时，特意到槐花多的林子里转了转。

那婆娑的槐树枝叶间，绵密成串的花絮拥拥挤挤，竞相绽放。一朵朵玲珑剔透的花，簇拥在紧凑的嫩枝上，编织出一串串丰满的花穗，重叠悬垂，珠帘一般挂满了树端。每一串槐花就如同一轮微缩的新月，轻轻薄如绢的白衣裹着娇嫩娇嫩的花蕊，微红的花蒂托着小家碧玉的花朵。它们色如素锦,白里泛着米黄,黄里透着青碧,娇美而不做作。甜甜的花香扑面而来,味道浓郁久远,沁人心脾,吸引着一群一群的蜜蜂前来采花酿蜜。

广民说,槐花的香比月季花要淡,比油菜花要浓,用舌尖轻轻一舔,甜比蜜浅,味比糖深。

是的,小巧玲珑的槐花,没有牡丹的富贵与大气,没有玫瑰的火热与执着。土而又土的槐花,在河堤坡边、道路两旁、农家房前屋后及村落小院周围的沟沟坎坎中默默生长,好似我家乡的桑树那般普遍普通;它强盛却不与春光争艳,热烈却不慕盛夏繁华,平易近人,低调而奢华,让人发自内心地常思常念。

在中原的日子,见得多的是洋槐。洋槐因为褐色的小枝上靠近叶柄处常有小刺,又叫"刺槐"。这种树是豆科刺槐属的高大乔木,原产于北美东南部。那年德国入侵山东半岛以后,从德国引种刺槐在胶济铁路两侧种植。谁知这种树生命力极强,很快便适应这边的土壤、气候等,用了不几年的工夫,地边沟堰,山岭薄地,只要有土的地方,就有它们的身影。因刺槐这一物种来自国外,所以人们当时称为"洋槐",青岛有"洋槐半岛"之称。因为生长快,后来华北、西北、东北到处移植作防沙林和行道树。

中原流行吃"槐花疙瘩"。随着槐花的盛开,村庄随之热闹起来。少年三五成群唱着顺口溜:"小娃娃,做钩搭,做好钩搭钩槐花。槐花蒸成疙瘩饭,吃得人人笑哈哈。"一边唱,一边拿着钩杆,在村里村外的槐花树下绕来转去,钩下一串串鲜嫩的槐花。很多人顺手就把捋下的槐花放到嘴里嚼吃起来。一把生槐花填到嘴里,充饥解渴,满口清香。此时不乏成人加入,槐花林中便人声鼎沸,笑声如潮。余下的槐花拿回家后,先将其淘净,拌上面粉,再加上适量的盐、五香粉,放进锅中蒸熟。食用时调上香油、蒜水,极清香可口。

洋槐花的蜜最甜,需要咬掉花蒂,轻轻一吸,那甜清洌可人。每年花开时,庭院里的女人总要做槐花饭、槐花粥。

槐花被历代医家视为"凉血要药",具有清热泻火、凉血止血的作用。槐花所含的芸香甙,可增强毛细血管抵抗力,改善血管壁脆性,对高血压患者有防止脑血管破裂的功效。此外,槐花还有降低血压、抗水肿、抗炎等功效。

槐在我的家乡也算得上有头有脸的。沮漳平原的村口、堰塘边稀稀落落总有几棵老槐树。它们多古老苍劲,如饱经沧桑的老人。不论寒冬盛夏,它们都不急不躁地生长着,多年不变模样。一场雨水过后,槐花便同雨珠一道,带着迷人的清亮与芬芳,如梦如幻飘飘而落,洒下一地温馨,落下无尽清香。不过我总觉得缺乏气势,远没有北方槐花规模"宏大",更让我疑惑的是家乡槐花是七八月份才开花,后来才知道,此槐非彼槐。家乡的槐树是国槐的变种,学名宜昌槐,它的小叶上面疏被贴生茸毛,下面密被长茸毛,小枝、小叶柄、叶轴和花序上的茸毛到第二年仍宿存,盛夏开花。家乡人不拿槐花当菜吃,不知是饮食习惯,还是那时南方农副产品相对充裕。

国槐树浓密的叶子层层叠叠,堆砌万千诗意和清凉,夏秋时节,人们将竹椅、草席子搬到树荫下纳凉。大槐树下有清爽的穿堂风,它们抚摸过庄稼,亲吻过野花,撩拨过浪花,把极热的暑气重新组合,描画出波澜,透出透迤的清凉。农历五月,国槐姗姗开出满身槐花,那花没有洋槐花一样甜甜的蜜,而是一种微微的苦香。这时节,大家忙着采槐米,用小铁钩钩下槐花的花蕾,晒干之后卖给中药房。

有人说槐树为尊,以国相许,在昌,在吉,在质,在诗,在史,在荫,在寿。我以为,槐树的典范形象,的确如此,但绝不止此。

国槐自然是中国人最早开始种植的,两千多年前的《山海经》已经提到"槐"。中国栽培槐树是从周朝开始的,那时候槐树也被称为"三公树",再后来又象征着科第吉兆。太师、太傅、太保"三公"分坐其下,普通人家也爱在门前户外种槐树,既可以遮日,又有期许子孙位列"三公"的意思。

汉代,京城长安的大道两侧就尽植槐树,一直持续到唐宋。诗人常常写到他们当年奔波在追求功名的"槐路"上,那里留下了他们无数个脚印、梦想和孤寂的夜晚。比如:"袅袅秋风多,槐花半成实。下有独立人,年来四十一。"(白居易《秋日》)。又比如:"风舞槐花落御沟,终南山色入城秋。"(子兰《长安早秋》)。显然这些诗寄情咏唱的是国槐,而非洋槐,因为洋槐传入我国的时候已是19世纪下半叶的事了。到如今,各地的乡镇还保存着不少古槐,比如山西省平定县西锁簧村的汉代古槐树已经有两千年的历史,河南封丘县陈桥镇有一株古槐相传是赵匡胤拴过马的——多少有点儿附会的意思。

后来客居北京,常能见到国槐老树的身姿。北京故宫里少不了国槐,尤其是武英殿彩虹桥边的"紫禁十八槐",是当年权贵出入西华门必经的,见证了明清两朝盛衰;国子监里的"双干古槐"据说是元代国子监第一任祭酒许衡所植,在明末的时候干枯了,可到清乾隆年间忽又萌发,凑巧正值慈宁宫的太后六十寿辰,所以各路权贵纷纷称颂,号称"吉祥槐"。自然我也知道景山槐树的典故：李自成的军队攻进皇城的那天晚上，崇祯皇帝亲手杀死自己的爱妃、幼女以后跑去景山上吊，据说是在一棵槐树下自尽的。具体是哪一处哪棵树，没人说得清，可入关夺得天下的清皇室为了笼络人心，指定景山的一棵树为"罪槐"，用铁链加锁，算是开辟了个政治反思景点。如今北京城的大街、胡同、小巷和四合院里，仍留存着许多古槐，这些古槐是北京城悠久历史的象征，已成为北京灿烂文化的一部分。

中国民间有槐树崇拜的文化现象。乡下人院门外要栽国槐。国槐是护佑一家人的图腾之树，它立在街门一侧，享受着当一杆大旗的礼遇。国槐树在我国种植历史悠久，它与古代人的吃、穿、住、用、行、劳作、防病治病等日常生活和生产息息相关，被视为吉祥、祥瑞的象征，还产生了槐树崇拜的原始信仰。如传说老槐树能开口讲话，劝董永莫错过天赐良缘，这就是黄梅戏《天仙配》中的故事。在民间，常见一些老槐树下或旁边有人搭建一座小庙或高台，四周的居民都向它烧香磕头，祈求保佑，请赐丹药。

槐树也是故乡的象征，明朝时期的"洪洞移民"有这样一首民谣，"问我祖先来何处，山西洪洞大槐树。问我老家在哪里，大槐树下老鸹窝"。说的是山西强迫性移民的历史。移民们在这里登上了离乡背井的征程，他们拖儿带女，扶老携幼，悲伤哭啼，频频回首，渐行渐远，亲人的面孔逐渐模糊，只能看见大槐树和大槐树上的老鸹窝。因此，大槐树和老鸹窝就成了移民惜别家乡的标志，槐树也就成了移民们怀祖的寄托。他们到达新地建村立庄时，多在新村的路口栽槐，如十字路口、丁字路口，在新家的门口栽槐，以此表达对故土祖先的怀念之情。"念家槐"也就具体成了移民的沉重情怀,通向"无穷的远方"。

自古至今,官是官,民是民。安顿下来的移民,适应了新的生产生活环境,也渐渐抚平心灵痛伤,就往"哪里黄土都埋人"这一处想了,于是把生活希望寄托于树:门前一棵槐,不是招宝就是进财。

随着时间的流逝,幼槐成了古槐,古槐就成了故乡、祖先的象征。槐树是乡情,槐树是日子,槐树是趣味,影响着一代又一代。

走过大江南北的人,或许因了带槐的地名,便对那一地记忆深刻。"槐树岭""槐树庄""槐树庵""槐树院""槐树街""槐树巷"……这名字抵达心灵深处,充满温馨。

洋槐花开了,国槐花风舞正在路上,我的故乡在哪里?永远在路上!

飞翔的蒲公英

庚子年春节后,牙疼嗓子疼,医院去不了,药店不卖消炎西药,给我推荐蒲公英。经过煮泡的蒲公英,由青绿变成了深绿,一缕缕微甘微苦的清香,荡漾在心脾间,视线里也弥漫出飞翔的蒲公英。

在我少年的视界里,蒲公英是华丽与实用的诗意结合。

蒲公英,又称地丁、黄花地丁,菊科多年生草本植物。在故乡沮漳平原的田野、路旁、地头、山坡、河畔、老堰滩,甚至屋后房前,大凡有土、见光之地,都有她的身影。

早春,蒲公英贴地而生,与泥土最为亲近,它圆锥形的根扎得很深,牢牢地钉在地里,碧绿的长圆形的边缘类似羽状的叶子舒展着、铺散着,排成莲座状,叶缘有小小的锯齿。犹如大地的绿衫,其上散着一些鲜黄的小小碎花,看上去温暖又美丽。

天气渐暖,蒲公英匍匐在地蓬勃生长,于绿草丛中静静地开放。它的正中间,会加速向上长出一根或几根空嫩的径,即花葶,仿佛状地而生的叶子的一声长啸,让人惊喜不已。其上部紫红色,有蛛丝状白色茸毛,形成一个白色的茸球,头状花序绽放着一簇簇靓丽的黄色舌状花,似金钱菊,既鲜且艳。远远地看去,如一顶顶小黄帽儿,阳光下绿叶黄花随风摆动,煞是可爱。

我和蒲公英的相知相守,是在一寸一寸飞翔的时光中。

我曾经和小伙伴们找过它。那是我的读书时光。几个少年,屈膝坐在平展展的草地上,对着右手握着的蒲公英,猛吹一口,圆嘟嘟的花球随风飘荡,变成许多轻盈盈的小白伞,飘向深远的天空。欢喜像阳光一样飘洒着,把少年的俏脸晕染成一个白嫩嫩的粉团儿。在这样一个天高地阔的春天,可爱的小伙伴,让"蒲公英盛开深白色的海",天、地、人,全都变得那么简单明朗,那么昌盛踊跃。

初春的阳光,轻轻地拂在我们年轻的面庞上。那流转的光,生动,盎然,凝着清玉般的光华。

飘絮的时刻,是诗的意境,一把把洁白的小伞撑开节令和湛蓝的天空。版画《蒲公英》是诗意的经典,画者吴凡,20世纪50年代,画中的小女孩吹送的蒲公英远飘波兰,收获无数国际赞誉。小女孩随风飘远,故乡的蒲公英还在。

青年时,看了电影《巴山夜雨》里的一个画面,至今不能忘怀。秋石,一个被关押了六年的诗人,在蒲公英的山野上,他看着女儿欢快地奔跑,小伞自由地飞行,嘴角往上翘了两下,鼻子一抽动,眼睛就有些发潮了,深秋的巴山一片苍茫。这部电影有一种沉郁的诗意,它是一首意象华美的抒情诗。

在大野上诗意般飞行了亿万年,直到八面来风的大唐,"凫公英"的种子终于飞进孙思邈的药典《千金方》。其后,它在许多药书药房里等待着患者的求诊,药效有多神,患者的身体知道答案。

蒲公英清热解毒、抗感染,蒲公英的叶断之有白汁,略有一丝苦味,如一杯清爽的茶。家乡人都知道,它能祛火败毒,是上等的凉药。不管是嗓子疼、牙疼,抑或身上生毒疮等,都会挖掘一些,连叶带根一起熬煮大半锅,喝上一两次便会好。这熬煮的汤水,乡亲不叫它药,而是叫它"凉茶"。不仅在嗓子疼、牙疼发作时熬煮些应急喝,一年四季,有病没病,也时不时地熬煮一锅,让全家人当茶喝,用以清热防病。

那年我背部长出一个疖子,红肿热痛,祖母找来一些蒲公英的叶子和茎,先把茎洗净折断,用断处流出的奶白色汁液涂抹疖子,再将茎和叶子捣碎和着汁液敷在疖子上,最后覆盖纱布,用绷带固定。敷上后,我马上觉得皮肤有了清凉之感,疼痛似乎减轻了一点。敷了一天,疖子就消了很多,连着敷了几天后,疖子就彻底消散了。从此,蒲公英清热解毒、消痈散结的作用便深深地印在我的脑海中。

随着生活水平的提高,人们便以食代药,药食同疗。比如蒲公英加莲藕、绿豆、猪排炖汤,不仅清热去火,而且汤浓味正,清香可口,有吃有喝,除病解馋。蒲公英做菜肴,凉拌热炒,入口均腴嫩清爽。三月间的嫩叶,经水一焯,青碧如玉,加精盐、蒜末、味精、香醋、香油搅拌,就是一道鲜嫩嫩咸滋滋酸溜溜辣丝丝的凉拌蒲公英了,翡翠盈盘,煞是养眼。油锅烧热,炒精肉丝至香气乱撞,哗的一声,投入蒲公英鲜叶略炒,出锅即成,其味清雅无限,香鲜无边。

郭沫若把"地丁"诠释为"大地之子",他道出了所有生命和大地的根系关系。蒲公英随风漂泊,落地生根。当蒲公英开出欣欣向荣的黄色花朵,它就长大了。这时候的它,属于风。风来,它随风而去,飞翔,飘扬,向着远方的路;风停,它落絮生子,安然,坦然,不沉迷于过往。

在春天的和风中,我看见蒲公英带着我们的愿望,穿越高山大海飘于苍穹之中,一次又一次飞翔,在不断的前进和上升中,它看到了一个又一个不同的广阔的世界。

流转的光阴,踏着不变的光华。从少年到老年,我们看尽天下美景,经历了大风大浪、大喜大悲、大起大落,返回儿时的记忆之中,总会有一些简单而清纯的形象占据我们的暮年时光,比如童年的漳河、故乡的明月光、吹送蒲公英的少年和飞翔的蒲公英……

那山，那水，那茶园

郑板桥说："从来名士能评水，自古高僧爱斗茶。"茶道和佛道一样，博大精深。我非名士高僧，自然对茶懂得不多，不懂得咂滋味、品高低，也不通茶经。但是，数十年来，还是喝过不少茶。

茶和笔墨纸砚、瓷器、丝绸一样，是我们最古老的文化之一。茶马古道是一条以茶为核心的人文精神的超越之路，蜿蜒万里。

"茶"这个字，最早出现在唐代。在唐以前，我们是用"荼"字来表达"茶"。"荼"字在古书上是指一种苦菜和茅草上的白花，所以，我们有"荼毒""如火如荼"这样的词语。

《尔雅》这样记载："槚，苦荼。"注释说："树小，似栀子，冬生，叶可作煮羹饮。今呼早采者为荼，晚取者为茗，一名荈，蜀人名之苦荼。"所以，历代对《尔雅》的注释都表明，"荼"即是"茶"。

根据"荼"字我们继续追溯，发现最早出现"荼"字的古籍是《诗经》。《邶风·谷风》里有"谁谓荼苦，其甘如荠"；著名的《豳风·七月》里说"采荼薪樗，食我农夫"，《豳风·鸱鸮》里则有"予手拮据，予所捋荼"；还有《郑风·出其东门》里的"有女如荼。虽则如荼，非我思且"；而《大雅·绵》里记录着"周原膴膴，堇荼如饴"。

《邶风·谷风》《豳风·七月》《大雅·绵》里的"荼"都是一种苦菜。《豳风·鸱鸮》里的"荼"被鸟用来筑巢，是一种茅草或者杂草。《郑风·

出其东门》里"有女如荼"的"荼"则是茅草上开出的白花。尽管如此,《诗经》里的"荼"却是另一种滋味的"茶",且更加隽永,韵味悠长。

如果《尔雅》有关于"茶"的最早的记录,那么,我们可以认为秦汉先民已开始饮茶,到唐代饮茶风行全国,并推行到国外。

己亥猪年,是我告别职业生涯的第一年。清明时,我满怀虔诚,回到我人生仕途的起点远安,与老友相聚。在临沮农家山庄,老友特意沏上了黄茶中的极品鹿苑茶。

在缭绕的雾气里,我看见金黄色的茶叶在杯中缓缓舒展,慢慢地浮上来沉下去,明净的开水慢慢泛绿变黄,澄净又明亮,丝丝缕缕的香气直钻鼻孔。我呷茶入口,茶汤在口中回旋,顿觉口舌生香。再啜,香气更盛,仿若五脏六腑之间都滋生出一股浓郁的香气,余味更是甘甜醇厚。我端详着杯中的茶叶,它们浮在杯中,细紧匀整,锋苗秀丽,色泽谷黄,犹如江南端庄秀丽的少女在风中舞蹈。汤色更是杏黄清澈,如金水染过。闻之,隽永的香气,如枝头绽放的桃李,盈盈袭来。

20 世纪 80 年代,我在远安工作多年,为黄茶产业的发展出过一点力,与茶园和种茶人有了感情,对黄茶的历史略知一二。

茶及黄茶的历史可以追溯到上古。陆羽《茶经》曰:"茶之为饮,发乎神农氏。"古人最初只是嚼茶叶青叶,或将鲜叶晒干,"煮作羹饮",主要起消毒解毒的作用。传说黄帝邂逅嫘祖于远安,在此植桑种茶,饮酒品茶。这里的好山好水、好酒好茶,滋养了黄帝的筋骨内力,使得他威震四方,征战无敌。

在《茶经》里,陆羽还写了这样一段文字:"山南:以峡州上,(原注:峡州生远安、宜都、夷陵三县峡谷)。"据说,凡是能上得《茶经》的,都是名茶。远安黄茶是茶文化里的一道风景,上了《茶经》,自然是名茶。

乾隆皇帝对远安黄茶贡品情有独钟,饮后赞不绝口:"好茶,好茶,好酽茶!"清代高僧金田到鹿苑寺巡寺讲法时题诗赞曰:"山精石液品超群,一种馨香满面熏。不但清心明目好,参禅能伏睡魔军。"

当今茶叶分为绿茶、红茶、青茶、黑茶、白茶、黄茶六大类,其中黄茶是别具一格的上品。它没有绿茶的汤色、清寒和外观,没有红茶的酽烈、透亮和厚重,没有青茶的浑厚和沉雄,没有白茶的清淡、清雅和脱俗,没有黑茶的红汤和陈香,与其他五个兄妹一样,都是采撷于大自然赐予人类的茶树,只是因为工艺的不同而形成了各自的风格。黄茶拥有的,是别致的芬芳。

黄茶属轻发酵茶类,加工工艺近似绿茶,只是在干燥前或干燥后,增加一道"焖黄"的工艺,促使其多酚叶绿素等物质部分氧化。其制作过程为鲜叶杀青、揉捻、焖黄、干燥。最重要的工序在于焖黄,目前属于纯手工制作,做法是将杀青和揉捻后的茶叶用纸包好,或堆积后以湿布盖之,时间在几十分钟或几个小时,促使茶坯在水热作用下进行非酶性的自动氧化,形成黄色,黄茶生产的秘密和独特品质皆隐藏于此。

远安鹿苑茶是黄茶中的佳品,以产地鹿苑寺而得名。鹿苑茶风格独特,具有色泽金黄,白毫显露,清香持久,叶底嫩黄匀称的品质特征,被誉为"茶中绝品",已载入《中国名茶研究选集》和全国高等农业院校试用教材《制茶学》中,是我国茶叶百花园中的一枝奇葩,古往今来盛名不衰。

到了夷陵,同学送来采花毛尖。望着这五峰茶,勾起了我的浓浓相思情。

五峰是湖北的主要绿茶产地。但过去五峰的茶农封闭保守,茶园面积小,规模小,世代沿袭传统方法,每年只采一次春茶,产量很低,收入上不去。自20世纪90年代初,他们大念"山水经",争开茶园,又兴建了二十多个规模不小的茶场,实现种养加、贸工农、产供销一体化。还延请外面的科技人员讲课,现场指导,修枝剪枝,引进良种,定期施肥,不仅提高了茶叶质量,而且一年春夏秋三季都可以采茶,茶农收入和地方财政收入直线上升。也正是这一时期,我受命频繁参与扶贫开发茶园贷款的论证发放,也渐渐熟悉了种茶与制茶,对茶农有了感情。

那是20世纪90年代中期的一个春天,我去五峰调查农业贷款使用情况,来到五峰的著名茶乡——采花乡。

采花是五峰茶的集中产地,可谓家家有茶园,村村办茶场,仅小镇上就有好几个茶叶加工厂和一个中心茶站。看了茶场的几个老朋友,车在离集镇两公里多的地方停了下来。那个绿树掩映、清静幽雅的小庄园就是有名的星岩坪茶场。

放眼望去,近处穿红披绿、服装艳丽的土家姑娘和小伙子们臂挽竹篮,在茶中行走,犹如在海中遨游;站在一行行茶林里采茶,像绿色琴弦上跳动着彩色音符,此起彼伏的欢笑声、歌唱声传向四面八方;远处峰峦相叠,林木茂密,山头云雾缭绕,如墨如烟,湿漉漉的空气中散发出野花的芳香。

坐在王厂长宽敞明亮的小洋楼里,热情的女主人给每人泡了一杯清明茶。我轻呷一口,顿感清净澄明,蓦地想起苏东坡之言"从来佳茗似佳人",他是深得茶中三味啊。

在王厂长的带领下,我们去看茶叶加工厂。这个显然属于先富起来的中年男子看上去很朴实、厚道。他说，这个加工厂是茶业产业化中的一个链条，除了加工自己茶园的鲜叶外，还大量收购附近茶农的鲜叶加工，对当地税收和农民收入增加贡献不小。收益最丰的自然是王厂长本人。厂房宽敞明亮，有好几百平方米，很是气派。工人们进进出出、锅前灶后紧张地忙碌着，车间里弥漫着浓浓的茶香。

亲眼看看茶农炒制茶叶，了解加工中的技巧是很有趣的事情。加工工艺和过程不同可以产生不同品系。茉莉花茶，是给茶叶中加茉莉花窨制而成；乌龙茶家族中的铁观音等，是鲜叶经过半发酵后炒制的……而五峰采花毛尖、千丈百毫等是青茶系列，过去是用柴火烧热铁锅，再倒入鲜茶叶手工炒制，火候、温度、炒制时间，由人工控制。如今大都由复干机、揉茶机、烘干机等专门的茶叶加工机械，经过杀青、轻揉、揉直、复干、烘干等多道程序一气呵成，速度和质量都大有提高。只是顶级毛尖王还是手工炒制精选的，不知这是对传统茶文化的怀念而留下的人文景观，还是极品需要特殊的工艺流程？

绿茶、红茶、青茶、黑茶、白茶、黄茶都是茶，家乡的茶都是名茶。这个春天，品了鹿苑饮采花，又想起了那山、那水、那茶园，还有那种茶人……

想起那片荷

郭家岗上堰塘没有种植荷花，不过跨过淯溶公路东面，丁场公社里水生物还是不少，自然也是有荷花的。年少摇头晃脑读《荷塘月色》时便极为神往朱自清的荷塘，寻猪草、砍柴时，免不了去观赏、采摘。

荷花是人类历史上起源最早的植物之一。我国最早解释词义的专著《尔雅》载："荷，芙蕖，其茎茄，其叶蕸，其本蔤，其华菡萏，其实莲，其根藕，其中的，的中薏。"荷花，莲科，多年生宿根水生草本，花叶由地下茎节部生出。古又将花已经开的称作"芙蕖"，花未开的称作"菡萏"。荷花和莲花指的都是一种植物，只有叶贴水面而生的睡莲和叶出水面而生的荷花之间，才有科属上的区别。

荷花的根茎生长于水底的淤泥之中，形态肥厚有节，内有许多通气孔道。荷花叶子生于水面之上，呈圆盾状。花瓣嵌生在花托穴内，有红、粉红、白、紫等颜色。荷花果实为椭圆形或卵形的莲蓬，果皮坚硬，其种子（即莲子）为卵形或椭圆形，是一种非常美味的食物。

荷花还具有极高的药用价值。根据《本草纲目》记载，荷的所有成分皆可入药，而且莲子、莲衣、莲房、莲须、莲子心、荷叶、荷梗、藕节等不同的部位还有不同的药效。例如，荷叶可以减脂排淤，荷花能够清热解毒，莲子能够养心补肾等，荷花可谓浑身是宝。

"山有扶苏，隰有荷华。不见子都，乃见狂且。山有乔松，隰有游龙。不见子充,乃见狡童。"

后来读书求学,工作来到江城,常常流连东湖边看荷花时,不时想起《诗经》的词句,甚感浪漫。

《国风·郑风·山有扶苏》是一首动人的情诗,诗里藏着这样一幅朦胧图画:山上的桑树郁郁葱葱,幽静而富有生机;池塘里的荷花开得正好,美艳动人。一个内心矛盾的女子,从灌木丛边走过,在松林间穿过,没有见到像子都一样的美男子,偏偏遇见了一个"狂徒",风摇荷花水摆游龙一般陪伴在自己身旁。既然遇到了这样的人,且在香花碎草间,调笑刺激一下这个约会总是迟到的人吧!

诗句以物起兴,借景抒情。而桑树和荷花也并不是单纯的景色描写。在当时,人们习惯将树木比作男子,将花草比作女子。因此,桑树在这里指的是高大挺拔的小伙子,而池塘中的荷花则指的是容貌美丽、健康高挑的姑娘。情窦已开的女子戏谑情人时喜悦欢欣,尽显小女儿情态,诗人将青年男女那种亲密无间、喜不自禁的恋爱态度刻画得入木三分。

在《诗经》中,诗人常将荷花美丽挺拔的形象与曼妙女子相联系,来表达爱情这一永恒的主题,丰富了荷花的文化内涵。

"彼泽之陂,有蒲与荷。有美一人,伤如之何?寤寐无为,涕泗滂沱。"在《陈风·泽陂》之中,荷的运用与《山有扶苏》如出一辙。"彼泽之陂,有蒲与荷。"诗篇以景色起兴,主人公在池塘边看到相互依偎的蒲草和荷花,触景生情,情不自禁想到心上人。"有美一人,伤如之何!"荷花在荷叶间挺拔美丽的身姿,就好似心上人一样,对于她的想念,如影随形。"寤寐无为,涕泗滂沱。"寂寞的夜晚啊,他久久无法入睡,那入骨的相思最终都化成思念的泪水。

自《诗经》之后，人们就经常将荷当作爱情的象征，如南朝乐府民歌《西洲曲》载："开门郎不至，出门采红莲。采莲南塘秋，莲花过人头。低头弄莲子，莲子清如水。置莲怀袖中，莲心彻底红。"女子没有等到情郎，便出门采摘红莲。在秋天的池塘中，莲花已经长得高过人头。女子低下头拨弄洁净的莲子，并将莲子藏在袖子后，那莲心也彻底红透。诗句借"出门采红莲"表达了女子对情人的思念，借"莲心彻底红"比喻爱情的赤诚坚贞。

另一首南朝乐府民歌《江南》曰："江南可采莲，莲叶何田田。鱼戏莲叶间，鱼戏莲叶东，鱼戏莲叶西，鱼戏莲叶南，鱼戏莲叶北。"诗歌将荷与水中欢快戏水的鱼联系起来，以鱼和莲叶的嬉戏互动来形容爱人间亲密甜蜜的美丽景象。

作为荷花的故乡，中国有着独特的荷文化。荷花的身份，在各个领域里，都有它独特的含义。

古时用芙蓉貌、金莲足、水莲步来形容温柔似水的女子，和我们今天有更多符号标识的时尚美女的概念，有着相似的意义。

佛所讲的净，也就是"空"，正是莲花所含的清净无尘中"无"的意思。佛教高僧的心在佛教典籍里被说成是莲花心，修行越高，则莲花覆盖的空的世界越广阔，莲花心一失，所谓的高僧也就和六根不净的常人没有多少区别。

真正慑我心魄的还是游洪湖、赏荷花。洪湖是"千湖之省"湖北最大的湖泊，也是荷花生长最壮观的湖。

那时已是初秋，我站在游艇上，面湖当荷，也是醉了。

"接天莲叶无穷碧"，荷花一望无际。阳光照耀着层层叠叠的荷叶，向阳的便白得刺眼,背阳的便绿得发青,水也被荷影染成绿色。荷高低参差,密疏有致,高的亭亭玉立,伴护着小荷。迟到的小荷叶相互连接,安静地平贴于水面,时有晶莹剔透的水珠在上面滚来滚去,就像它们幼小的心脏在微微搏动。微风乍起,荷叶都轻盈地从同一个角度翻起,整个湖面就如生动的团体操比赛场。上面荷叶动,下面水也动,绿波荡漾。此时荷花在荷风和荷叶中时隐时现,闪闪烁烁,细细看来,有不少的莲蓬点缀其间,如碧天里的繁星。

远看荷花谢的谢了,已不见往日的排场。近看还有一小片迟开的荷花正艳,白中带粉,粉中透红。那含蓄温柔如膏脂的粉色荷花瓣带有一种欲说还羞的情状,还有着新生婴儿般的纯洁,叫人一见便打心眼里欢喜。她出污泥而不染、藏冰心于玉壶,"不管风吹浪打,胜似闲庭信步",外面的世界再精彩,她都守着自己的一方天地,笔直地植身沃土,用绿色画一个完美的圆。她只亲近绿色的水、蓝色的天和清新的空气,接纳阳光和明月的抚爱。

耳边隐隐约约听到湖中飘来的歌声:"洪湖水,浪打浪,洪湖岸边是家乡……"湖、荷和歌声浓浓地、甜甜地、清清润润地充盈了我的心房。

荷花是"花中君子",圣洁高雅,是祥瑞的象征。早在先秦时期,荷花就和龙、螭、仙鹤等形象一起被雕刻在器物上,寓意吉祥、平安。佛教也认为荷花超脱世俗,圣洁高贵,因此将荷花作为佛教的圣花,并将佛教文化与荷花的象征精神融合到一起。此外,荷花还被人们用来比拟品行高洁的君子。这种意象始于中国第一部浪漫主义诗歌总集《楚辞》。在《楚辞》中,屈原赞颂道:"制芰荷以为衣兮,集芙蓉以为裳。不吾知其亦已兮,苟余情其信芳。"屈原以荷花装饰自己,用荷的独特气质来比喻自己的高洁之志。北宋周敦颐在《爱莲说》中写道:"予独爱莲之出淤泥而不染,濯清涟而不妖,中通外直,不蔓不枝,香远益清,亭亭净植,可远观而不可亵玩焉。"寥寥数语,将荷花洁身自好、遗世独立的特点生动描绘,精辟总结。

我想做人也应该如此,宠辱不惊,在成功时莫要欣喜若狂,遇挫折时不能心灰意冷,面对生活的刀光剑影更要坦然,就像水底再深的黑暗、再厚的淤泥,都阻挡不住荷叶生长、荷花盛开一样。

那天中午,我们在瞿家塆用餐,用的是家常水乡菜,主食是荷包饭,用筷子拨开荷叶,酥软的米粒的清香缥缈升起,胃口在香气里敞开……今日重拾内心深处这充满温情的记忆,仍有"花中君子"的圣洁和余香,好似一个久远的梦。

花椒往事

自20世纪70年代,搬离祖屋,花椒树就淡出了我的视线,屈指算来我已经有四十多年没有摘花椒了。

少年时我一直与花椒树相随相伴。不经意间,春雨浇湿了花椒树,一夜树枝泛绿;经了春,经了夏,入了尾伏的风,就刮来了花椒成熟的麻酥酥的香气。

此刻,郭家岗农户的房前屋后,一棵棵披红着绿的花椒树,轻盈的绿衣裙镶嵌着数不清的红玛瑙珠子。

我家老宅后面的竹苑,像个小型植物园。

此时站在后门口望去,几棵花椒树,像一把把浅红色的小伞。还未到花椒树旁,周围就已经弥漫着一种麻麻酥酥的花椒特有的奇异香味。不远处的石榴也硕果累累地挂满枝头,与花椒共舞斗趣。

不几天立秋了,采摘花椒的最佳时机到了。这时,花椒树像熊熊燃烧的火炬,老枝上红得酱紫,新枝上红得鲜艳。花椒颗粒饱满,颜色红润,香味极浓。

虽然天气还有点热,但空气中已经夹杂着丝丝凉意。

花椒树上都挂满了红色的花椒,它们几个一组地聚在一起。有的在枝头摇头晃脑,有的躲在叶子后面窃窃私语,有的张开大嘴露出了它的大"黑牙"种子。它们闪烁着红光,红得像南国的红豆,红得像颗颗精美的宝石,放射着耀眼的光芒。

摘花椒离不开手指,花椒树通身长着刺,谁都躲不过大枝小枝刺扎的劫。稍不注意,花椒水顺着针眼渗进皮肉,中了药性,指头变粗。小孩家摘花椒,不甚懂防护,挨扎更多。

有一次,我站在这长满花椒的树下,情不自禁伸手去摘一串花椒,一种火辣辣的钻心的痛袭来。花椒背后那几根小刺,防范意识真强啊,一下子刺到了我的食指。我赶紧把手指含在嘴里,这时嘴里也感觉麻麻的,手指的疼痛减轻了不少,一不小心,又把花椒水儿弄进眼里,蜇得眼睛半天都得眯着。

摘花椒,没有多大技巧,每个人都能干,靠的是手工和熟练程度。机械基本用不上,工具就是剪子。但摘花椒也并非易事,因为长期站立,仰下巴,伸胳膊,不停地动作,滋味也够呛的。

摘花椒要求注意力特别集中,不急不躁,耐着性子一枝枝地摘,不会像掰玉米那么容易见成绩。长得好而且密"一抓抓"的花椒,比较好摘。那一处仅有一两颗椒果,太稀了的,都得一处处揪,一颗颗找,考验着人的意志和忍耐力。

我与裹着小脚的祖母不停地摘着花椒,树上的花椒越摘越少,小篓子里的花椒越来越多。每当掐下一束花椒时,一股浓郁的麻香就钻入鼻翼,深入肺腑,让你似乎感觉"掉"进了香料囤里了,忽然有了春华秋实的体验,满足了感官上的需求,也获得了精神上的享受。

晒花椒很重要,直接关系着椒果的成色和椒籽出油的质量。最好为头一天摘,第二天就晾晒,让太阳的热力,一下子就把花椒晒透。只有一次性晒干,椒果颜色才鲜红,味道才更窜。

花椒晾晒在自家门口的场地,量多的用卷席,量少的用簸箕。经了一两日暴晒,全炸开了嘴儿,籽儿,全滚出来。花椒籽跟仁丹、鲫鱼的眼大小差不多,颗颗溜圆,颗颗闪着幽光。像是精灵。花椒籽含的油性就此也显现出来了。

花椒自古以来就是中国的辛辣香料,野生在巴蜀秦陇的大山之中。花椒最早的文献记载出现在《尔雅》上,被称为"榝"或"大椒"。

花椒最初的功能,就是祭祀的香料。"有椒其馨,胡考之宁"(《诗经·周颂·载芟》),周成王时期,每每垦荒、耕种、收获、祭祖祈福时,必供上飘着花椒馨香的饭菜,他们认为神灵吃得爽了,就能帮助国家光大,保佑人民生活安康。

对巫祝祭祀最有发言权的是楚国人,比如屈原。他在《离骚》中请巫祝为自己占卜,"欲从灵氛之吉占兮,心犹豫而狐疑",就使用了一种独特的祭祀物品"椒糈",所谓"巫咸将夕降兮,怀椒糈而要之"。王逸曾经注释道:"椒,香物,所以降神;糈,精米,所以享神。"也就是说,屈大夫请这位巫祝吃了一顿花椒馅儿的粽子,这也算是开各种风味粽子的先河吧。这还不算,屈子还喜欢将各种植物组合在一起做成香料,其中就有花椒。考古发现汉朝马王堆一号汉墓中曾出土4个香囊和6个绢袋,里面就装着辛夷、肉桂、花椒、兰花等芳香植物。

朝代更替,沧海桑田,花椒后来成了家家户户都离不开的调味佳品,在我国各地有了悠久的栽种历史。它有祛除异味、增加食欲的作用,还具有不错的药用价值。有温中行气、抑菌、驱虫、降血压等功效。还能治胃腹冷痛、呕吐、腹泻、血吸虫、蛔虫等症。

记得有一次我扭伤了大腿,祖父就用花椒泡的酒在我的腿上反复揉搓，搓得腰上热乎乎的很舒服，疼痛很快就减轻了。用花椒煮水，敷扭伤的地方，效果也很好。

每年在花椒即将成熟时，祖母会先采摘一些青花椒，洗净加凉白开和盐、姜、蒜头等佐料，用泡菜坛泡制，既可当菜食用，又可做佐料。

我最喜欢母亲用花椒炒菜的味道。那种味道沁人心脾，尤其是煎鱼、炒虎皮青椒、烧茄子时特别出味。用猪骨炖冬瓜汤时放点熟花椒面，味道格外鲜美。

花椒油拌凉菜越吃越香，花椒叶煮豆子当咸菜，是咸菜中的上品。麦面油炸花椒叶，更是百吃不厌。这些都是童年的美食，至今回味无穷，难以忘怀。

后来我到了西南花椒主产区，听朋友讲计划经济时代，被视为重要调料的花椒归国家统购统销，为出口物资。国家用它换粮食，换机器，收购价格由国家定。留给农民自主的，只剩下熬好的椒籽油，既为了吃，也为了点灯。

改革开放以来，农村巨变，花椒的需求量也越来越大。产区从青花椒开始，一直采摘到秋后，花椒皮价格一路飙升，椒农的收入也迅猛增加，不少地区已把花椒大规模种植，产业化发展，列入乡村振兴的重要方略，花椒高调登堂入室，强势进入人们的视野。

小小花椒，广阔舞台。

也说鸡头莲

到超市买菜,货架不显眼处有一小堆暗红色的梗子,用橡皮筋扎得齐整的一把把,一顺溜摆放在那儿。我眼前一亮,这不是南方人喜爱的"鸡头苞梗子"吗?这可在北方难得一见,久违了!走近一看,商家还给它取了个美丽的名字——红莲。

我的故乡在千湖之省的当阳漳东平原,属江汉平原向鄂西山区的过渡地带,算得上鱼米之乡,虽无大湖,水库堰塘河流却不少,水生物自然也因地而生,鸡头莲就是其中之一。

鸡头莲因为花在苞顶,极似鸡冠,整个鸡头果看着像一个鸡头,由此得名。它包括两个概念,一个是鸡头莲的茎,家乡人常叫它"鸡头苞梗子",当时令蔬菜吃;另一个是鸡头米,也叫鸡头苞,是鸡头莲的果,可当作休闲食品吃。在物资匮乏的年代,鸡头苞梗子和鸡头米都是农家喜爱的食物。

鸡头莲是一年生水生草本,但多以野生为主,很少种植,靠种子散落在水里,来年春天发芽生长,具有莲藕的生长特征,它的叶、梗、苞上面满是尖尖的刺。

鸡头莲的簪一般在谷雨前后露出水面,圆圆的叶子表面有一层很尖锐的青刺,如睡莲漂浮在水面,错落相间,使堰塘水面呈现出生机勃勃的翠绿色。傍晚时分,倒影里依稀见到少许的白云,有油画的韵味。

到了夏天,鸡头莲破叶而出,小荷才露尖尖角,蜻蜓立在叶面上,随之白花、紫花绽放,洁净又淡雅,它与莲花大同小异,花期不长,但刚劲强悍,连花茎、外花瓣都长满刺,没几天就有一个鸡头样的东西冒了上来。

秋天,鸡头苞像石榴一样,里面长满籽粒,暗红色的内皮,外面包裹着一层茸毛,一颗颗紧偎在一起。

鸡头苞梗子不似藕带经常可见,如今许多年轻人都不知道它叫什么,但这个莲非莲花非花的水生物,在老家的堰塘河汊中又真实地出现。有乡民叫"鸡兜芭",更多的叫它鸡头苞梗子,就是鸡头米(即芡实)的茎秆,是鸡头米的附带产品。

鸡头苞梗子和藕带都是嫩茎,其外形、口感有异同点。从外形上看,鸡头菜与藕茎菜非常形似,不熟悉的人经常会搞错。鸡头苞梗子比藕带略粗,茎都是中间有孔,掰断了也会拉丝。但藕带是白色的,而剥过皮的鸡头苞梗子是偏红色的,摸起来比藕带软和。两者口感上也有较大的区别,鸡头苞梗子炒熟后口感没有藕带生脆,像芋头梗子绵绵的。但都不变其水性蔬味之清嫩清香。鸡头菜有止烦渴、除虚热的功效,《本草纲目》曰:"止烦渴,除虚热,生熟皆宜。"

鸡头梗采摘是有讲究的,若是成片的水域,鸡头莲茂密的塘堰,农人多是待到八九月鸡头米成熟后,先采鸡头米,后割鸡头梗,或二者一起收获;若是鸡头莲零星分散,人们就会不等鸡头米挂果,直接与其他水生物一起收割鸡米梗和叶子,梗剥皮为时令菜,叶切碎后用于喂猪。

记得少时,经常随着大人们去红胜大队的堰塘里采过鸡头苞梗子。那里堰塘多,水域面积大,菱藕鱼虾多,鸡头莲也丰盛。我们将镰刀绑在竹竿上，将刀伸向水底，靠根割断它下面的梗子，当鸡头苞梗子被割断，它就会和叶子立刻浮到水面，因为鸡头苞梗子与藕茎菜一样，中间有多柱孔洞，一经割断，就会自动飘浮。鸡头菜是多年生睡莲科植物，只要不挖掉根，第二年照样会长起来。

稍后我们用镰刀慢慢把鸡头苞梗和叶钩上岸，用担架装上，一路摇摇晃晃挑回家，当然每次难免会在身上留下一道道被刺扎伤的印迹，但痛并快乐着，依旧成就感、幸福感满满。

出水后的鸡头苞梗表面褐色，布满尖刺，撕去外皮后，成为菜市场上所见的那种粉红模样。因为水分足，肉质脆，很容易折断。它的剖面，纹理结构清清爽爽，大大小小的管孔排列整齐，畅通无阻，传统说法是像啥补啥，我总觉得食用鸡头梗是有利于人体心血管健康的，如果确有这样的功效，那真是善莫大焉。

鸡头苞梗做法简易，掐寸断洗净，甩干水分，鸡头梗稍加清洗处理后可以冷拌，非常爽口，有一股淡淡的鲜甜味。更多的是新鲜鸡头梗经煸炒红烧后，则成软烂肥糯的另一种口味。用盐腌入味一会儿，旺火热油，爆炒几下，加入一把新鲜蒜片和少量青椒丝，随着"滋溜"一股青烟，顿时满屋生香，感觉其滋味清润中飘逸出一种辣气，辣气中包含着水汽，那是一股来自水域野泽的大自然气息，很有层次感。快速翻炒后即可入盘，也有人喜欢加点葱丝。

鸡头苞梗子是地道的草根菜，当年并不起眼，仅用来作为蔬菜炒着吃，堰塘里到处都是这些水鲜菜，是傍水而生的人们荒年没有饭吃，填肚子的野菜品种，不被人们看重，如今竟成了市民餐桌上的美味佳肴。

味觉的记忆是最顽固也是最原始的，可以说是刻在骨子里的一种念想。有时候,对一种味道的怀念,其实是在想念那一段时光。

一筷子夹起鸡头苞梗子,眼前浮现出儿时那无忧的时光,勾起我对家乡无尽的思念。

本是同根生,境遇却迥异。鸡头米可比鸡头菜荣耀多了,千百年来,鸡头米引得文人墨客争相吟咏。

眼下正是食芡实的最佳季节,郑板桥有诗云,"最是江南秋八月,鸡头米赛蚌珠圆"。诗里的八月当然是农历。芡实,概因果实毛喇喇,其形状酷似鸡脑,顶端两萼片似鸡嘴,俗称鸡头米,不过浑身的刺,更像狼牙棒,其嫩茎,叫作鸡头苞梗子。

《红楼梦》第三十七回里写道:"袭人听说,便端过两个小掐丝盒子来。先揭开一个,里面装的是红菱和鸡头两样鲜果;又那一个,是一碟子桂花糖蒸新栗粉糕。又说道:'这都是今年咱们这里园里新结的果子,宝二爷送来与姑娘尝尝……'"她告诉我们此鸡头不是鸡脑袋而是芡实。

鸡头米,为睡莲科多年水生植物的果实。性味甘、平,微涩,可食用。历代养生家、文学家,对芡实的"益精气"作用多加赞赏。梅圣俞托人带给欧阳修一些芡实,作为滋补之用,欧阳修收到后,欣喜之至。感而赋诗:"芰荷乱浮泛,水竹涵虚旷。清风满谈席,明月临歌舫。"

芡实颜色白如莲子,细如珍珠,被誉为"水中人参",可以制成淀粉,用于酿酒,古药书中说,芡实是"婴儿食之不老,老人食之延年"的粮菜佳品。

鸡头米也是一味中药,《本草纲目》就有其疗效的记载。李时珍的《神农本草经》将芡实列为上品,称其归脾、肾经,有益肾固精、补脾止泻、除湿止带的功效,搭配不同药材使用,对各类人群都大有裨益。李时珍就曾针对芡实解释说:"深秋老时,泽农广收,烂取芡子,藏至困石,以备歉荒。"也就是说,存储芡实,是为粮食饥荒的时候做准备。

据现代医学研究,芡实是强壮滋养药,含有多种营养成分。如碳水化合物、蛋白质、脂肪、粗纤维、钙、磷、铁、硫胺素、核黄素、尼克酸、抗坏血酸等。老年体弱的人常服芡实,可收到补脾肾、抗衰老的效果。

大文豪苏东坡至老仍身体健壮,精神矍铄,才思敏捷,均得益于芡实食疗之功。他对养生颇有心得,对芡实更是情有独钟。在《东坡养生集》里的养生之道中有一条就是吃芡实,将四五粒去壳、煮熟的芡实含入口中,慢慢细嚼,以促进口中津液分泌,待津液满口,便将嚼细的芡实和津液徐徐咽下。如此一日三四次,常嚼食不辍,则能起到滋润脏腑、补肾固精、补益脑髓、促进消化的作用。另外,他还喜欢用芡实熬粥喝,声称:"粥既快养,粥后一觉,妙不可言也。"真是个颇得人生之趣的老头。

鸡头长熟时,外形浑圆饱满,拳头般大小,它的嘴巴会裂开,里面就是浑圆清香的鸡头米。

中秋节前后为采摘鸡头米的最佳时节,大面积的采摘,都是在水中割下鸡头果,回家后用砍菱果一样的刀具,剥开带刺的外壳,就会露出里面白色的果囊和一粒粒淡黄的小圆果来。家乡没有大面积生长的鸡头米,零星采摘时我们更多地是把鸡头捞回家,放地上踩一下,一个鸡头米"噗呲"就出来了,一个鸡头果能掏出一大把鸡头米,咬碎了直接吃,水甜鲜美,里面有粉,是芡实粉。其实不仔细观察鸡头米,很难区分它和莲子,它质感温润如玉,晶莹、粉嫩、半透明、软糯有弹性,还有沁人心脾的清香,香、脆、滑,比之莲子、菱角,鲜味更甚。

将一粒粒的鸡头米倒入锅中,浸水煮十几分钟,就可以出锅了。剥开小果子的外壳,吃里面白白的果肉,像糯米一般黏,且有嚼头,有一种特殊的甘香。对于味道甜美的新鲜芡实,最经典的吃法当然是煮糖水。甜汤能更好带出鸡头米的软糯,等锅中水微沸,放入现剥的鸡头米,待到水再次沸腾即可起锅,短短几十秒足以唤起鸡头米清新可人黏糯的口感。桂花鸡头米冰糖汤,作为一道传统的甜羹,绝对会让你味蕾一新。

城市化后家乡的鸡头米已逐步减少,有的地方已荡然无存。据说南方有经验的农民开始在城乡周边寻找合适的低洼田种植。这几年地方政府对生态环境的保护力度加大,农村环境又有了原生态的味道。鸡头莲市场,有所拓展,乃一大幸事。

芡实,欠食,古义本有粮食歉收后拿来充食的意味,物资匮乏的年代,作为充饥果腹之物,孩子们能够吃到这样的零食,真是一种享受。在物资充裕的当下,多年未见的鸡头米,已变成一道道佳肴,成为难得的食品了,让人回味良久。

初秋的夜晚,一家人围席剥着家乡快递来的鸡头米,一边赏月,眼里突然出现一幅动人的画面,我知道,那是幻觉:春末,老家纵横交错的水网里,鸡头米毛乎乎的嫩茎就从湖底淤泥里次第钻出来;立夏,茎芽叶片渐渐舒展,在碧波上铺陈,夏至后,便在湖面完全地铺盖了,挤挤挨挨,与高高在上的荷叶相映成景,碧绿养眼……

离别故乡,在异乡牵挂着生我养我的那片充满野趣的水域,从此以后,我的梦中又会出现新的开着紫莲花、结着鸡头米、浮满水面的鸡头莲。

夏思春韭

热,是上天的恩赐。此时,最宜潜隐,最宜静思。心静自然凉。我一边踏着股市和季节的滚滚热浪,一边怀想着我的郭家岗。

离开郭家岗多年了,那年春天,初中同学聚会,我悄悄回了趟老家。老屋早已卖给了郭氏宗族的堂兄,家乡已没有亲戚了。

在老屋的房前屋后慢慢转悠,寻找少年的踪迹。在菜园中间,一片绿油油、脆鲜鲜的春韭笑盈盈地在我的眼前晃动,特别亮眼。

春韭小时光

小时候,我老屋的自留地并不大,轮番种植的蔬菜有韭菜、白菜、萝卜、莴苣、苋菜、菠菜、茄子、辣椒、西红柿、豇豆、黄瓜等,一年四季,没有停歇。那时小小几分旱地,既是家里的菜篮子,也是我认识大自然的课堂。每天下午放学回家,放下书包便是到堰塘担水,给菜地浇水。

这些蔬菜中,我印象最深的要数韭菜。它嗜肥,在韭畦中撒鸡粪与草木灰最适宜,小时候常见祖母撒这两种肥,韭菜油亮滴翠,祖母的形容是"长得乌油油的"。它特别好伺候,割完一茬又一茬,冬天枯了,来年春风吹又生。

最近股市行情不好,散户股民吐槽抱怨机构操纵市场,割"韭菜"。中国股市牛短熊长,散户深受煎熬,如"韭菜"被收割了一茬又一茬,仍前赴后继,勇往直前,生生不息。这比喻还真形象,把韭菜的品质精神通过当下股市股民诠释得淋漓尽致。

孙机在《中国古代物质文化》一书中介绍:韭是我国原产,《急就篇》中的蔬菜部分首举葵,其次就是韭。早春嫩韭,温而宜人,久已为世所珍。中国民间对韭菜评价有"春香、夏辣、秋苦、冬甜"之说,以春韭为最好。

农历二月,寒气渐退,地气刚刚回暖,只要一场细细的春雨,韭菜们就率先从地里冒出头来。只需几天光景,它们便齐刷刷地长出一丛叶片。

晨起,我看到脆嫩的韭叶又长高了,圆圆的露珠在叶尖晶莹跳动,韭香弥漫,清新自然。这时候的韭菜,根茎洁白、翠叶水灵,叶片短而肥嫩多汁,你只要看上一眼,便会口齿生津。

割韭菜的时候很有讲究,把韭菜束起左手抓住,右手拿镰刀紧贴地面割去,割深了伤到韭菜根,割浅了韭菜也长不好。小时候,我很喜欢割韭菜,盈盈一握叶片,细镰贴地轻抹,韭菜便齐崭崭地采在手中。择菜也容易,韭菜不生虫,只消在水中一涮,抹去紫红色根皮,便可下锅做菜了。

我对韭菜是有感情的。因为有了韭菜,我们家的餐桌才开始有声有色,韭菜炒鸡蛋、韭菜炒土豆丝、韭菜炒豆芽、韭菜豆腐汤都是我们的下饭菜,白中泛绿,绿白交织,极为养眼。韭菜虽是很普通的食材,但充满灵气,让饭菜在味道之外还增添了美感,让农家人的日子有滋有味。

春韭最有名的吃法,当然要算是韭菜炒鸡蛋。翻开《礼记》,也可找到以韭祭祀的身影:庶人春荐韭,配以"卵"。此款搭配应是鸡蛋炒韭菜的鼻祖啦。

祖母把韭菜切成段,打好两只鸡蛋,用碗将蛋黄蛋清、韭菜段搅拌均匀,拌一点细盐,在锅中放点香油,把拌好的韭菜鸡蛋倒入锅中摊炒,翻炒几下,然后用锅铲捣成若干块,便起锅装盘,一盘金黄碧绿的鲜韭炒鸡蛋呈现在面前,让人垂涎欲滴。

嫩绿、金黄、油亮,袅袅的热香在眼前盘旋着。我知道,韭菜含有挥发性精油和硫化物等特殊成分,散发出一种独特的辛香,疏调肝气。一筷韭菜炒鸡蛋下口,顿时满嘴生香。闭眼品味,那种美妙的感觉难以言说。

记得小时候在家乡,经常听人讲一个待客的笑话。说来了客人,主人打趣说,今天十样菜待客,客人回道,好着呢!香着呢!双方会心一笑,暖意融融。韭、九同音,加上炒鸡蛋,不就是"十样菜"吗?

荤名有深意

韭菜是我国的原生蔬菜,早在两千多年前就风光无限,古人那可是相当地尊重它,《诗经·豳风·七月》中,记述了祭祀神灵的法子——献羔祭韭。早春二月,大概是过年的时候吧,祭祀是免不了的习俗。或许就是因韭寓意生生不息,古人才钟情于它,将其和羔羊一块奉上祭坛,求神灵保佑风调雨顺、吉祥安康。除了《诗经》提到韭菜,《汉书》也提到"冬种葱韭菜茹",那时种植的蔬菜品种少呀,多是在村野采挖野菜,能种植可见人们对韭菜的看重。

有趣的是,韭菜炒蛋本是一道绝配名菜,但韭菜属于"荤菜",而蛋却属于"素菜"。按字面理解,"荤"是草字头,荤不是肉,肉食是腥,荤、腥要分清楚。在民间,韭菜俗称"起阳草",向为佛殿庵堂所忌,僧尼众概不得食。出家人认为五荤是"大蒜、小蒜、葱、韭菜、兴蕖(洋葱)",都是辛辣刺激性的食物。这五荤菜吃了,会使生理起反应。生吃容易动肝火,熟吃容易产生荷尔蒙,引起性冲动,妨碍清净心,妨碍修行,出家人不食五荤的道理就在于此。记得有几次赴宴,席间上了韭菜,顿见男士露出诡秘之笑,而女士则有意或无意地做娇媚状,可见此物大有深意。

韭菜的名字也很有意思。除了因救过汉武帝刘秀的命而被称为"救菜",后演变为"韭菜"外,从字面上看更形象:"一"代表平整的土地,"非"则是韭菜露出地面的意思。端详这个"韭"字,长发纷披而下,倚两茎而立,让人顿生怜爱之情。《说文解字》说"韭"字象形,"在一之上。一,地也"。所谓"道生一,一生二,二生三,三生万物","韭"字中的"非",又表示可以收割三次,三和九在中国传统文化中代表无数。"一种而久者,故谓之韭。"你看,一个简单的"韭",具有这么丰富的内涵,很有哲学的意味。

从古至今,韭菜都是中国人离不开的菜蔬。

人间有味是清欢。南齐周颙最喜食韭,否则不会有"春初早韭,秋末晚菘"的体会。《本草纲目》讲"正月葱,二月韭",就是说二月生长的韭菜最美味可口,有利于人体健康。

杜甫留下"夜雨剪春韭,新炊间黄粱。主称会面难,一举累十觞"的千古绝唱,从此,韭菜就有了离别重逢之意,有了乡愁的成分。

宋代张耒在《春日》诗里道:"如丝苣甲钉春盘,韭叶金黄雪未干。旅饭二年无此味,故园千里几时还。"同样是韭菜,旅居地与故乡的味道总觉不同,可能是诗人的主观感受使然吧。

旅饭无此味,韭叶寄乡思,一代中国文人感同身受,化为念兹在兹的乡土情怀。

说到韭菜诗,人们总是说到辛弃疾"夜雨剪残春韭,明日重斟别酒"的词句,又喜欢引用苏东坡"渐觉东风料峭寒,青蒿黄韭试春盘"的诗句,与韭菜一样,这些诗词都是充满人间烟火味的,让我们在食韭之时,也深深感慨世事之茫茫。

近代梁启超在《台湾竹枝词》中云:"韭菜花开心一枝,花正黄时叶正肥。愿郎摘花连叶摘,到死心头不肯离。"以韭菜花来描述爱情纯洁专一,也别出心裁。想不到作为思想家、政治家的梁公也是多情之人。

花开品新味

立秋过后,剪而复生的韭菜终于老了,在秋风的吹拂下,韭薹上定然会高高低低地生出一朵朵洁白的小花儿,在细细嫩嫩、翠翠绿绿的长茎上,随风摇曳。花儿虽小,然几十朵、上百朵凝于枝头竞相绽放,也是霜白一片,香味弥溢,蓬勃可爱。

此时,乡民们会采摘韭花,在太阳下晒干后,腌点咸菜。就是把韭菜花择洗干净,用蒜臼等工具捣碎,拌上盐,添加点生姜、辣椒等。添加了生姜、青椒的韭花儿,经过一周以上的腌放,就辛辣咸香味道俱全了。吃的时候取一些放到小碟小碗里,兑上几滴小磨香油一拌,韭香四溢。用筷头稍稍蘸一点放入口中,慢慢咀嚼,一股爽心的香辣从舌根升起,直通鼻窍、额头,霎时间,整个口腔甚或胸腔都会泛出浅浅的酸辣来。

韭花是菜类吃食中的低档品,韭菜鲜美可口,却是地道的平民化蔬菜,它一如乡亲们一样勤劳、朴实和顽强。

作为多年生草本植物,韭菜不需翻耕换茬,割了一茬又长一茬,冻不死热不死,在哪儿都能生长;它可以收获数年,内心强大,生命力实在太顽强。在这里,韭菜代表了平民的形象和精神。

韭菜具有温中补肾、平肝潜阳、行气理血、润肠通便等功效,是温阳的佳蔬良药。它割而复生,却长得滋润,从无抱怨,甘愿接受命运的安排。它迎风斗寒,历四时而常在,生生不息。终于开了花,绽放了生命的灿烂,又把根扎进泥土下,积蓄着养分与能量,待次年春天重新勃发。

韭菜割一茬、长一茬是一种必然,我们所处的世界,正是因为有了时序轮回,才会拥有源源不断的美好。人类生命的美好,就像韭菜的鲜香,需要慢慢地"熬"。人生易老天难老,我们也如同等待被上天收割的韭菜。

人生如韭。人老了就会怀旧。那遥远的春韭葱茏的菜园,不仅让我嗅到韭菜炒鸡蛋的香味,想起韭菜从容乐观、开朗豁达的态度,更深切地感受到了人生况味。

南瓜南瓜

在家乡,南瓜是人们最常见的可菜可饭的草本植物,也可用于牲猪饲料。

每到春天,在菜园点黄瓜四季豆还有辣椒种子时,也想起该种几窝南瓜了。祖母把挂在墙壁钉子上的一包包种子取下来,找着南瓜籽,用葫芦瓢盛着,我便随祖母扛着锄头,去自家责任地的田边地头,刨些小窝,撒几粒南瓜籽。当然,房前屋后就更不需说了,走到哪里,见有空地或墙脚边,就一锄头下去,抓几粒南瓜籽丢进去,绝不会浪费这难得的土地资源。田园里浇水施肥的时候,也会顺便送上一两瓢到南瓜窝里。

南瓜的生命力异常顽强。瓜秧出土,开瓣,附着一身茸茸的细毛,嫩嫩绿绿的。早晨红彤彤的朝霞映在上面,看上去竟有些娇羞。一场雨水后,南瓜秧蹭蹭蹭地疯长,它比任何一种植物都茂盛。龙须似的长长的茎,上面是一层细刺似的白茸,茎两旁的粗糙叶子如张开的龙爪,那茎在夏日的风中抬着头,吐着信子似的颤动着。不几天,那青龙似的南瓜藤蔓便把那块空地盘满了,蜿蜿蜒蜒地沿着沟坎、栅栏、瓜架横爬竖长地乱蹿。长在墙边的还爬上了墙头,一茎藤子又从墙上探下头来;如果太阳太晒了,南瓜叶就抱团卷起来,抵抗着滚滚热浪,但丝毫不影响它的生长,该开花就开花,该结瓜就结瓜。

南瓜的蔓子太过茂盛了,母亲就掐取蔓子最顶端的嫩叶,揉搓切碎，加蒜末清炒一下，就是一道美味可口的菜。有时会做成南瓜叶清汤，切碎的嫩叶加点油盐，放在开水里滚上一滚，就成了一道清爽宜人的开胃汤。

我很爱吃嫩南瓜叶，有一次去五峰山区出差，路过柴埠溪，看见一片南瓜地，我喜不自禁，让当地老乡晚上清炒南瓜叶下饭，可惜他们"业务不熟"，采摘的叶子太老了，少了鲜嫩的口感，尽管如此，我仍吃得不少，为此胃痛折磨了我一宿。

夏天的南瓜花，被太阳照耀出灿灿的黄，浓郁的叶子裹挟着一茎茎花朵，在田野之风的吹拂下，散发出一帘的香。南瓜的花呈明艳的杏黄色，爬到地上的会默默地擎在叶子上面。开在墙头的也不张扬，静静的，带着一股淳朴的乡野气息。

南瓜花的香气淡淡的，绿莹莹的叶子里跳跃着一条又一条"黄裙子"，翩跹的蝴蝶、蜜蜂循着香气一头扎进去。小南瓜结得也很低调。也有一些南瓜花是不结果的，那是雄花。

夏秋之交，母亲爱做炸南瓜花这道菜。南瓜开花时，开得很稠密，会分散瓜秧上的养分，影响南瓜质量。这就需要像间庄稼苗一样掐掉一些花，母亲便将掐掉的花用清水冲净，放在油锅里稍一炸，撒些盐末在上边，吃起来既有油的香味，又有花的香味。而且南瓜花炸出来还是一朵一朵的，保持了花的原样，赏心悦目。

南瓜那鲜黄、明艳的花，是果实的前奏，果实长出，花儿就谢了。在南瓜这儿，谢，即走向成熟。所以，并不是所有的凋谢都令人伤感。

长在地里的南瓜是看不见的，那一地的青葱，除了大片大片的叶子，就是条条龙须似的茎。只有扒开它的藤叶一看，才见一个脸盆似的南瓜躲在里面,已经是成熟的黄色了。

在墙顶端和树的枝丫上结几个大瓜,悬吊着,挺危险的,一天比一天大,让人揪心得很,生怕瓜蒂承受不住,一不小心就掉落下来。那瓜架上的也是,南瓜像打秋千一样,大瓜碰小瓜,瓜叶遮瓜花。

秋天深了,南瓜熟了,瓜藤就枯了,金黄的南瓜摆在地里,一个挨一个地比着谁比谁壮实!瓜皮上落满夕阳,像染了一层橘黄的糖霜。

南瓜,是富态的。在墩实的金黄色中,它圆圆满满地饱蘸着幸福和美满。一些很喜庆很温暖的物件儿,都像南瓜的模样儿。比如灯笼,这是散发着欢喜气息的吉庆饰物;丹麦童话家安徒生笔下的南瓜马车,那美丽、善良、勤劳的灰姑娘,就是乘着点石成金的南瓜马车奔向让她拥有幸福的地方的,南瓜马车由此成为承载着灰姑娘和王子爱情的吉祥物。

南瓜性格温和,味道甘香、无毒。哪怕被制成南瓜灯,成为西方万圣节这个有着鬼魅气息节日里的道具,它都是和气腼腆的,温吞吞地被孩童们牵着引着,行东走西,让鬼节有了欢暖的意味。

用温暖的南瓜来补中益气、养肝护肾、清心醒脑,效果是再好不过的了。它可以降血糖、降血脂、降血压、抗氧化、防衰老、保护视力。若是有些神经衰弱、记忆力减退,不妨将南瓜做成菜食,每日适当吃一些,吃上一段时日,治疗效果会很明显。青炒南瓜丝、南瓜稀饭、南瓜疙瘩汤就是我儿时经常吃的美味佳肴。

鼓鼓圆圆的南瓜真的像一个可爱的吉祥宝物,可谓浑身是宝。将它硕大的绿绿的蓬蓬的叶儿煎水,可以治疗痢疾;把它浅黄明晰的瓜子儿来嗑嗑,可以治疗前列腺炎;它的蒂,更是一味有用的药;南瓜叶和老南瓜是上好的牲猪饲料,南瓜藤干枯后还可当柴火。

那年代,我对南瓜的感情,除了始于亲手栽种,也得益于红色歌谣"红米饭,南瓜汤。秋茄子,味好香"。有幸的是后来到北大荒考察,竟看见了硕大的、重达522斤的"一品红"南瓜,这是我今生看到的最大的南瓜,真是大开眼界。

岁月流逝,时光已远,南瓜的福相深深地植根于我的心底,饱含着浓浓的乡情乡味。

那摇曳的南瓜花和累累的瓜果,对乡下人来说是灶间的炊烟,是腹中的温饱,是生命一代代延续的迹象,更是心中金灿灿的希望。

在那些青黄不接的日子里,不管是南瓜花、南瓜尖,还是成熟的南瓜,都抚慰着许多饥肠辘辘的灵魂,是它们给农家的生活带来真实的饭香。

南瓜南瓜,你是乡村里醉人的风景,也是每个游子梦回故乡的牵挂。

我种过葫芦

小时候,我种过葫芦。

春节后不久,我在自家的房前屋后挖了几个土坑,埋上土杂肥,把葫芦种子覆盖在泥土里。过了三五天,只见泥土里冒出几棵小小的瓜苗,在微风中摇曳。又过几日,瓜苗便向上伸出一根小手似的瓜藤,这时插上一根竹竿,引导它向上攀缘。瓜藤生长的速度很快,每天清早上学之前,我都会挑着粪水给它施肥,昨天刚长到肚脐眼,今天就长到了胸口,青丝绕藤,真令人高兴。葫芦长出来的叶子是嫩嫩的绿,仲夏时,枝叶婆娑,架上冒出小家碧玉似的白色小花。太阳还没有升起时,葫芦花蜷缩着身子,太阳升起来后,它就灿烂地开放了。这时,蜜蜂和蝴蝶就会在叶丛里翩翩起舞,若隐若现。酷暑来临,葫芦便开始绽放生命力,藤蔓就在屋后的柳树、构树上盘旋、延展,直到触及屋檐,终于,夏日老屋披了一层绿色的外套。那些坐了果的小白花,在竹架子上被伺候着,像个眉眼会笑的小爷爷,一直长到秋天来了,还挺着个大肚子晃荡在架子上。

葫芦,又名匏、瓠壶、甘、壶卢、蒲卢等,瓜科,一年生攀缘草本。茎密布腺状黏毛,白色花单生,果大,有圆锥形、梨形、扁球形、棒形、哑铃形。

葫芦作为我国最古老的植物之一,用途广泛。在葫芦鲜嫩的时候,叶子和果实是非常美味的蔬菜,并且营养价值十分丰富。葫芦种子和果皮,对于肠胃疾病、皮疹、水肿等都有较高的药用价值。葫芦的果皮还可以制作成葫芦丝、手鼓、葫芦箫等乐器。葫芦成熟之后又可以做成各种容器,《周礼》就记载了葫芦作为一种祭祀器皿使用于祭祀活动中。根据葫芦的生物形态属性,人们还将葫芦拴在腰间作为一种渡水的工具使用,称作"腰舟"。

我喜欢葫芦。它作为最能代表农家风貌的植物,是著名画家齐白石喜欢表现的物象之一。那年齐白石作为"北漂",在北京度过了一段苦闷烦躁的日子,慰藉他心的便是葫芦。面对院中硕果累累的葫芦,年逾半百的他格外思念家乡的田园生活,灵感乍现,便提笔开始画葫芦,一画就是40多年。而最让人称道的是他93岁时画的最后一幅葫芦图,可谓"齐白石绝笔"。

在《诗经》中,葫芦渗透到人们生活的方方面面,许多作品都描述了葫芦长势喜人的景象。在民间,由于葫芦与"福禄"谐音,加之其果实造型优美,有一种喜气祥和的美感,所以人们将它作为富贵、长寿、吉祥的象征,认为它有驱灾辟邪的功能。另外,葫芦的"蔓"与"万"谐音,葫芦的种子数量繁多,人们也将其视为子孙繁盛、人丁兴旺的吉祥象征。

"绵绵瓜瓞,民之初生,自土沮漆。古公亶父,陶复陶穴,未有家室。"《大雅·绵》是周人记述先祖亶父带领周部落迁居岐山、发展农业、修建庙宇、铸造城池等伟大功绩的诗。"绵绵瓜瓞,民之初生,自土沮漆。"这里的"瓜"指的就是葫芦。在原始社会,由于生产力低下,人均寿命短,繁衍生息是部落生存发展最重要的事,只有人口繁盛,才能保持部落的强大。因此诗文开头便描述了葫芦枝叶繁茂和果实累累的景象,用来象征周部落子孙绵延。可见,葫芦在《诗经》中也有多子多福的文学意象。

"南有樛木,甘瓠累之。君子有酒,嘉宾式燕绥之。"《小雅·南有嘉鱼》是一首宴饮诗,表达了对宾客的祝福。南国有弯曲的樛树,被葫芦的藤蔓紧密缠绕。君子有美酒,与嘉宾欢乐畅饮。"甘瓠累之"展现出葫芦生长茂盛的状态。

"匏有苦叶,济有深涉。深则厉,浅则揭。"在《邶风·匏有苦叶》里,"匏有苦叶",其中之"苦"意,是有希望,但希望还没有来到;已经有爱,爱还没有到来,流露出一种岁月流逝,事情暂无结果,却又固执等待的压抑心情。这首诗弥漫着耐人寻味的失落气息,人们在品读这首诗时,也会产生共鸣。

葫芦也曾被孔子用于"变通",故事发生在孔子和学生子路之间。有一次,孔子应奸人佛肸征召准备去当官,子路想不通,便问孔子:"老师您为什么要这么做?您不是常教诲我们,正人君子对做坏事的人,应该不屑更不能与之为伍的呀!"孔夫子的辩解耐人寻味:"子路啊,老师我也是个凡人。道德仁礼,并不会因为被磨石磨而变薄,也不会因为被污泥污染而变脏。这个道理,你总该明白吧。我总不能一天像个匏瓜一样挂着,什么事也不干,天天等着吃干饭。"孔子希望自己是有用之人、有用之才,而不是像苦匏瓜一样人所不食只是高高地挂着,那就太悲哀了。积极入世,懂得变通,子路莽撞一问引出的这个"匏瓜"理论传到了今人的耳朵里,匏瓜由此成了儒家思想的素材背景。

不仅如此,葫芦还被认为是人类的始祖。在上古神话中,伏羲、女娲、盘古这些人类的始祖都被看作是葫芦的化身。在拉祜族、佤族等少数民族中，都流传着葫芦孕育人类的传说，一些少数民族甚至将葫芦作为图腾来崇拜。为了祈愿，人们将葫芦挂在房间里，如置在门口可保家宅平安，置于床头寓意夫妻美满，放在床尾或身侧则是祈求身体康健，等等。

葫芦刚长足时，正是肉嫩皮薄的豆蔻年华，这时候摘下来，可以做好多种美味。青椒炒葫芦丝、猪肉排骨炖葫芦，味道鲜美，满屋子弥漫着葫芦的清香；嫩葫芦切片，老葫芦切丝，用盐、糖、白醋、辣油调拌，就是色香味俱全的凉拌葫芦丝。

葫芦在老百姓生活里最有用的功能，还是在老熟后，一破两半做水瓢，它从祖先们的泥盆里，一直晃荡到了今天乡民的水缸里。

秋风四起，绿色的葫芦藤蔓渐渐没了生气，黯淡和枯黄疯狂地在植株中蔓延开来，我开始帮着大人清理菜园及房前屋后的枯枝败叶。初冬的阳光温暖而纯净，不再有绿叶的斑驳身影，我不由开始怀恋那一片片绿色。

松菌往事

家乡文友发来一组雨后采枞菇和烹饪佳肴的图片,配文道:"那种亲手缔造的鲜,与鱼羊无关,与舌尖无涉,它是重回纯净童年的密径,是沧桑生命的一滴泪液。"

美图美文令我心头突突一颤,涌起汩汩暖流,温馨弥漫全身,想起了一段往事。

1973年下半年,教育界发生了一系列重大事件。辽宁张铁生考场交白卷,北京女中学生黄帅反潮流的一封信向师道尊严宣战,河南张玉勤的"我是中国人,何必学外文,不懂 ABC,照样干革命"的打油诗,"棋盘中学"师生开办校办农场练红心等逐步发酵,冲击了已开始好转的教学秩序。学校也紧跟"时代潮流",从1974年深秋开始在地处深山的河溶区前胜大队办了一个农场,将学生轮流派遣到那里开荒种田,上山植树造林挖树坑,接受半军事化的封闭劳动训练。

那年我十五岁,白天劳累过度,夜里身上疼痛,辗转反侧。生活是顿顿白菜萝卜,汤汤水水照得见人影。一个星期后,身体实在吃不消,手上起了血泡,人也消瘦了一圈。晚上,我们几个同学趁月色,溜达到对面山上的石油钻井勘探队捡石油,为第二天准备燃料。在路边我们用瓢舀了好长时间,才舀了半桶废弃的石油,后来一个工人看我们可怜,又送了小半桶洗机器后的废柴油。返回途中,举头望天,只见残月高悬、寒星点点,北风袭来,打了个冷战,百般滋味尽涌心头,眼泪止不住哗哗地流了下来。

由于连日"战天斗地",同学们体力透支过大,营养跟不上,苦不堪言。这时,青年教师尹祖定与班上的几个班干部商议,到邻近的刘家冲水库摸鱼来给同学们补补身子。

夜晚,我们二十多名男同学翻过两个山头,绕过两个村落,猫着腰悄悄来到刘家冲水库一个偏远的库汊旁。少数人打开手电,点着火把,在岸上照明捡鱼,多数人下水摸鱼。库浅处虽仅五六十厘米深,但时已深秋,山里寒气重,大家冻得直哆嗦。好歹运气不错,不到一小时,同学们就摸了三十多斤清一色的肥鲫鱼。于是大家湿漉漉地爬上岸来,拎着活蹦乱跳的鱼,揣着满肚子的心跳往农场跑。

第二天中午,同学们饱餐一顿。第三天,水库管理处状告学生偷鱼,尹老师被学校唤回做深刻检讨,据说还挨了个什么处分。

农场的日子依旧艰苦。周末回家休息,躺了一天。返农场时,母亲准备了一大瓶香油泡红辣椒,外加煮熟了的腊香肠。我还悄悄捎了用盐水瓶装的白酒。

随着农场流动红旗竞赛的开始,大家情绪有所高涨,劳动强度也一天比一天大,同学们身体严重透支。夜间住在山坡上的生产队仓库里,几十人的大通铺翻身就困难,辗转难眠,呻吟声不断。仓库外寒风呼啸,屋内冷飕飕的,肚子里咕咕噜噜直叫,真有点啼饥号寒的味道。我索性坐起身来,从枕边摸出带上山的酒瓶和菜,叫醒大伙儿,加餐饮酒。不巧,班主任李老师来查铺查哨,看我们狼吞虎咽,他也加入了我们的队伍。他知道学校规定学生不准喝酒,但面对疲惫不堪面黄肌瘦的我们,他只是揣着明白装糊涂,微笑着附和着喝了一大口。

连续几天阴雨,我们不能出工。英语老师让我们用英文描绘农场的发展与未来;语文老师组织学习毛主席最新诗词《念奴娇·鸟儿问答》。"怎么得了,哎呀我要飞跃""还有吃的,土豆烧熟了,再加牛肉""不须放屁,试看天地翻覆"。这些句子,明白如话,但其中的深意,即便听了老师的仔细讲解,当时也仍然是不懂的,只是渴望尝一尝土豆烧牛肉到底是怎样的一种美味。后来参加了工作,特意品尝了几次土豆烧牛肉,实在没有吃出什么特别的感觉。

日子长了,蜷缩在一间仓库的男同学,耐不住寂寞了。一位山区来的同学说,连下了几天雨,山上的松菌一定长出许多。松菌炒腊肉比土豆烧牛肉可是好吃得多呀!我想,他又没有吃过土豆烧牛肉,怎么知道它比不上松菌炒腊肉呢?不过,他的话引起了同学们的共鸣,调动了大家的情绪。"饥不择食",管它哪个好吃,总比天天水煮白菜好吃。特别是城里、平原来的同学,早想出去溜达。说干就干,立刻找老乡借来蓑衣、斗笠、竹篮,成群结队上山去。

下午,雨仍淅淅沥沥。游荡穿梭在山林间采菌的同学们,淋得像落汤鸡似的。繁盛茂密的松树叶更是将天空阻隔,地上掉落的松针松叶铺满地,腐烂在泥土里。我们仔细用木杆扒拉着松毛荒草,恨不得把这土地整块翻过来找,可仍然只找到零星几棵松菌。

我们不气馁,找到了一片松林湿地。此时雨住了,林子里也亮堂了许多,地上的松毛更厚,刺刺啦啦爬满各种带刺不带刺的荆荆藤藤,有的松毛杂草和腐叶下面,隐了一点黄,用棍轻轻把松毛扒开,果然下面埋着金黄色的伞状的菌帽,欣喜地小心翼翼地从松菌根部连带泥土和松毛一并抠出地面,生怕弄伤了细嫩的菌褶。我们捡的松菌大都是金黄色的,菌盖呈圆顶状,像个大帐篷,菌褶细嫩、纤细,有清晰的脉络,菌柄中空粗壮,有的带深颜色的环,像是儒雅的绅士戴了条围巾。

松菌又称枞树菌,一般是长期阴雨潮湿才会生长,周期也仅一周上下。俗话说,四月八,枞树菌发;六月九,枞树菌有。前胜农场气候湿润,松林分布广泛,非常适合枞树菌的成长。每年夏秋时节,气温升高,松林的菌丝生长旺盛,越是雨季越是潮湿,生长得越快,每每扒开枯萎的松叶草丛,发现了一个,周围就会有一大片。它的菌盖起初为半球状,后逐步展开,恰似撑开的小雨伞,有的呈灰褐色,有的是淡黑褐色,白色的菌褶有不明显的菌环。大的像茶杯盖大,小的如分币,有成群排列的,也有单个生长的。

捡松菌可不是件轻松事,是个体力活儿。在松树林里雨后黏土里钻来钻去,还要眼神专注,用根木棍轻柔地掀起。正值盛夏各种虫蛇出没的季节,还要冒着被虫蛰伤、被蛇咬伤的风险。

功夫不负有心人,我们终于拾了满满的大半篓松菌,金灿灿的,虽是汗流浃背,泥浆裹腿,但看着这些大自然的馈赠,满心欢喜。

想想用那农家腊肉,佐以大蒜、蒜苗旺火下锅爆炒,何等的色味俱全、香嫩爽口,想想就让人垂涎三尺。

傍晚时分,大伙儿叽叽喳喳,班师回朝。女同学抢着清洗松菌,先用秤一称,乖乖,一百多斤!没有腊肉,就找附近"石油钻井队"的工人叔叔施舍一小罐猪油,与松菌爆炒、煮沸,加点儿辣椒大蒜,顿时,浓香四溢。大家口水直流,敲着碗筷,待盛得一碗,立马狼吞虎咽、风卷残云。大家一连吃了几大锅饭,菜锅里连汤也没有剩一点儿,个个儿吃得面红耳赤,头冒大汗。

  后来才知道,松菌是民间称谓,学名松口蘑,别名松蕈,是伞菌一类植物,系一大群不含光合作用色素,以腐生方式摄取有机物质为营养性真核生物,具有独特的浓郁香味。现代药理学试验证明,松菌含有丰富的蛋白质、氨基酸等多种生命科学微量元素,具有化痰理气、健脾开胃、预防动脉硬化、抗癌之功效,长期食用可延年益寿,备受人们的喜欢。

  自离开家乡,就再没有上山采摘松蕈和下水捉鱼了,但时常想起捉鱼、采蕈的快乐,想起吃鱼吃蕈的憨态和馋相,想起那段难忘岁月。

野菜乡愁

我生长在农村,从春到秋都会与大人们一块到野外挖野菜。我从五六岁到高中毕业,一直寻猪草。挖野菜成了我青少年时代的"必修课"和业余生活的主要内容,无论是旱地野菜,还是湖泊堰塘水草,我都勇往直前。经年后回忆,印象最深的要数地米菜、黄花子草、马齿苋、刺蓟叶。

地米菜

地米菜的学名叫荠菜,在家乡只是一种卑贱的野菜。大概因为它开白花,花小如米,在郭家岗,人们都叫它地米菜。

我很早认识地米菜,对它有亲切感,类似对儿时的小伙伴。在漳东平原地米菜随处可见,田间地头,乡路两边,只要能长草的地方,都是地米菜的地盘。

初春,天气回暖,许多草木尚在返青的梦寐中,房前屋后、田边地角的枯草中,会零星冒出一兜兜地米菜,很不起眼,那种绿色小草,体形如心,叶片如羽。地米菜碧绿的叶子散开着,在寒风里微动。地米菜大概是田埂上的第一缕绿色,特别显眼。等到草木葱茏时节,地米菜便会被淹没在万绿丛中,偶尔还能找到它的身影,那时它会开出一种与众不同的花,远看如满天星斗,近看如米粒洒地。

地米菜春天开花,花期甚长,不像桃花李花,艳则艳矣,却花期苦短,不经风吹雨打。故辛弃疾词云:"城中桃李愁风雨,春在溪头荠菜花。"地米菜花小而白,多数生于茎顶,遥望之,如夏夜繁星点点。

每岁春荣冬枯,地米菜自生自灭。乡人发现,放养的猪到了野外,最喜啃食地米菜。于是,打猪草时,便将地米菜同其他野菜野草一起收入篮中。后来,遇上灾荒,口粮不够吃,人们不得不去野外找食。乡亲便将其作为充饥的对象,采回洗净煮熟一尝,果然与自家种的菜蔬没两样,还多些淡淡的香甜。地米菜帮助乡人度过了好些青黄不接的日子,乡人对它心存感恩,并不因为好吃,便将它一网打尽。家乡人多有讲究,无灾无荒,不食地米菜。

地米菜不仅救人于灾荒,还救人于病痛。遇腹泻,遇水肿,遇内伤吐血以及妇人崩漏,家乡人会求乞乡间土郎中。土郎中给出的药方很简单,多是地米菜,再佐以车前草,或者蜜枣、龙芽草之类,用水煎服。关于荠菜的功用,古人有文字记载。西汉刘向《别录》曰:"利肝,和中。"明李时珍《本草纲目》曰:"明目,益胃。"清赵学敏《陆川本草》曰:"消肿解毒,治疮疖、赤眼。"

不过,要想去摘地米菜,最好去麦田。碧绿的麦苗是初春最美的景致,房屋四周都是生产队的麦田,熬过冬的麦苗刚刚睡醒,在春风里哗啦啦摇动着腰肢,我们呼朋引伴地走向田野,每人拿一把铲子,弯着腰在麦地里一边挑着猪草,一边认真地寻找地米菜。

麦地的野草很多,野豌豆的藤蔓跟麦苗纠缠在一起,而地米菜却在稀疏的麦苗间伫立,极易辨别。大概是有麦苗阻挡寒风和阳光,地米菜比田埂上的肥厚些,嫩青嫩青的。挑地米菜并不费劲,用铲刀沿着它的根一挖,地米菜脱土而出,甩一甩根上的泥土,扔进篓子里。那年春来早,我到门前麦地,看到好多地米菜,便挑了小半篓子地米菜。和一家人摘草、掐黄叶、剪根、洗净,包饺子,忙得不亦乐乎。

地米菜多纤维,有一股清甜的味道,它还有减肥之效,对于既想满足口福又怕胖的人,用地米菜做料,煮一碗地米菜瘦肉汤,蒸一笼地米菜素馅饺,还是蛮清香扑鼻的。

古人早就知道地米菜能食,最早将它入诗,是《诗经》。《国风·邶风·谷风》曰:"谁谓荼苦?其甘如荠。"简简单单八个字,以荼之苦,反衬了荠之甘,足见远在《诗经》时代人们就爱地米菜的甘美了。唐朝的高力士,就是替李白脱靴子的那位,他其实是"千古贤宦第一人"。他写了一首《感巫州荠菜》的诗,诗云:"两京作斤卖,五溪无人采。夷夏虽有殊,气味都不改。"从这首诗可以看出,唐朝经济的繁荣,地米菜在城里论斤卖。范仲淹最爱地米菜,专门写有《荠赋》:"陶家瓮内,淹成碧绿青黄,措大口中,嚼出宫商角徵。"苏轼是文学家,也是美食家,他好地米菜,亲自动手把地米菜做成美味佳肴。

荠菜,走过了三千年历程的草本植物,重返城里论斤卖,是改革开放后的事。如今,大棚里天天有产出。于是乎,爱吃荠菜者有口福了,一年四季皆有新鲜荠菜可食。

不过,真正把荠菜说得甘美好吃,这好像是北方人的观点。周作人《故乡的野菜》说:"日前我的妻往西单商场买菜回来,说起有荠菜在那里卖着。"北京菜市场卖贱如草芥的荠菜,在我乡人看来是一件可笑的事情。

其实,我的感觉是地米菜下饭比较糙口,油太少的话,口感还不如白菜。

黄花子草

我这里说的黄花子草，是一种匍地而生的野菜，形状貌似地米菜，颜色稍淡些，因其花黄而小而得名，家乡人也叫它黄花菜，但并不是指人工栽培的茎高数尺的黄花。

它远没有那个开着像百合花的黄花高贵，没有黄花那"萱草""忘忧草""金针菜"高大上的别名，也没有听说过它的医药价值，更没有什么历史传说和文化故事，就一普普通通、名字容易与黄花产生混淆的野菜，不过，它与我少时的确有过亲密接触。

黄花草味道不苦不甜，带点野菜的清香味，是以前农村用来喂猪的。那时，我放学回家，放下书包，就和小伙伴们挎上菜蓝子，拿着小铲子去田里挖野菜寻猪草。那时最高兴的莫过于遇上大片的黄花子草，因为它是猪最喜欢吃的菜。黄花子草的叶茎柔嫩，猪嗜食如命。放几把黄花菜于猪食槽中，酣睡的猪会嗷嗷而起，摇尾大嚼。其饕餮之状，凶悍生动，极可入画。

在自然灾害肆虐的日子中，人们食不果腹，生长在青黄不接季节里的黄花草，正好为民充饥，蒸、炒做菜，更多的是把黄花草与米掺和煮成饭或稀饭吃。味道当然谈不上好吃，偶尔吃上一两顿尚可，久了，还是受不了，但总比挨饿强。

黄花子草喜潮湿土地，多生长于漳东平原的水田地区。那时为了增强稻地肥力，生产队会种上紫云英和蓝花草两种绿色植物，待到春天，家乡人将它们耕掉埋入泥里用来沤肥。黄花子草喜欢生长在这两种植物之间,它们的开花季节,也正是黄花子草的生长旺季,如紫云英和蓝花草长势稍弱点,黄花子草就会乘虚而入,悄然疯长。有时候整块田里青苍苍的,全是黄花子草。有一次,一位穿四个兜兜中山装的公社干部到村里指导工作,见到一株株壮硕的黄花子草,竟掏出小本本,煞有介事问陪同的支部书记:此菜今年播种多少?产量如何?支书在"四个兜兜"面前不敢放肆,只有掩口而笑。

马齿苋

马齿苋是一种家乡最常见的野菜,田埂上和庄稼地里到处都是。

它喜欢在肥水充足之地生长,土地越肥沃,生长越旺盛。这种菜又称"晒不死",你把它拔掉,在阳光下再怎样曝晒,只要一遇雨,它立刻就又活了。

马齿苋生长表现最佳处,是与蚯蚓作伴的菜园。俗话说"一亩园,十亩田",不光说产值有差别,在投入上更有区分。好粪好肥,细致浇水,资源和功夫都用在了园田里,所以,堆过粪堆的地头和吸水方便的渠埂儿,不但蚯蚓繁殖多,而且最爱长马齿苋。

这野菜不属于直立茎型,始终像婴孩似的,匍匐在地。天生一副娃娃相,自来"婴儿肥"。红色爬行茎,无论长短粗细,都肉乎乎红润润,似血脉十分畅通;圆叶儿嫩绿,肥嘟嘟的,虽只有图钉盖儿大小,却肥实得像人的耳垂儿。

它黄颜色的花,很小,挤在绿叶中,如隐藏金黄色谷粒,外露不明显。麦收前后,为马齿苋生长旺季,小苗连片,绿汪汪、红闪闪,煞是喜人。

我们寻猪草时，特别留意拔一些马齿苋。它的到来，为我们餐桌增添了各种风味。马齿菜的做法有很多种，既可以炒着吃、凉拌，也可以做馅儿和蒸着吃，还能直接做汤。蒜蓉马齿苋，搭配在一起吃特别好，能让它消炎杀菌的功效更加出色；马齿菜炒鸡蛋更是好吃；蒸马齿菜蒸面饭，煎马齿菜煎饼也很好吃。

马齿苋炒鸡蛋和花椒油蒜汁儿凉拌马齿苋，是秋天祖母常做的两道菜。尤其是凉拌马齿苋，口感黏不溜丢、酸不溜丢，爽口滑润。

虽然马齿菜营养丰富对人体的好处比较多，但是由于其性寒凉，所以脾胃功能比较差的人是不宜吃的。

从春天到大秋，这么长的季节，它不老不嫩，始终面色不变，身形不改。除了风味美食，其医药性质也为人们津津乐道。

中医认为，马齿苋味甘酸，性寒，能清热解毒，利水祛湿，散血消肿，止血凉血。现代医学研究也证实，马齿苋可称"天然抗生素"，可用于各种炎症的辅助治疗，有刺激平滑肌收缩作用。它也是人们春天里最喜欢吃的一种野生蔬菜，因其含有多种天然抗菌消炎成分，能够预防各种疾病的发生，也能降低血压。

马齿苋属于植物类型中的世家望族，它代表了一种节操和品位。

刺蓟叶

我说的刺蓟叶是家乡农田里常见的一种多年生的草本植物，它的叶片呈锯齿状，外挺内瓢，脆而多汁，两面有疏密不等的白色茸毛，花序分枝。

刺蓟叶的适应性很强，几乎不择生长环境，普遍群生于荒地、耕地、路边或沟渠附近。农民分辨土质好坏及土壤变化,经验就是看两种野菜的分布:马齿苋密集,必是好地;刺蓟叶兴旺,俱为薄田。一旦原来的好地也滋生刺儿菜,就说明土壤肥力下降了。

虽然乡民们比较讨厌生长在农田里的刺蓟叶,但上了年纪的人们,对它却有着一种感恩的情怀。

刺蓟叶在我童年的记忆中是印象最深刻的。小时候跟在大人们身后去挖野菜,有一次,不小心割破手指,伤了皮肤。这时,大人去找一些刺蓟叶,用手捻碎,让绿绿的汁液敷在我的伤口上。血止住了,也似乎不那么痛了。那个时候缺医少药,每次受伤的时候,我也会按照大人教的方法来使用,没有留下明显的伤疤,效果甚是不错。

后来,从书上知道,刺蓟菜就是一种草药,其性味甘凉,有止血、祛瘀、消痈肿和降低血压之功效,对结核菌亦有较好的抑制作用。

刺蓟叶,在我国记载是比较早的,例如,《食疗本草》中就有记载。刺蓟叶是一种药食同源的优质野菜佳品,几乎春夏秋都能采摘到新鲜的刺蓟叶做餐桌上的佳肴,同时刺蓟叶富含铁、磷、钙及其他维生素,说是大自然对我们的馈赠,一点也不为过。

在北方,刺蓟叶在困难时期最常用的做法,是掺上玉米面做成刺蓟叶窝窝头,或做成刺蓟叶黏粥,我们一次能喝上好几碗。或者将好的刺蓟叶放上点花椒清炒或凉拌,也是不错的菜肴。

困难年月,到了春天,都要用刺蓟叶和部分粗粮面掺在一起凑合着,才能渡过那青黄不接的日子,刺蓟叶成了人们的救命食物和希望。生活条件好了一点后,刺蓟叶就成了牛、羊、猪的首选饲料。刺蓟叶开花后,其茎秆木质化就不能食用了,可以割回来晒干粉碎成饲料备用。

"绿水青山就是金山银山",如今的山野菜,越来越受到人们的喜爱,变成了菜市场的"香饽饽",变成了农民致富的"金疙瘩",变成了农村特色产业的"摇钱树"。

当下,每到春天,人们都会到乡间田野或早市里,去挖点或买点野菜。此时我会搜索到儿时的记忆,想起那艰辛的岁月,乡愁便在心头涌动。

豆腐和豆饼

客居京城,与多年未曾谋面的乡党相聚,他特意点了鱼头炖豆腐,我们相视会意一笑。

豆腐曾是我的最爱,也是大多数人喜爱的食物。不仅可口,还可胃可肠可养生。常吃不腻,长时间不吃就想念。而且豆腐又"不厌精""不厌细",素席上要是有豆制品,豆腐当仁不让,可冷盘,可热炒,可做汤头压轴。

豆腐的原料是黄豆,北方称大豆,原产地我国东北,栽培历史悠久,种植地区广。先秦之前称"菽",汉唐之后称"豆"。但在历代文学作品中,也有菽和豆并用的,如杜甫诗句"鸟雀苦肥秋粟菽,蛟龙欲蛰寒沙水"和"南山豆苗早荒秽,青门瓜地新冻裂"等。

湖南西汉沅陵侯墓出土竹简《美食方》中记载有"菽酱汁",即今天之油。时间翻到1873年,中国大豆在维也纳万国博览会上展出,轰动一时。此后,大豆才在欧美各国大量种植,豆制品成了餐桌上最普遍的食品。

沮漳平原也是黄豆、绿豆种植区,农家除了在责任田里种植外,也会在自己的房前屋后随意种一些。人民公社时期,郭家岗就常年种有黄豆绿豆,从播种到收割再到加工,从田间到餐桌,我都全程参与过,算是熟练劳动者。

近些年家乡大豆的种植面积减少了,市场豆制衍生品却越来越多,但我记忆深处还是那传统的豆腐。

当下豆腐太家常了，又便宜，天天吃顿顿吃也不犯难。殊不知在那饥饿年代，对农家来讲却是奢侈品。

叫人想念的东西，往往和故乡和童年有关。

在姥姥家，曾外祖母看我瘦得可怜，直叹道："看你长得像豆芽，将来长大了怎么干得动这么重的农活哟！"哪里有办喜事做豆腐的，她就会颤颤巍巍地去找人家要一碗豆腐脑给我补补身子。

在我读小学、读中学的那些年，生产队没有豆腐作坊，因为任何集体田间劳动之外的生产、经营活动，都属于"小生产者意识"，是应该割除的"资本主义尾巴"。当时大年三十上午都是要出半天工才会放假的，而大年初四一大早，上工钟声又准时敲响了。这样，加工豆腐就只有在春节之前利用空闲时间进行了，当然仅是自给自足。

那段时间，家家户户都喜欢在春节之前做豆腐、豆饼，郭家岗上到处回荡着"咯吱咯吱"磨豆糜的声音。

那天放学后回到家，我看到天井的木盆里泡着半盆黄豆或绿豆，就知道家里要做豆腐或豆饼了。我的心情，也像这泡了一夜的黄豆绿豆，一下子膨胀起来，圆润而饱满，期盼中，穿新衣、吃好菜、走亲戚、放鞭炮、得压岁钱的的年快到了。

做豆腐是腊月的盛事。黄豆泡好后，就用石磨磨成浆。开始是父亲推磨，后来我长大后也轮换推磨了，我和婆婆轮换坐在高高的凳子上，用勺子舀着盆里的黄豆喂着磨，生豆浆从石磨中间的缝隙中溢出来，滴滴答答地流进接在下面的木盆中，石磨繁忙地"咯吱咯吱"，一片安宁祥和，其乐融融。

豆腐磨好以后,用纱袋过滤,剩在袋里的是豆腐渣,用来喂猪,或者炒菜吃。如今,菜馆里有一道"豆腐娘"的美食,就是豆腐渣炒青菜。流出袋外的是豆浆,可以做豆腐,也可以做豆腐皮。将豆浆倒进锅内煮沸,我母亲用盐卤、石膏进行点卤,将配好的石膏水注入煮熟的豆浆中。做豆腐是一门技术活,关键就在给豆浆点卤,把握不好,水点多了豆腐做"老",豆腐发水不足,豆腐又不易成型,上得了桌子却上不了筷子。不久,豆浆就会凝结成豆腐花,也就是豆腐脑。用勺子将豆腐花舀进已铺好包布的托盆里包好,蒙一层洗得白白的纱布,盖上木板,十五分钟后,即成豆腐。如果在木板上再堆石头,压尽水分,就成豆腐干了。

豆皮,在沮漳平原人家是比豆腐更高档些的产品,"千张",极力夸张的是豆皮的薄。豆皮也是在同样的木方格里做成的:将豆浆均匀地舀在一层纱布上,将包着豆浆的纱布叠在方格板里,然后,在专门的架子上,利用杠杆的原理,在木棒的一头压上更多更大的石头,将豆浆中的水慢慢挤出来,揭开纱布,一张张白纸般的豆皮就做成了。

将豆皮切成丝,是很好吃的东西,那时,豆皮虽说比不上大鱼大肉,却也强过萝卜白菜了。

做豆浆是再简单不过的事情了,先将黄豆洗过,用清水泡一晚上,第二天,鼓胀饱满的豆子粒粒圆润如珠,放入齿纹极细的手摇石磨里,磨成纯白的豆浆,烧沸即成。

参加工作后,城里当然是没有那种古老的石磨的,我们要么上街去买,要么用豆浆机,也只是偶尔为之。

有时,祖母也生发黄豆芽、绿豆芽。她说豆芽营养丰富,对长身体很有帮助。我倒觉得它色香味都不赖,很下饭,甚是喜欢。后来慢慢知道它不仅颜值高，还有药用价值，属于味甘、性凉的食材，可以入脾经、大肠经，具有清热利湿、消肿除痹、润泽皮肤的功效。

  豆饼是以绿豆、大米为主原料磨的浆，烙的饼，不是日常的食物，只有逢年过节家里才会做。如果说我少年时代曾有过幸福时光的话，与豆饼有很大的关系。做豆饼的时候，坐在灶前添茅草的是婆婆，而站在灶台上烙豆饼的是母亲。摊好的豆饼，一张张叠在锅台上，我常常会忍不住那股馋劲，偷偷伸出小手，将豆饼撕下一块塞入口中，而婆婆或母亲并不会责怪，因为她们知道，过节的时候，小孩子是可以少一点禁忌，少一点规矩的。我对绿豆的情有独钟一直延续着，绿豆虽小，但全身是宝，如清热消暑的绿豆汤，就是炎夏的绝好饮品。记得那年夏天到浙江出差，我慕名到鲁迅故乡绍兴那家著名的"咸亨酒店"，买了孔乙己爱吃的茴香豆、炸豆腐干，还喝了两大碗冰镇绿豆汤，那种通体畅快、凉透肺腑的爽劲儿，真是妙不可言！

  一晃快半个世纪过去了，童年时代做豆腐、豆饼的苦与乐及温馨祥和的氛围，仿佛如昨，伴随莫名的感伤。

它的别名叫忍冬

冬天,去香山爬山。看到一大片弯曲的藤,复杂地纠结在一起,中间偶尔冒出几片绿绿的叶子。外孙女问我是什么,我告诉她是金银花,也叫"忍冬"。

金银花喜欢阳光和温暖湿润的环境,但不择地方,随处可长,耐寒、耐旱、耐阴、耐湿,举凡山之野、水之畔、树荫之下、田头地角,概能落地生根。它是很随性的植物,寒也可热也可,阳也可阴也可,干旱也可水湿亦可,都能适应。农谚就这样评价金银花:"涝死庄稼旱死草,冻死石榴晒伤瓜,不会影响金银花。"

漳东平原上,金银花处处可见。郭家岗农家的后院,一般都会有金银花,自然,我的竹林里是少不了它的。

四十多年前的一天,天刚蒙蒙亮,我背着书包去郝母寺上早学,和伙伴抄近路,走田野中间的麦地,露水使解放鞋沾满草叶,麦苗正在扬花,气味清甜。小路由李家塆旁边的堰塘边过去,塆里沿途是藤蔓纠缠的树墙,树墙上正在开放的各种野花的气味,都是微甜的、腻的,但不久会被金银花清丽的香气融化。我们由竹林间走过的时候,高我一年级的扬武说金银花开了,我抬头去看,发现细瘦的三四束小白花,点在油绿的藤蔓顶端,逆着点点光线,它们的香气,能够束缚住那些野花的粉腻,一丝幽香,钻入鼻翼里。

说话间,扬武施展爬墙上树的本领,去将那第一条开花的金银花藤折下来送给我。一丝丝香气,似乎是夏天的开始。

金银花见缝插针,穿缝过隙,极善铺陈。它的藤蔓能把竹篱、树木缠满,并且沿着竹架、林木,弯弯曲曲地伸向天空,繁茂得有几分霸气。它虽然也是攀缘类的植物,风流缠绵,但是骨骼清奇,别有风姿。

五月,金银花开。花蕾长短如火柴梗,初开时花色为青白色,露出细细的花蕊,两三日后,白色的花瓣就开始泛出黄色,黄白夹杂,到最后,完全变为金黄色,故名金银花。开花时的金银花,看上去很瘦弱,但神采飞扬,春风得意,像楚灵王时代的美女,只剩一握细腰。藤和叶子倒是配合得极好,花儿跑到哪儿藤就跟到哪儿,叶子宽宽的绿绿的,像极稳妥的手,随时护着不禁风的腰。展开的花瓣,一如舞蹈演员半空中伸出的纤手,姿势十分优雅。

也有传说其名字的来源和女孩儿有关。那是三国时期蜀汉丞相诸葛亮七擒孟获的过程中发生的事情。其时,大部分将士水土不服,得了热毒病。行军经过一个小村寨时,诸葛亮见村民面黄肌瘦,虽然他和大家一样身体不适,但还是命令将土发放军粮施救。村民们十分感谢,得知许多蜀兵患了热毒病后,一位白发老人便要自己的一对孪生孙女儿金花和银花去采几筐当地草药来为蜀军解难。姐妹俩上山了,三天了还没有回来。人们多方寻找,在一处山崖边,看到两只已装满了黄黄白白草药的药筐,筐边有野狼的足迹和被撕碎的衣服和鞋子。原来,为了这救助蜀军将士的草药,金花、银花献出了生命。后人为了纪念姐妹俩,就把这种草药叫作"金银花"。

金银花开花时,不是三两朵地绽放,而是簇簇地开满了藤蔓,花团锦簇，是那种成群结队的热闹。

金银花长得喜庆，成双成对，生长在叶腋间，就像开在叶儿的心上，两朵花虽分散但其蒂相连，故又叫鸳鸯草。古书《益部方物略记》有介绍："鸳鸯草，春叶晚生，其稚花在叶中，两两相向，如飞鸟对翔。"叫它鸳鸯草，委实形象不过，在东方，它是爱情的象征，在西方，它代表着"献身之爱"——只求付出，不求回报，爱就爱了，就是这般痛快。金银花的老家在黄河流域，有一首民歌，借金银花言情：山盟不与风霜改，处处同心岁岁香。

能够在零下30℃的严寒中生存的金银花，生命力是真强，适应性广。因为它夏季开花，到了秋末，老叶脱落，叶腋间又有新叶长出，经冬不凋，故金银花还有一个名字，叫忍冬。别的攀缘植物，凌霄也罢，紫藤也罢，一到冬天，只剩下光秃秃的枝干，一点也看不出曾经的风华绝代，唯有金银花依旧青绿着，天寒地冻之时也不改芳华，精神抖擞地过冬，生命力可谓顽强，难怪佛教里喜欢用忍冬花纹，以此象征人的灵魂不灭、轮回永生。

有诗描绘展示了忍冬的本质："初夏园绿荫重重，金银开在碧玉中。虽少几分娇妍态，香透心脾情更浓。此花本是杯中物，甘洌淡雅有奇功。祛病除疾养颜色，人间才多不老松。"

是的，"祛病除疾养颜色"，这便是金银花坚韧而温婉的本质。祛病除疾自不必说，民间就有"金花间银蕊，草药抵万金"的说法。大概正是有着这样厚重广阔的"忍者神功"，金银花才能够像天宫仙子一样，轻轻地挥一挥长袖，便清热解毒、疏风散热、疏咽利喉、消暑除烦，治疗流感、泻痢、牙周炎、疮疖肿毒、急慢性扁桃体炎等病，"花"到病除。那有名的中成药银翘解毒丸,就是以金银花为主药制成的。

养颜色,也是金银花擅长的。夏天里,将金银花用清水洗净煎成汁,擦洗全身,不仅可以祛痱、止痒、治痘痘、疗湿疹,还可以给全身皮肤来个大扫除,那清洁和润泽肌肤的功效,是非常明显的。采摘新鲜的金银花,阴干,装入干净的棉布袋中,用棉线缝好,做成枕头,在盛夏里枕着入睡,还可以养心安神,预防头颈部长痱子,让面部清爽洁净。

少时,金银花是我们农家的万能药,孩子偶感风寒,或者身热、发疹、咽喉肿痛,或者中了暑,或者生了疮长了痱子,大人会采摘金银花泡茶让孩子喝,喝上一两天,孩子又活蹦乱跳了。

金银花加水蒸馏,就可炮制出"金银花露"。城里不像乡村,随处可摘金银花,城里孩子生了热疖、痱子和暑热病,大人就拉着孩子到药铺,买上几角钱的金银花露,十分管用。小孩子最怕吃药,但金银花露味道甘甜清凉,喝它就像喝饮料。金银花露,似药非药,别说小孩子爱喝,怕吃药的大人也爱喝。

采金银花应该是在阳光晴好的清晨,露水刚退,白的更白,黄的更黄。刚刚睡醒的花儿,蓓蕾初露,晶莹中带点娇嗔,最是美妙。轻轻地摘下,摊开,晾干,装在密闭的青花瓷瓶里,芳香就此留住。

炎夏,一杯金银花茶,或一盏金银花露,就如秋天月光下的霜,薄薄的,凉凉的,不经意间就降了温。热感冒,咽干鼻燥,干咳流泪,可用金银花配上开黄花的连翘和嫩竹叶、老荆芥、绿薄荷,小火煮开,就是有名的银翘散。不想煮,怕麻烦,那就用银翘片,淡雅的绿色小丸子,两粒即可。

那天,我突然牙肿痛,不想吃药,想到家中还有些金银花,便随意找了点出来,和着清水,煮开,再加点蜂蜜,喝下。只喝了两天,居然就不痛了。那种快速而神奇的功效,让我对金银花充满了感激和热爱。

金银花的价值引起了人们高度关注。有一年春天,我到河南新乡封丘公干,那里的金银花已不再是藤本,都嫁接成了木本,变成了树。还有名字叫"豫封一号",简直就像领导的名片。金银花树整整齐齐地排着队,青涩的花苞挂满树梢,细细的花苞竟然抱成了团,小伞一样打开在枝上。这样的金银花好采摘,一抓就是一把,产量也高,一株能收获几十斤。金银花其实还是金银花,只是换了个枝头。他们把树形的金银花规模化经营,丰收一年胜似一年。但普通农家庭院中种的依旧是藤蔓四溢的金银花。

四十多年后的清明节,我们重返郝母寺——我们的母校官垱中小学,找寻青葱记忆。墨绿的麦浪和金黄的油菜花构成的抽象创意拼图,与白墙黛瓦和袅袅炊烟浑然一体,把漳东平原的春天装扮得格外美丽。再次穿过李家垮,那绿暗绵密的树墙林木依旧,金银花仍在,只是它未到盛花期,仅有刚刚零星绽放的几朵,依然幽香,味道是那么熟悉。

辑三

想念皂角树

官垱中小学边的
那棵皂角树，
清晰地长在记忆的深处。

校园边的皂角树

对于故乡，许多记忆已渐渐模糊，而官垱中小学边的那棵皂角树，却依然清晰地印在记忆的深处。每每想起，就有一种暖暖的东西从心底升起……

官垱中小学坐落在漳东小平原上的郝母寺里。学校东西北三面，分别为李家台子、常家塆、姚家塆三个自然村包围。

学校附近村里树木很多，远远近近、高高低低都是树。尤其是学校西北角有两棵古树，紧挨校园的是银杏树，百米开外的是皂角树，矗立在常家塆与姚家塆之间的堰塘边。这两棵树高大粗壮，冠盖如云，遥相呼应，构成了校园标志性景观。

皂角树，因其果实而取名，标准中文名称为"皂荚"，豆科植物，属于落叶乔木，它还耐干旱，耐酷暑，耐严寒，能活上五百多年。

"皂"是指树里含有的皂素，可以用来去污除秽。"角"是指皂刺，从树干树枝里长出的细尖的棕红色的刺，可以消肿化脓，是常用的中草药。而"荚"似乎还是指形如豆荚但更像弯镰刀的皂果，皂素正隐藏在果实里。

在农村，它是被当成宝贝的。除了皂素和药刺，它经过岁月的冰火洗礼，茎秆端直、结实，是上等的好木材。

前几天突然想起那棵皂角树，打电话问姚以林同学，他说皂角树就在他家不远处,早就"牺牲"了。我一阵怅然,皂角树那古老苍劲的身姿、树下人们休闲嬉戏的情景等依稀如烟的往事涌上心头,我仿佛又回到了从前那古老恬静的梦里。

记得这棵皂角树雄伟挺拔,绿树农荫,树冠比附近的农房还大。树高二十多米,那时要两三个成年人才能合抱住树身。树的底部有一排排隆起的疙瘩,像极了虬龙潜行,树身底部西侧有个碗口粗的大窟窿,仿佛在讲述岁月的沧桑;身子圆圆鼓鼓,一如弥勒佛的大肚子;树身向上,干分股,股分枝,枝长杈,杈生叶。叶上闪着油光,细枝绿叶,浓而不密,翠而不暗,秀而不苍,娇而不媚。皂角树枝杈间长有许多钉子一样的大硬刺,人们说它是在自我保护。

皂角树西边是一汪幽静的小池塘,蜻蜓点水,荷花摇曳,蛙声悠扬。春天,高大的皂角树开满黄色的小花,长出嫩绿的叶儿,密密匝匝,香气四溢,它用嫩绿色和淡黄色装扮天空。夏天,树枝上吊的,叶间藏的,全是形如镰刀的绿色皂角,它用深绿色和浅绿色美化大地。秋天,绿色的皂角渐渐变成棕红,树叶也开始变黄,嫩黄的皂角一大爪、一大爪地缀满枝条,变成了金黄色和紫黑色的果实,满树的"美丽动人"。到了冬天,皂角树的叶子无声地先后落下,光秃秃的树枝上,黑褐色的皂角形如刀鞘,像铃铛一样在风中摇曳,不时地发出"沙沙"的响声。正是采摘皂角的时候,于是当哪天有大风吹过,一大早便可看见很多妇女与老人提着篮子,采摘、收集成熟的皂角和被风吹落下来的皂角,它们在人们的手中化成了五彩的泡沫。

昔日喧闹的皂角树突然变得寂静起来,皑皑的白雪也和皂角树一起保持着沉静。

谁也说不清楚它长了多少年。有人说,这棵树长了一百年了,也有人说二百年了,这些均无从考证,可两个村的人却拿它当作"宝",视其为"神"的化身。

那时,学校开设学农课,我们时常来到树边堰塘,挑水去浇灌棉花试验田,那是我们班种的"争光棉";偶尔还会拾起一些碎瓦片、薄石块,到堰塘旁打水漂,掠起一道漂亮的水痕,荡起一串串的涟漪;也会从树下穿过,兴高采烈地去官垱街赶集,那是去官垱的必经之路。

俗话说,大树底下好乘凉。皂角树就是一个巨大的天然凉棚。夏天一到,绿荫遮天的皂角树下成了人们纳凉歇息的场所。男女老少只要一有空闲,就搬板凳、拿草席、抱孩子来到这里,聊天、下棋、哄孩子、做针线,说着那些只有乡村里人才能意会的黄段子,还有几个尚未回城的知识青年偶尔会在树下吹起口琴。这里更是小孩子们追逐嬉戏的乐园,小孩子在树下滚铁环、捉迷藏、弹珠子、踢毽子、跳皮筋、过家家、抓石子、打弹弓,享受着乡村孩子特有的童年乐趣。

贫困的岁月里,皂角是塆里人的生活必需品。皂角是女人们用来洗头、洗衣服的。皂角泡沫极为丰富,去污力很强,无副作用,且有一种特别的自然香气,这棵皂角树,成了全塆人生活中不可缺少的东西。女人们将皂角捣碎,用棉布包着,给自己和孩子洗头、洗澡。换下一堆要洗的衣服,女人们就会带上几根皂角,到堰塘边垒好的洗衣石边,将衣服铺在石头上,放上皂角,先用棒槌将皂角砸碎,裹在衣服里,然后用力搓,再用棒槌拍打,不一会儿,洁白的泡沫就出来了,再揉再搓后,在水里涮几下衣服就干净了。晾晒后的衣物,就藏满了皂角的清香。

皂角还可以治病。用"皂角果"熬药内服,能祛痰开窍,主治痰多咳喘,中风口噤;"皂角果"内的种子称"皂角子",能润肠通便,主治肠燥便秘;皂角树上的棘刺称"皂角刺",能托毒排浓,主治痈肿疮毒,用于浓液已成而尚未穿溃病症,可内服外用。

  皂角也是村人祈福驱灾的寄托。一挂挂皂荚象征着多子多孙,是男婚女嫁的吉祥物。谁家姑娘出嫁,都少不了在箱子或被褥中放上一些皂角。男女结婚典礼前焚香沐浴,澡盆里也必须放上皂角。谁家小孩有了病灾,就会在皂角树枝头绑上一根红布条儿。红布条儿在风中一飘动,全村便充满了吉祥。

  我们伴着皂角树一天天长大,上高中时离开了它,之后我再也没见过它。姚以林说实行农业生产责任制后,村里要修公路,在规划时将皂角树伐了。想想挺可惜的。

  我怀念那棵皂角树,不仅仅因为它是儿时的记忆,还因多少年来它带给学校和乡邻们的问候、春的希望、夏的清凉、秋冬的收获和温暖,更主要的是它那无私奉献的精神,永远激励着我们怀揣梦想,不断前行。

银杏树下

墨绿的麦浪和金黄的油菜花构成的抽象创意拼图,与白墙黛瓦和袅袅炊烟浑然一体,把漳东平原的春天装扮得五彩缤纷。毕业近半个世纪后,我们部分师生,重返郝母寺——我们的母校官垱中小学,找寻我们的青葱记忆。

母校面目全非,古刹郝母寺已荡然无存,唯有那棵古老的银杏树傲然伫立。我知道,它守望着这座古刹,更守望着我们这一代的青春记忆啊。头顶,稀疏的阳光在起伏的银杏叶间跳跃。脚下,青藤青苔诉说着岁月沧桑。古树的脖子上悬挂着"古树名木"的标牌,不时有成群的鸟从树梢掠过,叫声悦耳。

官垱中小学坐落在漳东小平原上的郝母寺里。学校南边是一块操场,北、东、西三面,分别是姚家塆、李家台子、常家塆三个自然村。

在郝母寺办学是1945年(民国三十四年),当时的当阳县国民政府在寺庙建了全县第十三完小,创始人是我们郭家岗的郭春佛。

学校附近树木很多,远远近近、高高低低都是树。尤其是学校西北角的那棵古老的银杏树,枝繁叶茂,高大粗壮,苍劲挺拔,冠盖如云。传说是元朝时所植,已有六百多年的树龄了,树干三个成年人勉强可以合抱,树冠直径二十余米。这参天银杏巨树,留下许多美妙传说,也把学校装扮得森然威严。老辈人讲,乙亥年(1935年)发大水,漳河决堤,大水将河东岸的村庄冲毁,漳河岸边地势低洼,一片泽国。灾民们涌向郝母寺,传说这儿和周边一样平坦的寺庙竟然没有被水淹,真假没有人考证,但那高大坚固的寺庙和古银杏树的确成了灾民们最后的避难所,仅仅那棵银杏树上就蹲了一百多号人。

"这树梢屡遭雷击已经枯死,树的根部有一个被水泥封堵的洞口,那是因为白蚁长期侵蚀导致树干中空,学校发现后,即派人到县里购回白蚁粉驱虫。喷洒白蚁粉时,又发现古树身上还长着一条近八厘米长的青褐色毛虫。于是请来农林专家为其动手术,开刀取虫,这才演绎了不死的传奇。"老师的话传入耳畔,将我的思绪拉回。

阳光从树叶间洒下来,形成明亮的光柱。不知为什么,我站在银杏树下,一种莫名的悸动涌上心头。我伸手抚摸那烙着岁月伤痕的树皮和树枝,试图从中探寻树的秘密。德国作家赫尔曼·黑塞说:"树木是神物。谁能同它们交谈,谁能倾听它们的语言,谁就能获悉真理。"我能听懂树的语言吗?轻轻地闭上双眼,校园记忆过电影般袭来……

《五一六通知》的下发,标志着"文化大革命"的开始了。

学校正式开学了,从附近各大队小学二年级升入的学生统一编班,我们被分配在东边的教室里上课,那是后来建的平房。准备开课了,接到上面通知,说我们新发下来的课本,有好些课文不能上了,因为有政治问题。另外,古诗文也不能上了,叫"封资修"。从此,我们的小学教育,变成了"念书歌式"的教育。小学的课本,形式革命化,内容政治化。新课本翻开第一页,看见毛主席。毛主席呀毛主席,您是我们的大救星！我们齐声喊："万岁万岁毛主席！""红卫星,上天空,全球响遍东方红,七亿人民七亿兵,万里江山万年红。"又如油印课本："贫农张大爷,手上有块疤。大爷告诉我,这是仇恨疤。过去受剥削,打活地主家。两顿糠菜粥,饿得眼花花。干的牛马活,长挨皮鞭打。年底要工钱,反而把我骂。听到地主骂,我怒火三丈八。挥起铁拳头,一拳打倒他。叫来狗腿子,一起把我打。砍伤我的手,留下这块疤。"

就这样,从小学三年级开始,直到中学毕业,我们用的教材都是临时拼凑的。我记得,常纪槐老师是从兽医站调过来的,人很温和。没有课本,一天到晚他教我们读毛主席语录、小红本本,有些内容要求我们背诵,比如"老三篇"。有时还会学习"两报一刊"(《人民日报》、《解放军报》和《红旗》杂志)的社论和"梁效"的大批判文章。难怪当时有个炊事员曾找到学校领导要求当个老师。他是这样说的:"他们天天领着学生念语录,这个老师我也能当。"

树叶随风飒飒作响,同学们爽朗的笑声在风中飘荡。

学校的古银杏树,的确长得很有气势。茂密的树枝尽情地舒展,犹如开屏的孔雀;密密匝匝的银杏,挂满枝头;树丫上有好多鸟窝,我数了数,足有一百来个,白鹤、鸬鹚、喜鹊、八哥、大雁、斑鸠、画眉以及其他一些叫不出名字的大鸟小鸟、黑鸟白鸟,在鸟窝里、枝头上叽叽喳喳、放声歌唱,委实令我喜爱。据说鸟窝的历史功绩,是1958年闹饥荒的岁月为附近居民提供了重要的营养食品来源,每隔三五天,身体强壮的青年便会借助绳索等攀爬工具爬上树去,掏上百十个鸟蛋,采摘一些银杏果,挨家挨户地分发,这些营养丰富、味道鲜美的鸟蛋和"圣果",为村民补充了一定的能量,使其熬过了饥荒。我后来在想,这或许是真的。或许是因为这个原因,我离开学校后,走南闯北,每当看到银杏树,我的心头总是涌上满满的舒坦和欢喜。

银杏树,是我国特有的树种。它们作为一种植物出现,也曾广泛分布在世界各地,像许多生物一样,奇迹般地诞生,但五十万年前,地球突然变冷,在绝大多数银杏类植物遭遇了绝种的淘汰后,只有银杏奇迹般地存活下来。我们无从得知,它是如何与岁月的洪流与潮汐抗争;也无从得知,它又是如何在时间的繁华与荒凉间依然保持着独特的优雅。

据考证,它最早出现于距今约三亿年前,有树木"活化石"之称。我国栽培银杏树的历史可上溯到商周时期,距今有三千多年的历史。它生长较慢,结果很迟,从栽种到结果要二十多年,四十年后才能大量结果。所以银杏又名"公孙树",取"公公栽树,孙子吃果"的意思。又由于叶子呈鸭掌状、果实为乳白色,它又名鸭掌、鸭脚、白果树。

大文豪苏东坡曾赞美银杏树:"四壁峰山,满目清秀如画;一树擎天,圈圈点点文章。"这也很合我意。虽然银杏树很适宜做行道风景,但我以为它更适合生长在古寺旁。只有晨钟暮鼓,梵音袅袅,鸟鸣叶蹈,才配得上银杏的韵致呢。古刹多此树皆因为银杏树古老高大、气势宏伟,银杏树叶洁净素雅,符合寺院的庄重和威严,不受凡尘渍染的宗教意蕴。

古代诗词常以红叶和黄叶描述秋景,其中黄叶有时指银杏。明代徐光启《农政全书》记述:"其木多历岁年,其大或至连抱,可作栋梁。"我看见泰山五庙前、青城山天师洞、衡山福严寺、太原晋祠等名山古刹多栽种它,春日来临,它青叶嫩绿,秋天之时,它灿烂金黄,真的很美!那些寺庙楼阁生存的参天银杏巨树,留下许多美妙传说,也把寺院装扮得森然威严,蔚为壮观!

因为银杏,秋意便早早地来了,寒霜凝露侵上来,可是杨柳松柏依然执着地守着夏季的纷繁,白昼回暖时,又高又亮的秋光从头顶洒下来,你会有一种错觉,仿佛夏日还可以无限地延长下去。

十月末了,银杏早早地昭示了季节的真相。仿佛一夜间它就为自己镀上了一树金黄,没有过渡没有遮掩,就那么毫无心机地与周围的绿色形成了鲜明的对比。此时的早秋,因为银杏的仪式,就像是诗意的盛宴,又像是皇家的礼赞,更像是蓦然心生的一种欢喜,让人猝不及防。落在草坪上的银杏叶一片金黄,其形态如中国扇画,典雅华贵,让人忍不住想要将它收入镜头中。我看到,它的叶脉里,储藏的不仅仅是一个完整的季节,还有亘古与洪荒。

在阳光和秋意的爱抚下,满树金黄,耀眼夺目。一阵秋风吹来,树叶飞散,满天是翻飞的蝶翅,而尽情舞动的白果,已是很珍贵的一种果实了。

白果树结子的时候,总有许多的收尾工作要去做。于是梯子被架上了树,上树的人爬得很高,钻进了很密的叶丛,要把那些累累的果实,一枝一枝地梳理开来,并用结实的尼龙线捆绑固定,使其相互稳定,不能碰撞。因为风来了,正在结子的白果还嫩,还经不起摇荡,如不稳固,真担心失落了满地的银铃……

白果是银杏的种核,味道甘美,营养丰富,为上等果品。相传北宋时期,天目山的银杏果是世间珍品,专门作为贡品。宋仁宗见进贡来的银杏果,外形像杏子,果核却是白色的,随口就说,这果子应该叫银杏吧。皇帝金口玉言,自此,银杏这个名字便广为流传。白果身价百倍,名贵中州。著名文学家欧阳修在诗中写道:"鸭脚生江南,名实未相浮。绛囊因入贡,银杏贵中州。"

由于银杏名贵,历史上有名人雅士将它当作礼品馈赠。历代文人墨客也常以它为题,饶有兴致地吟咏。北宋诗人梅尧臣《答友人》中云:"鸭脚类绿李,其名因叶高。"南宋诗人杨万里也留有"未必鸡头如鸭脚,不妨银杏伴金桃"的佳句。

历代文人描写银杏的诗词精品,并以银杏借喻爱情的,当属李清照的《瑞鹧鸪·双银杏》:"风韵雍容未甚都,尊前甘橘可为奴。谁怜流落江湖上,玉骨冰肌未肯枯。谁教并蒂连枝摘,醉后明皇倚太真。居士擘开真有意,要吟风味两家新。"托物言志,借物抒情,赋予银杏以人的品格。词中首两句写银杏典雅大方的风度韵致,银杏外表朴实,品质高雅,连果中佳品橘,也逊色三分;三四句写银杏的坚贞高洁,虽流落江湖,但仍保持着"玉骨冰肌"的神韵;五六句以并蒂连枝和唐明皇醉依杨贵妃共赏牡丹作比,写双银杏相依相偎的情态;末两句写银杏果仁的清新甜美,以喻夫妇心心相印的感情。爱情如银杏般温馨,既有深情的回忆,也有幸福的相依。

当然,银杏果不是真正的果子,而是一颗大种子。夏天,挂在枝头的球形的银杏果是白色的;秋天,银杏叶变金黄的时候,银杏果也逐渐变成金黄;深秋之时,银杏果金黄色的"果肉"会变得干瘪,从中可以剥出白色像杏核一样的"果核"。

原来,金黄色的"果肉"是银杏这颗大种子的外种皮,"果核"的白色坚硬外壳是大种子的中种皮,内种皮和种子胚胎都包在硬壳里。"果核"才是古时贡品和现时我们食用的银杏果,可供食用的是种子胚胎。

银杏树全身都是宝,从根到叶到树皮,都有极高的药用价值;银杏果能够温肺益气,止咳平喘,有很高的营养价值,也许正是由于它是种子胚胎的缘故呢。一般来说,种子胚胎的营养价值都是比较高的。银杏树还能够净化空气、防治虫害,同时因其美观又具有很高的艺术价值。

这样一种美好的树木,就这么平静地在时间里流动,在世界的角落里生根。

"'文革'期间,公社个别领导要砍掉这棵树,学校领导说:'这就是文物,搞不得。'也就保下来了。20世纪80年代,因附近村庄重新规划,想砍伐这棵古树,学校老师全体出动阻止;后来乡里修路时,这棵银杏树处在规划红线内,'名园易得,古树难求',考虑到古树迁移很难成活,最后决定绕道避开,干脆把银杏树用围墙圈入学校里,银杏树才得以完好保存至今。"我们边走边谈,关于银杏树的记忆怎么也聊不完。

村民将它奉为"圣树""仙树""佛树",顶礼膜拜,常有乡民在树脚下敬香,乞求家人平安幸福。四时香火不断,袅袅香烟伴着薄薄的雾霭,环绕在树的四周,更增添了几分灵秀和神秘。它的四周还算宽敞,那是我们玩耍、避暑乘凉的好地方,也是学校集中开会、搞"趣味"活动的场所。

岁月无边,死水微澜。"文革"十年里,农村最臭最挨整的就数地主了，连三岁小孩也会喊"打倒狗地主"。当年的政治地位排序是：贫农高于下中农，下中农高于中农，中农高于上中农即富裕中农，上中农已经处于敌我的接合部了，朝前跨一步就是富农，而富农又比地主略高一筹，地主最臭。每逢运动，或者传达"最新指示"，都要开大会批斗"五类分子"，气氛都很严肃，我们都规规矩矩坐在银杏树下划定的位置，不能随便说笑，必须举拳头、呼口号。

那几年，风行吃忆苦餐。"忆苦思甜"是当年经常运用的阶级教育手段。其方法是定于某日某地把人都集中起来，拉几个地主富农到台上，让苦大仇深的老贫农当面控诉他们过去的罪恶。开罢会就吃一顿"忆苦思甜饭"。这"饭"全是野菜粗糠，随便煮煮，分外苦涩粗糙，难以下咽。又故意不弄干净，看上去黑乎乎。可是为了表示没忘本，人们都装出一副很有感情很爱吃的样子。

"忆苦餐"城里吃、农村吃、工厂吃、机关团体吃，回到家里还是吃，自然我们学校也得组织吃，有几次"忆苦餐"就是在学校后面的银杏树下吃的。

有一次给我印象很深。那是一个秋天，学校请来一个叫常士富的贫宣队代表，给大家讲旧社会地主是怎样剥削他的。解放后他又是怎样过上好日子的。当讲到旧社会他是怎样受压迫时，他失声痛哭，我们唏嘘流泪，愤怒地高呼革命口号："打倒万恶的旧社会！""打倒地主资产阶级！"讲到解放后他过上好日子时，大家也喊口号："翻身不忘共产党，幸福不忘毛主席！"于是，群情振奋，大家似乎受到了教育。然后就去吃"忆苦饭"。

那次的"忆苦饭"是用刺蓟叶、黄豆叶之类的野菜和糠，加少量的米,煮糠米稀饭。只见野菜,不见稀饭,黑绿黑绿的。我们端起碗,一股怪怪的气味扑鼻而来,喝一口,涩涩的,苦味、怪味、霉味直扑咽喉,噎得我们直掉眼泪。

这时,学校贫宣队的另一位周代表看见了,就急忙说:"同学们,这几个同学吃了'忆苦饭',想起了穷人过去受的苦,眼泪都流出来了。看来,忆苦思甜会效果好,以后要经常开。"

突然,他转过身来问我身边的一位姓王的女同学:"你说'忆苦饭'好不好吃?"当时,这位胆小的女同学非常紧张,匆忙说了一句"好吃"。

周代表一听可急啦,他瞪大眼睛:"好吃?难道旧社会穷人是为了好吃才吃这个东西吗?"

女同学被吓得直哆嗦,战战兢兢地说:"不好吃。"

这代表一听更怒不可遏:"不好吃?我们吃它,是为了不忘阶级苦,牢记血泪仇,反修防修,防止国家改变颜色,你敢说不好吃?"

那位女同学吓得脸色苍白,浑身发抖,粗瓷碗掉在地上摔碎了。

"啪"的一声,树上忘情的鸟儿拉下一团鸟粪,垂直掉在周代表秃了顶的头上,溅得他的衣服和脸上都是鸟屎味,同学们捂着嘴直想笑。他瞪了大家一眼,慌慌张张地清洗那秃头去了。我们松了一口气,围上前去安慰这位女同学。次年,那位女同学就退学了。

银杏树旁的郝母寺就没有古树那般幸运。由于人们的蒙昧无知,这所古刹在20世纪八九十年代完全被毁。那天,偶尔可见的只有镶嵌在校园建筑上刻有"郝母寺"字样的墙砖,透过它,我仿佛聆听到了幽远而空灵的古刹钟声,还有光阴的故事里最美好的中学时光。

春天从香椿树开始

春天的时候,家乡的香椿的芬芳会慢慢地飘入心田。忆念的潜流从心房汩汩流出,渐渐注成一潭清水,明晰地照映出童年的我。

香椿树的生命力极强,随便折下一枝插进泥土,它就能生根发芽。刚刚开春,树还枯着,下了几天的春雨,地上湿润润的,折来一抱香椿的树枝挨着那栅栏插下去。春暖花开的时候,那插下去的香椿树枝也就活了,绽出细小的紫嫩的香椿芽。不用浇水也不用施肥,那香椿的树枝不几年就长大,就又成了香椿树。

最适合香椿生长的地方是房前屋后。刚刚转暖的春风,轻轻拂出一颗颗黄米粒。春风一天比一天和煦,黄米粒里爆出嫩嫩的、紫色的叶片。春意如水的流光中,香椿树挺立着,沐浴在明亮的春阳中的椿叶,叶厚芽嫩,汁液充盈,散发出淡淡的若有若无的清香。

香椿自古高贵,内涵丰富,寓意深刻。战国中期思想家、哲学家、文学家庄子曾经说:"上古有大椿者,以八千岁为春,八千岁为秋。"可见大香椿有多么长寿,因此古人用大香椿来比喻父亲,盼望父亲像大香椿一样长生不老,还把"椿"与"庭"合为"椿庭",用以尊称父亲,沿用至今。

寓意良好的香椿树还有营养价值和药用价值,叶、干、皮、根都有用,全身皆宝。香椿曾与荔枝一起成为南北两大贡品,深受皇上及宫廷贵人的喜爱,还被称为"树中之王""百木之王"。相传在很久以前,一个王者争雄的年代，一位皇帝战争失利后被人追赶，孤身逃入深山老林，奄奄一息间，几片树叶飘在他嘴边，他无意识地咀嚼树叶，竟觉得味道鲜美，唇齿生香，于是他扶着树站起来摘下树叶大嚼，后来竟发现自己能够行动了。这树，就是香椿树。随后这位落难皇帝以香椿树叶为食，恢复了体力，走出了山林。最后东山再起，夺取天下。坐稳龙椅后，他大封有功之臣，想到当年在山林里命悬一线的经历，又昭告天下，封香椿树为"百木之王"。

我家的菜园子边上也生长些小椿树，一面起着栅栏的作用，防范啄菜苗的鸡鸭，一面不停地发着香椿芽让人们食用。把椿芽做成各种菜肴，是乡人在春天里爱做常做的事儿。人们将那一行行椿树上鲜嫩的椿芽采来，放在滚烫的开水里烫烫，出水后，再用麻油、豆酱、大蒜、姜末和陈醋拌拌，又香又嫩，是餐桌上的佳肴。早在汉朝，人们就开始食用香椿树的嫩芽了。椿芽炒鸡蛋、椿芽炒竹笋、椿芽鸡脯、椿芽拌豆腐、椿芽拌三丝、椿芽拌皮蛋、椿芽拌花生、椒盐椿芽鱼、椿芽煎饼等，全有香椿嫩芽的身影。这绿叶红边的"树上蔬菜"，精致而鲜嫩，既有玛瑙的风姿，又有翡翠的色调，香味浓郁，含有维生素E、维生素C、胡萝卜素等，入肝、胃、肾经，具有清热解毒、健胃理气、润肤明目、补阳滋阴、增强机体免疫功能、抗衰老、杀虫、止痢、止崩等功效。

田园的春天是从香椿树开始的，当香椿树上长出了深紫色的香椿芽的时候，田里的油菜就开出了金黄的花，采花的蜜蜂也会飞来，整天在那些油菜、白菜、萝卜花上飞去飞来，像说着关于春天的悄悄话。这时就有人提着篓子来到菜园，将那细长的香椿树枝斜斜地拽下来，掰去上面的嫩芽。香椿树枝从她的怀中又弹回去，一身轻地在碧空中荡漾。

每隔几天,那香椿树刚刚发出新芽,就又被采去,在整个春天,香椿树是不停地发芽,人们是不停地采摘,香椿成了人们取之不尽的时令菜。在人们不停的采摘中,香椿树带着累累的伤痕,渐渐地长大了、长粗了,由开始插下时的一指来粗的枝条长成了茶杯样口径的树干。只是由于人们的拽折和攀摘,那香椿树的干是虬曲的,像老人的背,干面更不光滑,是一个个的伤疤,伤痕有多少,它就向人们奉献了多少株香椿芽。到了秋天,那不再生长香椿芽的香椿树,就会向人们举摇着一丛丛紫色的蛾眉豆,风一吹,像转动一树花的风轮。

早晨起床,天刚蒙蒙亮,母亲在摘椿树芽了。正在舒展的椿树芽被母亲捏在手里,它们散发着淡淡的清香味,我揉着眼睛;用鼻子使劲嗅了嗅,然后埋怨,又是椿树芽,一点营养都没有,实在是已经吃厌了这道菜。母亲什么也不说,只是笑着摇头。确实,我家的,不光是我家的,几乎村子里所有的椿树都难以长大,它们在春天里舒展的叶片无法形成树叶特有的悠闲风景,因为众多的手伸向它们,众多的嘴巴需要它们来喂养。显然,它们无法填饱人们饥饿的胃囊。

当然,也有长成年的香椿树,那就更成了宝贝,成为健康、平安、幸福、自然的象征,被视为灵木。古时候,每家每户盖房子都要用块香椿木,以辟邪、镇宅、保平安。它也是一种优质的木材,树干笔直,纹理清晰,气味芳香,材质坚硬,不易开裂,非常耐腐蚀。把它锯开,里面的木质呈鲜艳的紫红色,是制作高档家具及工艺品的上好木材,素有"中国桃花心木"之称,可与上等红木相媲美。传说八仙之一的吕洞宾在单州赛仙台谪居时,也常常以香椿木为枕。

幺爹爹家在老屋台的东南角,那里也有棵老香椿树。它嫣然峻然,那百枝生节的云冠,似祖父捧起一双结实的大手,枝端凝出的一顶新绿,又犹如他老人家不易察觉的笑痕。细望老香椿树临风之姿,也很像祖母安详的神态,树干那皱起的表皮,更像她面容上温和的皱纹。它足有六米多高,笔直笔直的,香椿叶集中在顶部。

这年的香椿芽冒得格外早,格外整齐。有一次,我爬上那棵香椿树,扯了一把香椿芽,几个小孩在树边摇晃,我吓得直哭,幺爹爹拿起一米多长的烟枪杆赶走了小孩子们,我慌忙从树上溜了下来。他也不客气,同样用烟枪杆头敲了我的头,我的头部瞬间起了一个大包。母亲敢怒不敢言。婆婆上门兴师问"罪",幺爹爹说,不是恼怒我偷他的香椿,是担心爬这么高的树,摔下来就没有命了,敲一下,让我长长记性,不要冒险。

由于工作原因,成年后,我走南闯北,走过不少地方,走到哪儿,我留意寻看的总是香椿树。只要适时,也爱尝个鲜。但我总觉得,别处的树形没有家乡的舒展,别处的香椿味儿不及家乡的鲜美。

香椿,是春天的气象,是我的爱。世事轮回,香椿承载着我对家乡的记忆与情怀,和岁月一样绵长。

偶遇构树

仲秋前夕,闲云野鹤般游走于东湖间。"火炉"江城渐行渐远,秋意正浓,武汉最好的季节来临了。斜阳下,磨山的草木依然葱茏。下山途中,路边那一片苍翠的乔木引起了我的注意,这不是我非常熟悉又多年未见的构树吗?构树,就是古人所说的"榖",也叫楮树,又名楮桃、楚桃等。

对于构树,历史上早有记载。早在《山海经·西山经》中就有如此记述:"鸟危之山,其阳多磐石,其阴多檀楮。"《诗经·小雅·鹤鸣》中曰:"乐彼之园,爰有树檀,其下维榖。它山之石,可以攻玉。"《诗经·小雅·黄鸟》曰:"黄鸟黄鸟,无集于榖,无啄我粟。"

李时珍认为,旧时楚地称乳汁为"榖",因构树的枝条折断,就会流出白色汁液,如同乳汁,所以"榖"的名字是由乳汁而来。

构树新生枝密披灰色粗毛,叶阔卵形至长圆状,叶端渐尖,果实楮实子可入药。构树默默地生长于废弃谷田之间或房前屋后,河岸边、杂树丛中,甚至石缝、墙隙中,也都有它的身影。或许是太常见了,所以很少有人关注。从古到今,它给人的感觉就是不受待见,颂扬者少,鄙弃者多。

但构树却在我们农家子弟的生命长河中留下了深刻的映像。

其实,过去家乡人是很宠构树的。因为它当时曾经担负着喂猪的重大职责。它叶大丰厚,浆汁浓郁,是猪最可口的餐食。每年正月一过,我的寻猪草的任务就繁重了,我天天望着构树期盼着:构树叶呀,快快长吧,我的小猪断炊了。构树很给面子,卖命地疯长。肥厚茂密的构叶长了一批又一批,当构叶的浆汁还挂在树干上未干的时候,新的构叶又长了出来。

构树的生命力出奇地顽强。叶子采去后,眼看着只余几根光秃秃的枝条,转眼却又是一树蓬蓬勃勃、长满细细茸毛的桃形构树叶了,在阳光下撑起一片斑驳的树荫。构树一年不知要发多少次芽,长出多少次树叶。叶子采了一次又一次,猪也一天天长大。到猪肥出栏的时候,构树也叶落枝瘦了。

一年年过去,猪喂了一头又一头,构树也苍老了。虬曲的枝干,枯黄稀疏的叶,树干无端流出透明的汁液来,这是构树提供给叶片的乳汁。深秋,构树的叶子凋零了,我们把遍身疮痍的枝条砍下来靠在墙边,空闲时就把树皮剥下来。树皮是制造桑皮纸和宣纸的原料,晒干了拿到收购店去卖,换回几包火柴。每当"嚓"的一声划亮火柴的时候,大人们便会记起那几棵构树,就会对来的客人说,我那几棵构树是做了大事啊。残存在枝条上的几片枯黄的构树叶,用来擦去碗盆上的污垢,效果比用了洁净剂的抹布还要好。倘若下了几天的阴雨,那构树枝上还会长出丰腴美味的木耳来——来了客人,就又多一道菜了。

冬天,寒风吹荡着光秃秃的构树,构树静默着。有人把构树的枝条全数剔去,构树就像一个着了单衣、光着头颅的人站在风雪里。

树上覆盖的厚厚的雪,像盘在枝条上的一条条蛇。它在风雪里暗暗积蓄着力量。

又是春天。一棵一棵的构树，在春风吹拂下，又绽出一树新绿了。先是开满了绿色的花，淡淡的，一只采花的蜜蜂停下来，留恋地观看一阵，唱一首春天的歌曲，飞走了。一场春雨后，那花落去，新叶长出来，一树灿烂的生机，那些被主人"剃光了头"的构树，长出的叶子又肥又大，那是破土而出的又一轮忙碌的生活。

偶遇构树，让我想起了普天下的生灵，想起了陈年旧事，看到了那个青葱少年的影子。

竹食清风时

我的老祖屋后,就有一大片竹林,一年四季,皆碧绿莹目。

我常常到竹林里玩耍,几乎每天都要到竹林去转转。时辰不一,竹林中景色亦各不相同。

若是清晨去,竹叶上挂满晶莹的露珠,穿行竹林中,手拨竹竿,它们便"簌簌"落下,如降阵雨,淋在身上,清凉得像深山幽谷的溪水。露气湿重,整个竹园如泡在一个巨大的茶杯里。时有晨风拂过,竹林便轻轻摇曳,弹出有节奏的鸣响,就像美妙的乐音悠悠飘起。

白日里竹子挺拔屹立,风姿绰约,不说迷倒多少矮草和藤条,就连漂亮的小鸟也飞入竹林穿梭,叽叽喳喳地唱着歌,给幽静的竹林增添了几分欢悦。那一根根竹子上也有不少的伤痕。我常站在竹下与那竹竿比着高低,然后平着头刻上一个记号,过几天再来刻一刀,看自己长了多高。也有小伙伴把自己的名字用小刀刻上去,竹子不断地长粗长大,那刻在上面的名字也跟着长大。若干年后如果有人从竹林里砍回竹子,看到那竹竿上像伤痕的字迹,或许会想起这竹林曾带来童年的欢乐吧。

黄昏中的竹林别有一番景致,夕阳的余晖被密密的竹枝筛割成无数的金色碎片,斑驳地印在翠绿的竹竿上,使得竹林一半瑟瑟一半青青。在竹枝缝隙的深处,不时有精致的鸟巢闪现。

夜幕低垂，有鸟在竹林上空盘旋，那是夜归的鸟在寻找巢穴。月牙出来，一簇簇竹梢荡漾在如水的月色里，鸟儿又从竹林中飞了出来，像是信使要飞到月宫里去报告人间的事情。竹子头顶一轮明月，静谧之中如思考的哲人一般。

《诗经》中直接提及竹的诗歌有几十首之多。比如《诗经·小雅·斯干》和《诗经·卫风·竹竿》等。竹是一种多年生禾本科植物，四季常青，茎呈明显的节，叶可泡茶，清心火。节间中空，可用来制作乐器，《晋书·孟嘉传》就写道："丝不如竹，竹不如肉。"丝竹往往作为管弦乐器的代称。我国竹子面积分布很广，中原及南方大部分地区都有竹子，且种类很多。如毛竹、刚竹、慈竹、紫竹、斑竹、淡竹等。

中国被誉为"竹子文明的国度"，竹这种非草非木的植物对人类文明影响深远。竹子的使用，确切记载源于仰韶文化，1954年在西安半坡村发掘了距今约6000年左右的仰韶文化遗址，其中出土的陶器上可辨认出"竹"字符号；商代已知道竹子的各种用途，其中之一就是用作竹简，即把字写在竹片上，再把它们用绳子串在一起就成了"书"，汉字"册"即由此而来；早在9世纪中国已开始用竹造纸，比欧洲约早1000年；春秋战国时期，我们的祖先已制造了利用杠杆提水的竹制工具"桔槔"以及用竹筒提水灌溉的"高转筒车"；从原始的竹弓射箭到春秋时期的抛石机、宋代的火药箭和竹管火枪等，竹制武器在冷兵器时代的作用也是大大的……

《诗经》里的竹，并没有专指的类别，是一种泛指。许穆夫人是中国有史记载以来留名最早的女诗人，她在《国风·卫风·竹竿》写道：

籊籊竹竿，以钓于淇。岂不尔思？远莫致之。

泉源在左,淇水在右。女子有行,远兄弟父母。

淇水在右,泉源在左。巧笑之瑳,佩玉之傩。

淇水滺滺,桧楫松舟。驾言出游,以写我忧。

《竹竿》是这奇女子的一篇思乡之作。诗中之竹,是她怀念和亲人一起生活时,垂钓淇水上的乐陶陶的画面里连接父母兄弟姐妹的一种附着物。

竹子随处可长,高高的山崖之上,狭长的阴谷里,房前屋后,河滩边,笋破土而出如惊雷,扶摇直上,叶子翠绿。竹子无论长在什么地方,皆如一袭青衫的书生,洁净儒雅。古代爱隐居的人、性格怪异的艺术家,都喜欢竹林。如"竹林七贤",如王维,如郑板桥。栽竹,也成了乡俗。自古以来也是这样,贵族栽竹,士大夫栽竹,士子栽竹,乡人也栽竹。竹给雅士以高洁,给乡人以实利。雅士吟风弄月,乡人打竹器。

竹与梅、兰、菊并称"四君子",与梅、松并称"岁寒三友",凌霜傲雪,四季常青。竹子的身上,很好地反映了儒、释、道三家交融一体的中国传统文化中,一个人立身向世的风骨和怡情冶性的身影。"何可一日无此君"的晋人王徽之,"可使食无肉,不可居无竹"的苏东坡,都是让人惊讶的"竹痴"。

人吃五谷,竹食清风,竹林是我少年时代的精神家园。竹笋生长速度奇快,存活能力极强,这些都给我以激励,让我在逆境中奋发成长,让我在顺风顺水时更能意气风发。与竹林为伴,可随时与其进行沟通,我为它低吟浅唱,它为我随风舞蹈;我给它画像,它为我遮风避雨;我把它当成亲人,说说心里话,它心意相通,摇曳回应。那时,我心里与竹一样变得通灵剔透,清新纯粹。

记得我家有一张年久的大竹床和躺椅,深红色,躺上它们的刹那,一股清凉的气息会浸入肌肤,弥漫周身。竹床一直正对着后门,后门外的竹林与竹床遥相呼应,拼出一片清凉无比的天地。炎夏中的我们,或坐或躺在竹凉床、竹躺椅上,游戏、嬉笑,或者听祖父讲古。

祖父没有多少文化,但信奉竹通文墨之说,他曾经给我讲了一个故事,以竹寄希望于我好好读书。说有一地主,过年了,在竹园张灯结彩,对面住的穷书生无钱张罗,可也要过年。他厌恶地主的张扬,就面对门前的竹园作一对联:"门对千根竹,家有万卷书。"以此奚落地主是土包子,大字不识几个。地主见了心里不快,竹是自家的,你还用此来奚落我,于是拿刀砍了园子里的竹尖,意即短了你读书人的兴。书生见状,也不恼,在对联后面各加了一个字:"门对千根竹短,家有万卷书长。"地主见了更气,一气之下将竹园砍伐殆尽,心想这回看你还长不长?书生灵机一动,在对联上再加一字:"门对千根竹短无,家有万卷书长有。"地主无奈,只得叹服:"还得读书。"

竹林曾是我儿时一曲动听的歌谣,一幅动人的画卷,也是我们农家的物质宝藏。竹叶可以随清风摇曳伴读,竹枝可以做笔杆,竹竿可以做笔筒;竹能变身乐器,或笛或箫;竹枝竹叶可以扎成扫帚,涤荡灰尘,扫除污垢,让我们的生活洁净如新;竹篾还能编筐编篓,成为生活中不可或缺的助手;竹能扎成排筏,载你到千里之外……

在我年少时,周围处处都有竹器的影子,众多的家具和家什,都出自竹林,如簸箕、筛子、箩筐、蒸笼、筲箕、撮箕、鱼篓、竹篮、竹扒、斗笠、竹床、躺椅、竹席、菜罩、摇篮、椅子乃至小饭桌等,不一而足。它们像阳光和空气一样渗进我的生活,形影不离。

祖父有严重哮喘病,不能下地干农活,但他心灵手巧,篾活做得好,是个做竹器的能手。祖父剖出来的篾片,粗细均匀,青白分明,有真功夫。一条长凳,一把篾刀,太阳刚照在墙根下,他就开始了一天的编织工作。

　　祖父对剖一筒青竹,篾刀顺势而下,一阵空落落的"哗剥"声,应刀而开,大有"势如破竹"的酣畅淋漓之感;他再对剖成竹片时,只听见一声悠长的声音,场子里全是竹子的清香味儿。再将竹皮竹心剖开,分成青竹片和黄竹片。然后再根据需要,青竹片剖成青篾片或青篾丝,那篾黄竹片还分几层,紧靠青的是头黄篾,依次是二黄篾、三黄篾。劈篾的时候,他一手持篾,一手持刀,这还不够,于是连牙齿也用上了,咬住篾片,慢慢地拉开来了;那篾青仿佛透亮的绿玉制成的,像辫子一样被他捏在手中抖来抖去。

　　竹篾中最好的篾,自然是青篾了。青篾柔而韧,最适合编织各类细密精致的极具美感的竹器。而黄篾的柔韧远不及青篾,所以它只能作为青篾的辅料,制作如筲箕、斗笠、篮子等。

　　祖父编织的竹器皆精致细密,摩挲上去手感光滑圆润,赏心悦目又轻巧耐用。有一次他花几天,织成了一个筛子,我对着太阳一看,那一个个筛眼如同一个模子刻出来的,一样大小,我在暗暗赞赏祖父手艺高明的时候,也被那太阳筛了一身的阳光。

　　祖父编织的竹器很有市场,也是家庭收入的重要来源。祖父每隔半月总要编织几个青篾和黄篾篓子、筲箕到官垱街去卖。竹篓有大有小,大的是长条形,小的是圆形的,或者花篮形状的,都好看,也是寻常人家最普遍的器物。篮子上有一个提手,在篮子正中部分,称呼它提篮也有道理。蚂蚁爬筲箕——路数多,是赞扬人活动能力强有能耐的好话。筲箕的篾片与篾片之间的缝隙,恐怕难数清。筲箕就是要这些若即若离的缝隙,通风、透光、沥水、渗沙,留在筲箕里的就是干净东西了。筲箕最主要的用途是洗菜。有几次是我陪他去上街卖的,记得青蔑篓子每个可以卖到两三元钱,筲箕也能卖到五角到一元不等。这时他就会到食品所买一二斤猪肉回来给我们打"牙祭",改善伙食。

　　祖父一生编织了无数个竹器。那些竹器里也编进了艰辛漫长的年月,编进了我家的贫穷、无奈和希望。每一个竹器上都有晨风夕雨晓星晚月的影子,有春花夏荷秋月冬雪的影子……祖父的汗水也落进丝丝缕缕交织的竹器里。

　　说人生无常,植物乃至自然界何尝不是如此！20世纪的60年代末70年代初,天干大旱,江汉油田钻井队在竹林附近搭架钻井,忙活了好长时间。此时,不知什么原因,家乡的竹子突然都枯萎了,满园绿色皆失。我家周边的竹林,从此消失在我的视野里。后来有人说是被石油给烧死了,可油田钻井队并没有从地下采油啊;有人说是大旱,可过去类似的大旱也有过呀。怎么解释也不能自圆其说,至今仍是个谜。

　　参加工作后,我一直对竹子喜爱有加,常常思念家乡的竹林。那年我新住的小区还在绿化,有块空地,因爱竹心切,我建议种上竹子,力陈种竹之益,遮阳、常绿、长得快、美观。一问,那里原本计划就是用来种竹的。新竹种下,当年就生发了,且越来越旺盛,没几年工夫,便蔚然成林。

　　今年又发了许多的新笋,发得粗壮而密集,新笋蹿升、脱壳、散叶,很快变成了新竹子。竹子新老相间,修长的竹竿挤得密实,老叶牵着新枝,黄绿夹杂,如蜡染如青玉,阳光下熠熠生辉。微风吹拂,竹枝摇摇曳曳,声如泉涌。

驻足竹前,我的视线被竹林锁住了,心里生出了茫茫幻觉,家乡的感觉又回来了。

桐花万里路

　　村东口大堰边的几棵桐树,有些年头了。到了春天,它从枝条到叶子到树干,一律得到春水清洗,令人神清气爽。春阳明媚的日子里,春风在青枝绿叶间穿梭,所到之处像快乐的银水花在跳跃,晶莹灵动。好一道亮丽的风景线!

　　梧桐,又名青桐,为锦葵目梧桐科,是我国一种比较常见的观赏植物,主要分布在长江流域,以及其他一些温暖潮湿的地区。梧桐雌雄同株,枝干稳重而强壮,树冠整洁而茂盛。

　　先秦时代,我国人民就发现了梧桐的形态之美,认为桐是嘉树良木。梧桐以深厚的文化底蕴和丰富的文化意象获得了文人的喜爱,激发了骚人墨客的艺术灵感。梧桐文学形象的树立,追根溯源,始于《诗经》。在《诗经·大雅·卷阿》之中就有关于梧桐的诗句:"凤凰鸣矣,于彼高冈。梧桐生矣,于彼朝阳。"

　　《诗经·大雅·卷阿》是人们为歌颂周王而作。将周王比作凤凰,凤的鸣叫声高亢明亮,在山谷中回荡,高冈上的梧桐朝阳而生枝叶繁茂,歌颂周王的高尚情操。这也是栽桐引凤最初的文学记载。

　　梧桐在中国文化里是青衫诗人,高拔冷峻,才华逼人;是树木中的君子,孤直高洁,不染尘埃。读书人家、礼仪之家喜欢在庭院里栽种,它亭亭玉立,俊秀挺拔。巴掌大的叶子,在清风中簌簌作响,禅乐般敲击着隐匿于天地中的钟,悠悠不尽。

在民间传说中,梧桐引凤的说法非常流行。凤凰是百鸟之王,象征祥瑞,《说文解字》中认为凤凰是一种神鸟。庄子说凤凰"发于南海,而飞于北海,非梧桐不止"。凤凰性情高洁,不肯随便选择栖身之地,只有遇到梧桐这种嘉树,才肯落于枝头。

梧桐,多唯美的名字,诗意而挺拔,绿涛汹涌于家家户户的庭院外,那硕大的绿叶婆娑着,给酷暑里煎熬的人洒下清凉。夏雨宣泄的日子里,梧桐树下是最后一块干爽的方舟,身量未足的鸡、鸭都会在梧桐树下躲避淋雨之苦。

人们习惯地认为青桐是招凤树,它具有祈福的神性,李白诗里的"宁知鸾凤意,远托椅桐前"就是植物世界连接美好生活的一幅神秘画面。这是桐木又被称为"凤凰木"的一个原因吧。

《国风·鄘风·定之方中》是一首歌颂卫文公功绩的诗歌。"定之方中,作于楚宫。揆之以日,作于楚室。树之榛栗,椅桐梓漆,爰伐琴瑟。"诗句记录卫文公在楚营建宫室、督促农桑的情况,诗里的图景是一幅农耕时代的黄金画卷。翻译为现代诗意思是:定星十月照空中,楚丘动土筑新宫。度量日影测方向,楚丘造房正开工。栽种榛树和栗树,还有梓漆与椅桐,成材伐作琴瑟用。

白居易在《云居寺孤桐》里写道:"一株青玉立,千叶绿云委。亭亭五丈余,高意犹未已。"梧桐夏季开花,花为淡黄绿色小朵,一般隐匿在枝叶之间,极难被人发现。到了秋天,这些小花发育成圆球状的果实,悬垂在树冠中,极具观赏价值。此外,梧桐木材轻软,是制作木匣和乐器的良材。而洁白的树皮,可用来造纸。

梧桐还经常象征男女之间的爱情。《孔雀东南飞》中写道:"东西植松柏,左右种梧桐。枝枝相覆盖,叶叶相交通。"诗中以梧桐来表达男女之间真挚浓厚、缠绵悱恻的爱情。文人墨客们擅长用梧桐营造悲苦寂寥的氛围。宋代词人李清照在《声声慢》中咏叹:"梧桐更兼细雨,到黄昏,点点滴滴。这次第,怎一个愁字了得!"亡国皇帝李煜写下经典名句:"无言独上西楼,月如钩。寂寞梧桐深院锁清秋。"这两首词分别描写了雨中的梧桐和夜色中的梧桐,为作品增添了难以言传的寂寞愁苦。梧桐在这些脍炙人口的传世名作中树立了一个又一个经典的形象。人们提到梧桐,不仅会想起那挺拔粗壮的树干、葱郁茂盛的枝叶,更会想起缠绵悱恻、矢志不渝的爱情,以及落叶缤纷的黯然神伤。

在江城,在绿城,经常看到路边苍老的"法国梧桐"。起初以为它同属梧桐科,后来才知道,所谓的"法国梧桐",学名应该叫悬铃木,和真正的梧桐并不是同一个家族。我想之所以被叫梧桐,大概是因为法桐的叶子跟梧桐有些相似,也是掌形的缘故吧。

每到春夏,这老树枝都在努力地萌发出巴掌大的叶片,哆哆嗦嗦洒给马路一片片绿荫。深秋时节,那法桐秃树光枝,只有三两只麻雀,扇着几片夕阳,衔来一缕淡淡的寂寥。夕阳印染出的树影,也是长枝短枝,虬曲错落,只是从树上飘飞到地面上的落叶,黄中透白。对于长期漂泊的我来说,踩过桐叶满地的街道,听着脚下"咔嚓、咔嚓"声里干脆碎裂的深秋,不免有些惆怅。

说到桐树,我更熟悉的是泡桐树。20世纪70年代,我回乡务农,生产队开展"植树造林"活动,那年月,在村子里的田边地角,我们不停地挖坑栽种泡桐、榆树苗。我们小时候,泡桐花是拿来当玩具的,女孩子把泡桐花串成一串,盘在头上当王冠,或挂在胸前当花链。

泡桐,玄参科,泡桐属,落叶乔木,树干挺直,幼枝中空。花序圆锥状,花白色或淡紫。《诗经》中将"桐"与榛、栗、椅、梓、漆等造林树种并提,故理解为泡桐。

但让我震撼的是"焦桐"和"焦林"。

谷雨过后的一天,小雨飘忽,大雾弥天,站在远处眺望,绿油油的麦地里长着一排排泡桐树,一个个村庄掩映在林丛之中。雨雾中,"焦桐"和与之相连的"焦林",以及焦裕禄干部学院显得肃穆、庄严。

当年焦裕禄亲手栽下的那棵麻秆粗的幼桐,已经长成双人合抱的参天大树,枝繁叶茂,人们亲切地叫它"焦桐"。焦书记带领人民种植的片片泡桐林,大家叫"焦林"。

高大的泡桐树开出满树的花朵,硕大繁密。那密密匝匝淡紫色的花朵好像青春的欢颜,说不出的明亮和活泼;又像一串串淡紫色的风铃,花筒深邃,它的香气,四散飘溢。泡桐花的味道是很特别的香,香得让人有点意乱情迷。传说中,性格高洁的凤凰"非晨露不饮,非嫩竹不食,非千年梧桐不栖",我觉得,凤凰是应该栖在开满紫色花朵的泡桐树上的,因为紫色还代表高贵。

桐花万里路,连朝语不息。心似双丝网,结结复依依。多美的意境啊,人间四月天,清朗饱满的紫色白色的桐花开满"焦林",花朵沉甸甸,质地肥厚。那啪嗒啪嗒的雨滴打在厚重的花朵上,好像老僧敲着木鱼。我伫立在"焦桐"下,听着雨打泡桐花,时光好像静止了。

忽然想起那年春天,看惯了大都市法桐的我回到故乡,去看那乡野堰边的野生青桐和当年栽种的泡桐。

"是时三月天,春暖山雨晴。夜色向月浅,暗香随风轻。"春天刚刚到来,寒流还没完全退去,桐花就开了,雪白芬芳。它们被砍伐了许多,剩下的树孤零零地挺立在风中。它们虽历尽风刀霜剑,树干却光滑细腻。几只黄鸟盘旋于树梢,鸣声清脆悦耳。风来时,青绿的树叶如铃铛,摇响一片金属之声,串串淡紫的桐花纷纷掉落。花落在水里,飘零而去。它的花很重,一朵泡桐花,啪嗒一声坠落地上时,发出沉闷的声音,化作尘泥。草丛里,堰塘边,都是零落的花瓣。我站在树下,桐花啪嗒啪嗒地落下来,落在我的头发上,落在我的衣服上。

站在树下,在故乡的村庄,我听过一夜桐花零落声。雨从黄昏时分滴滴答答地下,绵绵如酥。月光和桐雨,蒙蒙的玉白色相互交织。桐花在低低的雨声中,一朵一朵地落在窗前屋下。

野生青桐在我的家乡叫桐籽树,它花期很短,开放时却盛大热烈,凋谢时亦洒脱豁达。据说,桐花也分雄和雌,通常我们在地上看到的凋谢的桐花都是雄花,它用最灿烂最美丽的生命来点缀母株,选择散落一地的凋零,期待下一次的相逢。桐花的美,美在"不在乎天长地久,只在乎曾经拥有"。

端午节前后,桐籽树的叶子已经长圆,似荷叶大小,光滑厚实,一棵桐子树,就是一把巨大的绿伞。乡亲们歇凉时如果离农户人家远了就纷纷躲到树下,歇息闲聊。顺便伸手摘下几片桐叶,呼呼地扇,凉爽惬意。

入冬时,桐叶就落光了,满树密密匝匝的桐籽,青皮里透着暗红,着实可爱。在家乡是用长长的竹竿把桐籽打下来的,剥出的桐籽,放在打谷场晒上几天就可以去卖或榨油。

油桐籽榨出的桐油,不透水、不透气、不传电,抗酸碱、防腐蚀、耐冷热。它广泛用于制漆、塑料、电器及人造橡胶、人造皮革、人造汽油和油墨等。

民间作坊用的最多是刷制黄油伞。用竹条、铁丝做伞骨,用粗布浸桐油粘伞面,做成的大黄伞虽然有些笨重,但结实耐用,是旧时大户炫耀的时尚用具。

桐油有毒,其木、叶、花、果也有毒。种子毒性较大,树皮及树叶次之。人食种子即可中毒,症状先是腹痛,大吐大泻,然后头昏、口渴,以至于虚脱等。记得有一年一位从城市来乡下亲友处玩的小朋友,竟然把桐籽当水果吃了两个,不一会儿他上吐下泻,把亲友吓出一身冷汗。

虽然它有一定毒性,但也有一定的药用功效。其根可消积驱虫,祛风利湿。其叶可解毒、杀虫;其花可清热解毒、生肌。

如今老家还有桐树在生长、开花、结果,远离故乡的游子偶尔回家走走,观赏着桐花的美丽,闻着桐油家具的味道,又会留下一路乡愁。

秋去秋来,我思梧桐更念泡桐。

一位学医的朋友跟我说,泡桐花是一味中药,可以用来治青春痘,取春天的新鲜桐花数枚,揉搓出汁,在痘痘上反复涂擦,连用三天即见效。有一年我到驻马店出差,见当地朋友采盛开的桐花回家,用滚水焯过后凉拌,把它当成佐餐的佳肴招待我们,说是与芝麻叶、槐花并列的美味。

树犹人也,总要寻求自己的价值。眼下"焦林"的泡桐已不单是遮风挡沙的"保护伞",还成了兰考人民的"绿色银行"——焦裕禄当年治理风沙的"农桐间作"模式,已形成了一个有着500多家相关企业、产值100多亿元,解决5万多人就业的"泡桐经济"产业链。而用兰考泡桐制作的家具和乐器因不易变形和音质优美早已漂洋过海,远销欧美东南亚,家具、乐器制作已经成为兰考县的两大支柱产业。兰考泡桐树的传奇经历,被媒体形象地概括为"一棵树,一个产业,一种精神"。

  雨停了,夕阳染红了"焦林"。我望着村子里升起的袅袅炊烟,忽然感到,桐树和我们有一种必然的联系,是生命的支撑,需相亲相爱,相伴而行,直到永远。

木梓木梓,归根桑梓

对于故土的树,我比较喜欢的是木梓树。木梓树是沮漳平原乡亲们对它的称呼,后来才知其学名叫乌桕树。我一直觉得木梓具备书面称呼的书卷气。木梓木梓,乔木落叶,归根桑梓,充满诗情画意。我喜欢它还有一个重要原因,乃是它的秋叶饱霜,鲜红可爱,别有一种令人愉快的情趣。

木梓树生命力极为盛旺。老家的房前屋后、田园沟渠、田塍阡陌、荒山野岭,到处是它勃然生长的身影。木梓树大都是野生的,树皮斑驳,树形为蓬状,树冠庞大,其枝干虬劲,叶形秀丽,籽实洁白,集观叶、观形、观果于一身。木梓树花可酿蜜,根可入药,叶能做染料,种仁可榨油。

梓树是古人庭前院后最为常见的树种,《诗经》多有表述。

《诗经·小雅·小弁》是一首被父亲放逐的儿子思念故乡的诗。其中"维桑与梓,必恭敬止"就是借桑树和梓树指家乡和亲人,所以桑梓被用来表达对故乡的思念。所谓"怀父母,睹其树因思其人也"(马瑞辰《毛诗传笺通释》),至后世,以桑梓为故里之称。

"定之方中,作于楚宫。揆之以日,作于楚室。树之榛栗,椅桐梓漆,爰伐琴瑟。"《诗经·鄘风·定之方中》描绘了卫文公在楚丘营建宫室、寺庙,栽种榛树、栗树、梓树和桐树的场景。其中梓树树姿优美,古人住家周围、官寺、园亭必种之。

春天，枝干俊朗、叶片淡绿的木梓树，吐出无数嫩芽，近似圆形的叶片头部突兀地长出一个小尖端，仿佛乌龟壳里独独伸出了一条小尾巴，极有特色；碧叶在枝条上随风翻动，露出银白晃眼的光亮，像碎了一地的月光，那是树叶、阳光和风儿永恒却不知疲倦的游戏，展现出勃勃生机。

夏日端午节前后，木梓树开出黄绿色穗状花序，一朵、一枝、一簇地聚集，引来蜜蜂采集花蜜。它绿叶成荫，尽情地伸展身姿，为行人遮挡炎炎赤日。

木梓树最迷人的季节当数秋天，金秋十月一过，木梓树便开始换装，树叶褪去了青绿，换成鲜红、紫红、橘红、橘黄等色，像天空散落的彩霞，五彩斑斓。在木落草枯的深秋，木梓树像一丛丛的火，给大自然增添了无限的暖意，给人无尽的遐想。而倒映在堰塘碧透的水里那红红的木梓树，如诗如画，又如一首带着淡淡愁绪的乡歌。

在树下，我们常可拾到一两片被露水浸湿的落叶，暗红的叶片上墨色斑斑，恰似深秋送来的名片刺帖。在静静的村落里，有一两株木梓树点缀其间，实在有一种中国画的意境。陆游用"乌桕赤于枫，园林二月中"的诗句来描绘此景，"巾子峰头乌桕树，微霜未落已先红"，宋人林和靖的诗，描绘的则是深秋时节木梓树的美丽。

初冬，一阵紧过一阵的寒风，终于使木梓叶飘落殆尽。叶子没了，枝头上的籽子，也从坚壳里钻了出来，炸开口的果实露出的雪白的木籽挂满了枝头，每个果实有两三个籽，在深秋时节，一览无余地映在阳光下，像浓浓淡淡的水墨，星星点点地粘满了木梓树的枝枝丫丫，于是乡村、农舍便有了水墨韵味。

远远望去,沉甸甸的木梓籽,密密麻麻地勾勒出树身的轮廓,似是萧瑟的大地上怒绽的梅菊,独傲霜地寒天。古人曾有诗云:"偶看柏子梢头白,疑是江梅小着花。"

此时,正是采摘木籽的季节。木梓树的经济价值虽然高,但采摘的活儿并不轻松。木梓树的枝丫横生,可攀援而上,人可站在树上去摘木籽,也可在地上用竹篙去打木籽。年轻的汉子骑在树上砍枝剁丫,提着篓子的姑娘、小孩,低着头在树下收拾。木籽有着光滑的触觉,上面裹一层蜡光,蕴含了丰富的油脂。把木籽摘回家,去壳,晾晒后,卖给供销社收购门市部后,工厂里用木籽榨出木梓油,作为化学工业原料或民用。木梓油,又叫青油,浅黄到暗褐色,如桐油一样可用来点灯照明。《天工开物》中说乌桕种子榨出水油,清亮无比。贮小盏之中,独根心草燃至天明,盖诸清油所不及者。"蜡炬成灰泪始干",奉献光明的蜡烛燃烧的就是木籽熬出的木油。

冬天,枝柯除去,木籽树单剩树干和一根根虬曲的树枝,可是到了春暖花开、万物竞发的时候,这木梓树也突然嗖嗖地抽出无数的枝茎来……

老家的木梓树,曾给我的少年生活带来无尽的欢乐。我们常于红叶烂漫时,爬上木梓树,一片叶子一片叶子地赏玩;有时拾起一片红红的木梓树叶,夹在课本中充当书签;有时拾起一粒粒白色的木梓籽,当作互相攻击的"子弹"。当然,拾那红树叶当书签的多是女孩子,前塆的赵定菊是我的同班同学,胖胖的,大我一岁,若论辈份,我得叫她一声幺幺。她会和一群女孩子聚集在木梓树下,把片片树叶捧在手里,仰望天空,脸上洋溢着幸福的笑容。此时,我就会和一帮调皮的男孩子用弹弓包上木梓籽射向对方,射向远方,定菊幺幺她们会在惊叫中,笑得更灿烂。偶尔她也会送我们一两片红红的树叶。初中毕业后,我到河溶镇去上高中,定菊幺幺回乡务农,我们再没有机会在木梓树下玩耍。不幸的是不久她得了猩红热,在那个萧索的木梓红叶飘零的季节悄然离开了我们。知道消息已是半年后,我半晌没回过神来。想起那年班上排演京剧《沙家浜》,她扮演阿庆嫂,扮相甜美,我演日本巡逻兵甲,在台上端着木棍枪晃了两次,没有一句台词,不由黯然神伤。

千年过去,这木梓树,却仍挺立在原野阡陌,遥望悠长的时空。

木梓树根皮、树皮、叶皆可入药。根皮及树皮四季可采,切片晒干。叶多鲜用,杀虫,解毒。木梓树材质坚硬,古时候用来做活字印刷的刻板。所以,至今仍有"付梓"一词,意为文稿即将印刷。

木梓树,在人民公社时,是家乡人的一项经济来源。随着林业发展,乡村逐渐淘汰了木梓树,它现已淡出了人们的视线,乡野的秋天,再也见不到那遍野的红叶了。少了一抹霜红,秋野变得空旷、寂寞,那秋韵之美全被锁在了记忆深处。每当秋深露重的时候,我的心中就会生出对木梓树的念想来。

老去的木梓树,让人感怀。

楚地麻柳情

漳东平原一直把它叫柳树,楚地叫"麻柳"。

后来读《诗经·小雅·采薇》:"昔我往矣,杨柳依依。今我来思,雨雪霏霏。行道迟迟,载渴载饥。我心伤悲,莫知我哀!"读王维的"画阁朱楼尽相望,红桃绿柳垂檐向",读杜审言的"云霞出海曙,梅柳渡江春",读王昌龄的《闺怨》"忽见陌头杨柳色,悔教夫婿觅封侯",读韦应物的"杨柳散和风,青山澹吾虑"等寄托个人情感经历和生命体验的诗句,才知在我的家乡,这寄托离愁别绪的柳树,被乡亲们叫杨树。

而我和乡亲们亲切地称其为"柳树"的"麻柳树",却并非《诗经》中的柳树,此柳非彼柳。后来才知道它的学名叫"枫杨树"。如今家乡人依旧固执地叫它柳树,"麻柳"仅存在于官方文字中。

麻柳的树冠宽广,枝叶茂密,是落叶大乔木,它耐水耐寒,生长快,适应性强。因其木质好,常用于盖房做家具,农人都喜欢栽种它。又因枫杨根系发达,政府和民间也多将其作为遮阴树、行道树和水边护岸固堤及防风林树栽种。

我屋场的麻柳树很多,但记忆最深的是屋后竹苑里那棵大麻柳树。它笔直挺拔,高达三十多米,胸径近一米;根往地下钻,叶往云端生,十几根枝干均匀地向四周伸出,每根估计都有一人合抱粗,远远望去,像是哪位仙人开玩笑,将十几棵大树均匀地斜插在一截粗木墩子上,使大柳树像一柄硕大的绿伞,泛着油油的光,卓然不群地绽放在那片竹林里。面对四周那些粗粗细细、高高矮矮的树木和竹子,它那粗壮的干和巍峨的冠透出一种凛然的王者之气,俨然就是树王。

随着年轮的增加,这棵麻柳的树皮呈纵裂状、浅灰色,小枝呈灰色至暗褐色,皆灰黄色皮孔,躯干越来越健壮,枝叶繁茂。往日的老屋场在麻柳树庞大树冠的掩映下,变得富有诗情画意。

当风里残留着的点点冰花落在越冬的小麦上,那棵柳树开始悄无声息地宣告:春天就要来了!几日艳阳照过,柳树呼啦一下似乎在一夜之间枝舒叶展,叶为羽状复叶,雄性柔荑花生于去年生的枝腋内,雌花则几乎无梗;满眼的葱翠,说不出的惊艳。

夏季来了,那株麻柳树撑起团团的华盖造出厚厚的浓荫,枝条上的果实长椭圆形,果翅条形,垂下来如一串叶子的东西,很奇葩。树大招风,也招鸟。那树上的鸟窝密密麻麻、层层叠叠,或大或小、高低错落。在密密的叶子中间,有一些鸟雀在窝里忙进忙出。每天清晨,大柳树上的鸟就叽叽喳喳地闹腾开了,村子也就在那吵闹声中醒过来了,久而久之,清晨大柳树上的鸟叫声就成了村里人起床的"闹钟"。红日西沉,鸟儿们三三两两地飞回大柳树上,用清亮的鸟语交谈着,平静、激昂、婉转,直到天色完全黑下来,它们才依依不舍地各自回巢。

降霜了,落了叶的柳树枝丫疏朗了一些,树上的喜鹊窝此时更分明地显露了出来。夜幕里抬头望,看到树上黑乎乎的影子,你怎么也想不到这是喜鹊筑的巢。当大地一片白雪茫茫的时候,那株柳树的每一根枝条上,都戴上了一顶松软的"雪帽",在寒夜过去的清晨,又颤巍巍地挂了一树的冰凌。

我很喜欢玩,经常爬树掏雏鸟。有一次,我发现老麻柳树上有个斑鸠窝,一对斑鸠天天叼食喂雏。小斑鸠着实可爱,羽毛尚未出齐,尾部圆鼓,嘴角鹅黄,张着小嘴,展着尚不丰满的羽翼,叽叽喳喳地争食吃,我就心动了。观察了几天,在老斑鸠飞走后,便偷偷地爬树掏鸟窝。果然里面有三只小斑鸠,我迅速捕获它们带回家中,寻找葫芦、铁丝、细竹、钳子等工具制作出像模像样的鸟笼,然后把小斑鸠放进去。我从家中拿些食物,到田间捉些蚂蚱类的昆虫,精心地喂养,直到小斑鸠自己会啄食成活。其间我曾到竹苑看那柳树上的雀窝,听到老斑鸠在那里咕咕地叫,心里好不难受,便再次爬上那棵柳树,把鸟笼挂到原先斑鸠巢的旁边,引来了小斑鸠的父母衔着蚂蚱等虫子,就着鸟笼向张口要饭的小斑鸠喂食。小斑鸠在咕咕的鸣叫中一天天羽毛丰满起来,我的心里也有了一种寄托。

大麻柳树伴我度过了苦涩且欢乐的少年时光,它记载着我成长的历史。离开故土后,每当我在月光下或在没有月光的黑夜里,总是不由自主地想起这棵大麻柳树。

端午无处不插艾

从小就认识艾蒿。在故乡,每年端午节来临,乡民们就会在乡野砍些艾蒿,插在窗户、门楣上,还将艾蒿点燃熏屋子,这就是民间"端午插艾"的习俗。

据说,如此可以驱鬼。一些古代经史书籍上也是这样记载:端午节,许多地方都有"悬艾人、戴艾虎、饮艾酒、食艾糕、熏艾烟、洗艾浴"等风俗。我想,那是因为端午时恰逢寒暑季节转换,细菌病毒滋生,蚊虫苍蝇繁殖,故此时人最易生病。

艾蒿,菊科,又名艾草、蕲艾、灸草等,是一种多年生草本植物,在我国分布极广。艾蒿主茎粗壮,枝叶繁多,呈半灌木状,叶多而厚,有灰白色短毛,植株有浓烈香气,艾蒿药用价值丰富,自古即用来灸百病,目前仍在中医中广泛使用,被人们亲切地称为"医草""爱叶"。

自古以来,人们就将艾蒿视为一种吉祥的植物,认为它可以招来福气和健康,还可以辟邪。因此,艾蒿经常被用于清明节和端午节等节日的祭祀。

在《诗经》中,艾蒿通常称作"艾"或"萧",如《诗经·小雅·蓼萧》中的萧,指的就是艾蒿。

"蓼彼萧斯,零露湑兮。既见君子,我心写兮。燕笑语兮,是以有誉处兮。"《诗经·小雅·蓼萧》是诸侯歌颂周天子福泽天下的祝颂诗。它说高大茂盛的艾蒿上,凝结着露珠。艾蒿是祭祀用的植物,在这里比喻诸侯,而艾蒿上的露珠则比喻诸侯所受到的恩泽,表达诸侯对天子的感恩之情。从此,人们就将"蓼萧"一词代指恩泽。

《诗经·王风·采葛》中也出现了萧这种植物。"彼采葛兮,一日不见,如三月兮!彼采萧兮,一日不见,如三秋兮!彼采艾兮,一日不见,如三岁兮!"它讲述的是一名男子对于心爱女子的思念之情。女子平日里经常采摘植物,因此诗一开始就点明抒情的对象——那个采摘葛、萧、艾的姑娘。后半句表达自己的相思之情,即在等待和相思中煎熬,心情也越来越急切,从一日不见如隔三月,逐渐发展为如隔三秋、如隔三年。这样直接而又简单的字句,却蕴含着丰富的感情。"一日不见,如隔三秋"也流传后世,成为表达相思之情的经典句式。

初夏,淡淡的绿,轻微的香,遍地植物无声地生长着。此时艾蒿的细碎叶子正毛茸茸的,嫩得很,摘下来,可以做成一道美味的野菜。细细地品,想到"一日不见,如三秋兮",吃着这道菜,竟品出了《王风·采葛》里的趣味。

在《诗经》中,艾蒿还被称为"蘩"。《尔雅·释草》认为:"蘩,皤蒿,白蒿也。"《召南·采蘩》中也提到了艾蒿:"于以采蘩,于沼于沚。"在哪里采集艾草?在池沼和山涧采集。"于以用之?公侯之宫。"采集了的艾蒿又用在哪里?用于公侯的祭祀和庙堂之上。《召南·采蘩》写的是古代祭祀场面,它确定了艾蒿在祭祀中的地位。艾蒿没有妖娆的形体和芳菲的花,但在古时,越是由浅绿到暗绿长得长久,就越具神性,从而被放到社稷、宗庙的供桌上。似乎神灵也不喜绚烂妩媚的浮华,需要在朴拙清雅里静坐的。

药食同源,髫龄之时,我吃过以嫩艾做馅儿的热菜团子,香气喷喷。使我回忆甜蜜的还有,在生产队时期,晚上躺在竹床上,一边辨识星河,一边闻着艾火丝丝香气,听老人谈古、话农事,惬意之极。蚊虫惧怕艾火的药气。夏秋季节,我祖父下地归家都会割一筐艾草,编好多艾草辫儿,挂在房墙上晾干,为隔年夏季驱蚊所备。

　　想着艾带来过的抚爱,想那时艾香缭缭绕绕的人间。那种洋溢着浓浓亲情的图景,我怎能忘啊!

　　草木比德。但凡草木,它具一种品德,就足以世间称异。艾汇集了可食、可药、可观"三德",堪称珍奇。

　　艾作为药物,用于治病防病,可谓历史悠久。战国时期《五十二病方》记载了艾的疗效与用法,以后历代本草均有记载。在我家乡至今还流传着"家有三年艾,郎中不用来"的谚语。这句民谚,源头和孟子有关。孟子曾说过:"七年之病,必求三年之艾。"可见,艾的药用价值,被人发现和利用该有多早了。

　　起初,针灸是中国最古老的医术发明之一,针灸发明之前,同类单一手段叫针砭,以石针扎皮肉治病。随着人类进步和智力发展,古人觉得针刺加灸烤更容易治好病。用何为材呢?万千草木里选择了艾。艾草的独特芳香包含药性,且枝叶干枯了耐燃,香气挥发持久,于是人们就将艾枝、艾叶捣成泥,制成艾条、艾炷,燃起来对着病区熏。靠芳香和炽热持续渗入体内,祛除疾病。针与灸合成一门,长久流传。

　　采艾蒿的最佳时机是农历三月初和五月初,把艾叶采摘下来后,要暴晒,选取干净的,反复捣至细软柔烂,如此,就叫熟艾了,才能够使用。尤其是艾灸,更要用熟艾,方能达到舒筋活络的效果。艾蒿的茎、叶含有挥发性芳香油,有驱蚊、驱虫、净化空气和防止瘟疫的功效。

客居北方,水土不服,常患感冒,孩子让我去附近的国医堂艾灸,我试了一次,还真有疗效。医师们对我说艾蒿非常适合外灸,能散寒止痛,温煦气血,回阳救逆。

用干枯的艾叶煮水沐浴、泡脚,可以消毒、祛风、止痒,治疗某些病。放下手中的事情,享受艾叶泡脚的时光,是很舒心的。看水中的艾叶温柔地围绕在自己脚边,仿佛回到了远古,想那衣袂飘飘的古人,沉稳、精心地捡拾、爱惜着艾叶之类的草,每一分钟的流逝,都宛若成熟的稻谷,充满了沉甸甸的质感。他们的人生脚步放得很慢,却依然可以收获一份圆满。

如此,方能拥有温和细致的绵长时光。

茅草青青

沮漳大地的茅草天真、执拗、坚韧,直愣愣地生长着,一簇簇,一丛丛,一片片,披针形的叶子很张扬,看似向上生长,却不是笔挺的直,有些偏执,各有各的姿势。

我读《诗经》时常常想起白茅。

白茅,又名茅、茅针、茅根、茅草等,禾本科,多年生草本,根状茎发达,秆直立。初生之茅名"荑",白而柔,人见人爱,美人纤纤玉手便被形容为"手如柔荑"。白茅的叶子细长柔韧,叶背有主脉,从泥土直奔叶梢,简洁而硬朗,叶子青绿,触之却像利刃,似矛一样,因而得名。只是锯被创造出来以后,茅草再无大的用场。鲁班成了木匠们的祖师,茅草还是茅草。地下的茅根,往横里走,朝竖里闯,纵横交错,最终形成网状的群落。挖出的茅根,粗肥,色白,挑一根塞进嘴里,用牙齿慢慢地嚼,甜甜的,湿湿的,恍若母亲的乳汁。

《诗经》中多处提到了用白茅祭祀,这是由于白茅体态洁白、柔顺,晒干之后还有淡淡的香气,十分洁净,所以古人将白茅看作圣洁、芬芳的植物,常作为祭祀用品。周王室祭祀神灵的时候就经常使用白茅为通灵的媒介。人们将白茅捆扎成束,浇上祭酒,酒从茅束中穿过,象征着神灵饮下了祭祀的贡酒,谓之"缩酒",并将白茅铺垫在祭器下面,以显郑重。

《诗经·召南·野有死麕》通过白茅描写纯真的爱情。"野有死麕，白茅包之。有女怀春，吉士诱之。"男子狩猎得到獐子，用白茅包裹起来，祭祀天地，表达了对于自然赋予自己食物的谢意。男子的英姿被怀春女子所倾慕，男子也勇敢地追求这个姑娘。"林有朴樕，野有死鹿。白茅纯束，有女如玉。"树林里灌木丛生，风吹过发出簌簌声响，小鹿躺在地上死了。用白茅将其捆扎，旁边的女子美貌动人，如花似玉。这是古今中外描写情动时刻的诗歌中最简洁动人的诗，诗里男女主角身心相悦的镜头感，读来让人怦怦心跳，又有说不出来的欢喜。眼前会出现一个图景，一个自生自灭、生机盎然的世界，四季的变化浓缩到短暂的一瞬里，男欢女爱让人感觉世界像白茅一样在风里飞扬。

在《诗经·邶风·静女》中，白茅成为爱情的信物。只不过，在这里出现的并不是白茅，而是白茅的嫩芽——荑。"静女其姝，俟我于城隅。爱而不见，搔首踟蹰。"与心爱的姑娘相约在城墙边，姑娘故意躲起来，急得小伙子团团转。"静女其娈，贻我彤管。彤管有炜，说怿女美。"小伙子在等待的过程中回想起两人的甜蜜时光，姑娘曾经送给他一根彤管，让他十分欢喜。"自牧归荑，洵美且异。匪女之为美，美人之贻。"有一次，姑娘亲手采摘了白茅的嫩芽当作定情信物，小伙子十分喜爱姑娘赠送的"荑"，不是因为它的美丽芳香，而是因为这是情人送的礼物。

读这首诗时，正在郊外看小溪流淌，看白茅的新羽"柔荑"在风里摇摆。那一刻，故乡的音律在耳边响起，钟情男子、怀春女子像音乐里跳动的不同音符，在时间的河里，演绎着一场因爱慕而相互追逐的舞蹈。闭上眼睛，想象着一个同样纯洁、柔顺的女子，她不依附，也不低怜，只是欢欢喜喜地陪我在凉秋的河岸长堤上散步……

白茅不仅是人们的精神寄托,也具有丰富的物质功能。它的的茎叶是盖房子、搭建屋顶的好材料,也可作燃料。

有一次到东北,曾住过一个名曰"茅舍"农家乐宾馆。屋顶是用茅草搭建的仿古屋顶,室内却是十足的现代派头,置身其间不由得想起"筠轩野径,茅舍疏椽"的乡野生活。

我年少时就经常砍茅草,因为家里烧柴常常处于拮据状态,盖猪圈也急需茅草。冬天天不亮就出发,去的地方也很远,多是到离家三十里外的邻县荆门的苏家场和本县二十里地的香炉山。当太阳刚从香炉山冒出来的时候,我们就已到了山上。香炉山又叫绿林山,据传西汉末年京山人王匡、王凤发动绿林起义的地方,就在这里。此时的香炉山树木凋零,荆棘灌木残落,草丛一片枯黄。站在香炉山的主峰,可以很清楚地看到荆门的周边。

中午时分,砍下的茅草分量足够了,我不断翻晒被露水浸透了的茅草,精神开始放松。找个阴凉处舒展四肢躺在松软的草地上,瞅着青山绿水,眺望着连绵不尽、千姿百态、气象万千的山山岭岭,倾听着从峡谷那边传来的悠长的时常还透着苍凉的荆门山歌,人会静下来,心也会安宁下来。我会自然想起杜甫的《茅屋为秋风所破歌》:"八月秋高风怒号,卷我屋上三重茅。茅飞渡江洒江郊,高者挂罥长林梢,下者飘转沉塘坳……"此时,我会觉得这风里的白茅,轻得能飘上九霄,又重得直戳人心里。

第一次砍茅草,是1970年国庆节。不到十二岁的我,砍了十二小捆茅草,有百十斤,开始起步时,自我感觉还可以,我挑着一担柴,颤悠悠地快步走着,追赶着前面的一担又一担的柴,在挑柴的人群当中,如窜动的火。行走到刺庙子岗就感到口渴难忍,腿子像灌了铅似的,全身乏力。刺庙子岗古称乱石山,明朝开国皇帝朱元璋血战乱石山就发生在这里,后人把这座山叫作刺庙山,又叫刺庙子岗。它北靠绿林山脉,西临老丁场集市,环以三冲水库,貌不扬却险峻,山不大而有名。我伏在道旁的水沟里胡乱喝了点水,把双手都反搭在扁担上,像架喷气式飞机似的。每挪动一步,都像是向生命极限挑战,挑到家时,仅剩四捆茅草,不到四十斤。第二天,我在家整整躺了一天。

冬天一天天过去,屋场里的茅草越码越多,终于堆成了一个大草垛子。望着那堆放整齐的新茅草,我会露出欣慰的笑容。

我们活着,站立着,是青青的茅草;死了,深埋地下,就做白白的茅根吧。

不老的神话

伏案已久,起身伫立窗前,院内的侧柏肃静清幽,那介于亮绿和深绿之间的颜色投入眼帘,仿佛有甘泉拂过,我的眼睛一下子明亮了许多。

我对柏树甚为熟悉,对它的神奇和珍贵也是了解的。

柏树,是柏科树木的总称。侧柏、刺柏、铺地柏等都属于柏科类植物。侧柏为尊,居多,是常绿乔木,树皮片状剥落,小枝扁平,叶鳞片状,紧贴小枝,浓密茂盛,柏树花朵雌雄同株,生于枝顶,球果近卵形,是中国特产树木。

柏树全身都是宝。柏木木质细腻,耐腐蚀,还有淡淡的香气,非常适用于建筑、制作家具等;柏树的种子不仅可以食用,还可以用来榨油、制造肥皂等;柏树树脂、树皮、树叶、果实、树油等均有很高的药用价值。

《诗经》年代,柏树是作为一种嘉树存在的。在《诗经·国风·邶风》和《诗经·国风·鄘风》中,柏木都以柏舟的形态出现,以这种珍贵木材制造的小舟,来表明人的高贵。

"泛彼柏舟,亦泛其流。耿耿不寐,如有隐忧。微我无酒,以敖以游。"《诗经·邶风·柏舟》抒发了作者怀才不遇的苦闷心声。在寂静无人的夜晚,诗人心中忧愁深重,不能入眠,于是乘着扁舟在水中夜游。飘飘荡荡的小舟就如同他的身世一般,在水面上随波逐流,身不由己。

这里的小舟即由柏木制成。

"泛彼柏舟,在彼中河。髧彼两髦,实维我仪。之死矢靡它。母也天只!不谅人只!"《诗经·鄘风·柏舟》反映了一名女子反抗父母之命、维护恋爱自由的心声。作品以"柏舟"起兴,用柏木坚硬的材质来隐喻绝不改变的心意。

《诗经·大雅·皇矣》歌颂了周部族先祖太王、大伯、王季和周朝奠基者文王的丰功伟绩。《诗经·鲁颂·闷宫》《诗经·商颂·殷武》描写了鲁僖公、商王武丁组织伐取柏树,建造宫殿一事;《诗经·小雅·天保》是为新王祈福的诗歌,体现出古人给予柏树长寿象征的思想。

《诗经》的简约、朴拙、传神、严整、自然、深意潜藏的古风流韵,总会在不经意间慑住人的心魂。柏树,这个《诗经》文字里的小装饰,就顺着岁月的浅滩沟涧,一直流淌到如今的水域里来,引起我们内在的共鸣和审美上心灵的愉悦。

《诗经》为柏树作为高尚品德和长寿象征的意象奠定了坚实的基础。此后,柏树的文学形象在后世作品中得到进一步的丰富。人们喜爱柏树的四季常青、傲霜斗雪、坚贞不屈,认为它具有品德美。在人品的判断上,荀子说:"岁不寒,无以知松柏;事不难,无以知君子。"张籍《樵客吟》赞扬道:"采樵客,莫采松与柏。松柏生枝直且坚,与君作屋成家宅。"

明人张岱《陶庵梦忆西湖梦寻》里有一篇《孔庙桧》,专述孔庙里一棵桧树:"进仪门,看孔子手植桧。桧历周秦汉晋几千年,至晋怀帝永嘉三年(309年)而枯。枯三百有九年,子孙守之不毁,至隋恭帝义宁元年(617年)复生。生五十一年,至唐高宗乾封三年(668年)再枯。枯三百七十有四年,至宋仁宗康定元年(1040年)再荣。至金宣宗贞祐三年(1215年)罹于兵火,枝叶俱焚,仅存其干,高二丈有奇。后八十一年,元世祖三十一年(1294年)再发。至洪武二十二年(1389年)已巳,发数枝,翁郁;后十余年又落。摩其干,滑泽坚润,纹皆左纽,扣之作金石声。"一棵树枯了几百年,竟能再荣,荣了又枯,枯了又荣,存续了2000多年,直到张岱眼前。他摸树干光滑,看树皮纹理,听叩击树干的清脆之音。张岱的文字,将这棵树的前世今生记述得十分详备。

那年到了孔庙,真见到了那棵树。在孔庙主体院落大成门内,一树高挺耸立,树旁有一碑,书"先师手植桧"朱红大字。相传,孔子共植桧树3株,另两株早已枯死,此株大难不死,几经枯荣,巍然独存。

原来眼前这棵桧树就是一种柏树,圆柏。桧树即柏树。

民间也往往松柏不分,好多地方所谓百年、千年"老松"其实都是柏树,比如南京东南大学校园西北角梅庵南侧的"六朝松",按今天的科学分类应该是"桧柏"。松树的叶是针形的,尖尖的像针一样,柏树叶虽小而狭长,却是圆润的鳞片状,也就是"扁的",它们的球果也不一样。但人们还是习惯性地叫它们六朝松,传说是由梁武帝亲手栽种的,号称南京最古老的树。此处距离"古堞烟埋宫井树,陈主吴姬堕泉处"的胭脂井不远,六朝时是皇宫的中心区,或许真有可能经历千年战乱幸存下来。这样年纪的老树主要是靠外面的树皮传输养分,现在人们用钢管来维持它挺立的姿势,甚至给已经枯死的树干内部浇注砂石,但是树冠的绿色枝叶总算证明这棵树还有一口气在。

柏树,在自然灾害和人类战争面前,总被当作卫士的象征。在沙漠肆虐的戈壁滩,柏树牢牢抓住浮沙黄土,卫护自然;在安放英雄、至亲、朋友尸骨的墓园,参天古柏卫护雨雪风霜之下的亡灵,寄托着人们内心的敬意和哀思,这在文学作品中多有反映,"山头松柏半无主,地下白骨多于土"(张籍《北邙行》)和"梅花香里开华宴,柏酒樽前拜寿翁"(无名氏《鹧鸪天》)等诗句就是典型的代表。

柏树,这样一个经冬不凋、苍翠大气、坚毅挺拔的生命,之所以令人深深敬重,还因其秉天地之正气,有着正气存内、邪不可干的傲然与昂然。"柏之性不假灌溉而能寿也",凭借自身的顽强、正直与不畏,柏树构筑了一个永不衰老的唯美绚丽的神话。

信步下楼来到侧柏树下,抬头望,阳光透过繁密的枝叶洒落下来……在柏树的阴影里,日影和沧桑岁月组成的画面重叠,一片清凉袭来,欣喜从心里飘出来。

臭椿并不臭

寂寥的周末，我伫立窗前，怔怔地望着机关花园金黄的银杏树叶纷飞飘扬，蓦然心惊："逝者如斯夫！"不经意间，深秋就来了。叹息间，天空又淅淅沥沥下起雨来。秋风、冷雨、落叶不期而至，今年秋天比往年来得早一些。我徘徊在空荡荡的屋子里，突然想起了那棵臭椿树，陡生一丝惆怅。

《诗经·小雅·我行其野》曰："我行其野，蔽芾其樗。昏姻之故，言就尔居。尔不我畜，复我邦家。我行其野，言采其蓫。昏姻之故，言就尔宿。尔不我畜，言归斯复。我行其野，言采其葍。不思旧姻，求尔新特。成不以富，亦祇以异。"这是一个远嫁他乡的女子诉说她被丈夫遗弃之后悲愤、伤痛的心情。

我喜欢"我行其野"这四个字，这四个字在每个人心头唤起的是一种荒凉野风吹向幽深之处的感觉。在风吹草动的背景里，一个女子说不尽的惆怅、悲伤之情和愤慨的眼神，唤起了我的无限同情。

常说的椿树，香者为椿，臭者为樗。樗树，苦木科，落叶乔木，小枝红褐色或黄褐色，即常说的臭椿。香椿和臭椿外形酷似，香椿树皮细，木质坚实，木材红色，叶有香味。臭椿则皮较粗，木质疏，木材白色，叶有恶臭。

臭椿与香椿，虽为一字之差，却因种属不同，身价相差天地。古人意识中,臭椿树乃庸常卑微之材。《三国演义》第三十六回"玄德用计袭樊城,元直走马荐诸葛"一节:"庶曰:'某樗栎庸材,何敢当此重誉。'"此言中"栎"指栎树,不用说了,而这个"樗"就是臭椿。另外,唐欧阳詹《寓兴》诗:"桃李有奇质,樗栎无妙姿。"宋苏轼《和穆父新凉》诗:"常恐樗栎身,坐缠冠盖蔓。"亦曰樗树之贱微。

在庄子《逍遥游》里,臭椿以无用之物的角色出现在世人面前,由此规避人心欲望捕风捉影之害,从而得以保有一份逍遥和清净的行世之心。庄子从物有自性的角度,用无用的臭椿树,讲述了影响中华文明深远的无为处世的大道理。

臭椿其实并不臭,对我来说,我们彼此已非常熟悉。

叶子随渐起的秋风刮擦地面,发出"沙沙"的声响,这种声音能让我感觉到自己和那棵椿树之间的距离。

它生长在机关小花园与菜地之间。它正值豆蔻年华,长得笔直挺拔,树冠圆润整齐,春天,翠绿色和紫红色的嫩叶辉映,秋季红果挂满枝头,蔚为壮观,人称"天堂树"。奉调绿城后,或上食堂就餐,或进出大院,我都会与它擦肩而过,对视一番。一个平凡的人,一棵普通的树;一个孤独的行者,一棵落寞的臭椿,我们相依为命。一晃经年,我竟对它有了亲切感。不夸张地讲,它已成为我在中原生活的一部分,它常让我想起自己的少年时代,我的青春岁月……两年前的一天,它突然从我的视线里消失了,我不理解它为何不受待见,它可是"天堂树"呀。我怅然若失,悲从中来。原来机关小花园与职工菜地混搭,雅俗不协调,煞了些风景。经过多次协商,大家决定重新规划,改造菜地、南扩花园……这棵在菜地边的椿树自然成了"革命"的对象。那是一个无星无月、夜空黑得像一块仙草冰的夜晚,工人带着铁镐、利斧、电锯和工作灯,给椿树寻找"迁移地"……有人说,他听见树在叹气,一声又一声,像得了严重的气喘病;有人说,他听见树在哭泣,一声高,一声低,凄凄惨惨……

它有多大年龄,无人知晓。听人讲,它是自然来到这个世界的。想当年,它或许是被风吹落的,或许是从鸟嘴里滑下的一粒种子,在这里生根生长。它历史也不悠久,但它见证了这个单位的沧桑与兴衰,记录着员工的喜怒和哀乐,承载着院内人们的情怀。

在我家乡,也有一些臭椿树。它像我的故土乡亲一样微不足道,也像相处几代熟识的邻里样普通;它可以让人结识,但又难以恭敬于它。

臭椿是长盛了叶儿才开花。远望时,会看不出花,只像是绿装上罩着一轮亚黄。近了,才看出茂盛绿叶中娇黄的花很小,朵朵连串,像镏金的簪头儿装扮一树青春。这时,就会觉得有一股苦丝丝带草药味的清香吸入脏腑。

椿树刚发芽时,呈紫红色,枝头冒一小撮儿,牙签筒形状,向上撅撅着。如同花骨朵儿。它的叶子,无论老和嫩,牛羊不食,但它的嫩芽,经开水焯了凉水浸泡几天,人可以食用。做法是将它撒上盐,当凉拌菜。嚼起来肉吞吞,略带苦味儿,含有草香。

灾荒之年,去野外采椿树芽的人成群结队,如今时过境迁,时间的旧土似乎可以把很多人生记忆掩埋,从而使很多人失去回望的标记。我曾想,这救人济世的臭椿树,为什么叫这个名字?是它幽幽带苦根儿的花味呢,还是比照香椿,不及香椿树俊美?反复想来,终有一得:不是人们对它厌弃不恭而是它生来卑贱,如同草民,叫它"臭椿"乃乡俚之言,一如农家给孩子起"狗儿""臭儿"乳名,不刻意修饰。语淡情直,但表白亲切罢了。

吃过椿树芽的人,未必吃过椿树荚。为什么?因为早春把第一茬芽儿采尽,再发新芽已失去繁育能力。现在秋季常见到的红绿相间的一串串椿树荚,在那时很少见。

椿树籽儿长在一个个荚里,一嘟噜果穗有无数个荚。荚为扁平,长形,里边的籽儿扁圆,在荚里略微鼓起。椿树荚好看,两头尖,中间宽,看着很舒服。

当下时代,就是能够扭转乾坤。原先不起眼儿,或前人饥不择食的东西,猛然间成为绿色食品。譬如,臭椿芽和臭椿荚。

其实,樗还真是挺宝贵的,据现代科学测定,臭椿对现代环境污染有良好的净化作用。

久违了！楝树

楝树在漳东平原是种有争议的非主流草木。不过自少年起,我就对它一往情深。

我的家,在郭家岗后塝,一出门就到了中塝与前塝的"沁坑",老辈人说这口塘一年四季水长有,不怕旱,自动泛水,似泉眼。"沁坑"边有几棵楝树,大小不一。我记事时,那些楝树碗口粗,树皮暗而粗糙,枝不繁、叶不茂,瘦骨嶙峋,打眼一看,就感觉病态连连、可怜兮兮的。

它们似乎不受村里人待见,饱受村里牲畜的踩踏和摇、拱、啃、砍、咬。村里人收工后多是把种地用的锹、锄、犁、耙等农具,一股脑儿地挂在它们的身上,把卸了套的牛也栓在它们身上。

其实,那几棵楝树,究竟生于何时,我是一无所知的。后来听扬智哥说,它们大约生于20世纪50年代,扬智哥上初中时它们就有胳膊粗了。

我印象很深的是,在生产队仓库后面的土坑旁,有一棵粗大的楝树。据说早在实行农业联产承包责任制时,它就被人锯掉了。

我少时家中一直贫困,所以并不觉得楝树很苦。我曾无数次淘气地在这棵大楝树身上爬上爬下,无数次寂寞时依靠着它,俯瞰土坑边波光粼粼的水面,也无数次饥肠辘辘时靠着它,盼望着仓库前面稻场劳作的大人们早点收工回家。

楝树是落叶乔木,是平原及低海拔丘陵区的良好造林树种,生于旷野、路旁和屋前房后。它们像我故乡的百姓一样朴实无华、安分守己。它们不择土壤,不选地形,脚踏实地,固守本土。楝树喜温暖湿润气候,耐碱、耐瘠,旱涝不怕,风雪不惧,生根、发芽、开花结果,自生自长,生命力可谓强矣!

楝树不生虫,令人讨厌的蚊蝇也因怕苦而不愿近其身,所以,楝树是名符其实的环保型树木。

在我的记忆里,阳春三月,百花争艳的时节,楝树静静地伫立着,只是把羽状的绿叶小心地安放在脆弱的枝丫上,绿叶让春风剪成了锯齿状,显得更加稀疏,总让你以为它病了;在清瘦的楝叶丛中,挂着一团团紫色的楝花,文静淡雅,柔美细碎;炎炎夏日里,人们可以舒心地在她亭亭如盖的绿荫下纳凉避暑。楝树又结出串串翡翠般的小楝果,埋下秋的种子,秋的伏笔。

秋末冬初时节,冷风瑟瑟,楝树俊逸地迎风而立。冬天,在万木萧瑟的村庄,唯独楝树还挂着果,像挂着一树铃铛,在寒风里歌唱。在光秃秃的楝树下,我拾起果熟自落的麦黄色楝籽作弹子,玩起弹弓,与玉元、玉锐和扬贵等小伙伴互相追打,尽情嬉戏。

有一阵子,我很遗憾、郁闷,因为楝果不能吃。看楝树的幼苗,稀疏的羽状复叶像一株花卉,尽管瘦弱但笔直,结出的果子苦且有毒,连鸟都不吃。真是拿了一手好牌,打出一手乱牌啊。

然而,我长大后才知道自己的孤陋寡闻和浅薄,楝树其实浑身是宝。楝树的木材可制作家具、舟车、农具,其种子、花、叶、树皮均可入药……楝树的用途可谓广矣!楝树是天然的杀虫剂。楝树根茎、皮、树叶、花和果子含有苦楝素,《本草纲目》记载,楝有理气止痛、驱虫疗癣之效。农村的旱厕夏天多蛆虫,放些楝树叶即可将其杀灭。没有化学农药以前,古人用干楝花加甘草泡酒中制成药剂,兑水喷洒在植物上以杀灭害虫。没有引进西药以前,以前穷苦人家治小孩子蛔虫,常常用楝籽的皮肉,外加白糖和甘草煮水内服三五天,即可打掉肚子里的蛔虫。

如今楝树已逐步被经济林木取代,日益被冷落,仅零星生长于穷乡僻壤中,茕茕孑立,形只影单。

万紫千红今又是。每当我在异域的乡野上,偶尔看到生长着的楝树时,我似乎又回到难忘的少年时代,又想起郭家岗的楝树,又闻到楝花散发的幽香。

久违了,楝树!

榆树枝头系童年

我常常梦见郭家岗。和大多数经历过沧桑的人一样,我的梦境大多是遥远的过去。有段时间,那稻场,那路边的榆树,常常是我梦境中挥之不去的场景。

生产队的稻场,是全村人的中心。稻场西边有一条大路,是官垱到河溶的主干公路,那是当时大搞农田水利建设时扩宽拉直建成的,路两边栽了一排排榆树,家乡人称之为椰树。

榆树难成材,要是说人不开窍,就喊他"榆木疙瘩"。但榆树泼辣,旱了涝了它都长;倒了歪了也长;雷劈了,根不死,还长;荒年里,榆钱、榆树叶子甚至树皮被扒了吃掉,它还长。榆树还喜庆啊,它开的花叫榆钱,榆钱就是余钱。农人对榆树高看一眼。

榆树朴实顽强,如同家乡一代又一代的农民。不用施肥浇水,不用剪枝打理依然顽强地生长。只有奉献,不求回报,不论下雨还是天旱,不论砍掉了树身还是枝干,它都会顽强地发出茂盛的新芽。

榆树孤傲地生长着,与圆滑世故、无情的世道对峙,在薄情的世界里有情有义地活着。炎热的夏天它为人们营造一片阴凉,下雨了,则为人们遮风挡雨。

榆树长得出奇地快,不经意间,我高中毕业回乡务农,它已长有几人高了,枝繁叶茂,顶部长出的枝干,编织成网状向四周延展开来,路两边的枝叶交叉,把大路密密地笼罩着,遮天蔽日。

榆树的花开得羞怯而隐秘,它们跟叶子一样穿着绿裙子,一个个圆圆的小铜钱聚集在一起,聚成了一串串手心里宝贝着的铜钱模样,一溜儿绿色的边儿装饰着包含种子的榆钱核,像一枚枚小巧的草帽,在阳光里晃动。

阳春三月,榆树叶是上好的饲料,乡亲们会采榆树叶回家喂猪。四月里,榆树开花结荚,榆荚如古钱,俗称榆钱。榆钱是养人之物,荒年能当饭,丰年是时鲜菜,生熟皆可吃。

那时候的记忆里,没有文化娱乐,仅有的有线喇叭里,要么是播音员口气严厉地读批判稿或社论,要么是唱样板戏。于是,各家晚饭过后,大人小孩陆陆续续往稻场边、榆树下会合,小孩们玩耍嬉闹,大人们谈论家长里短。榆树下成了郭家岗的文化娱乐和见闻发布中心。

有一日,公社郑书记骑自行车到红日大队检查生产,一不留神,自行车被路边枝条绊了一下,差点摔倒。他叫来生产队赵队长,让把路两旁的树枝砍一些,免得影响行人赶路。

我当时正在棉田里打农药,觉得这书记真矫情。上午收工后站在路中央一看,一般人行走无碍,的确有碍车辆通行,特别是机动车、人力板车。赵队长雷厉风行,下午就安排人手把靠路中间的树枝砍去不少,天一下亮堂多了。后来,赵队长每隔一个时期就会安排人去修理修理这些枝条。

此事我一直记忆犹新。若干年后,我把这事讲给郑书记和他的妻子听,郑书记憨厚地笑笑说忘记了,他妻子说我故意编笑话。

客居北京,朋友讲起榆树的价值,更是滔滔不绝、情真意切。在他们的记忆中,榆钱的味道是那么甜蜜美好,榆树的故事是那么韵味悠长。

榆钱煮粥。榆钱加水烧开,淋入适量面糊煮熟,浇少许葱花油,加点儿盐即成。欧阳修食此粥后大赞,欣然赋诗:"杯盘饧粥春风冷,池馆榆钱夜雨新。"再有多余还可蒸食,将榆钱洗净,拌以玉米面或黄豆面,上笼蒸熟即可。做馅,包水饺,蒸包子,味道鲜爽。

榆钱不仅是一种美味,还富含烟酸、抗坏血酸、无机盐、钙、磷等物质,有很高的药用价值,可健脾和胃、清热安神、杀虫消肿、止咳化痰、清热除湿、通淋通便,《本经》称榆为上品,榆皮"久服轻身不饥"。《尔雅》载:"榆皮,荒岁农人食之以当粮,不损人。"每当春三月青黄不接时候,人们常用榆叶榆皮"救饥"。榆木质地硬朗,纹路美观,有质朴天然的色彩和韵致,制作家具雅俗共赏。

概因榆树于人功用良多,也就成了北方乡村标配,村头地边,房前屋后,多有榆树。这种传统不知始于何时,起码《诗经》年代就是这样。《诗经·陈风·东门之枌》有记:"东门之枌,宛丘之栩。子仲之子,婆娑其下。"诗说,在城东门外的白榆树下,在宛丘的柞树林边,子仲家豆蔻年华的小姑娘,跳起优美的舞蹈。

"榆柳荫后檐,桃李罗堂前。暧暧远人村,依依墟里烟。"观陶渊明老先生的"归园田居",自然也是少不了榆的。因村村有榆,榆树枝头系着童年的故事,村里长大的孩子,无论走到哪里,年龄多大,都会挂念村头那棵老榆树。时间久了,"枌榆"也就成了故乡的代称。

将"枌榆"称故乡,还与刘邦有些关系。刘邦老家是江苏丰县枌榆社,他当了皇帝后把老爹接到长安。老爹常闷闷不乐,总想回老家。刘邦为满足"太上皇思东归"的愿望,就将骊山北麓的郦邑重新规划,按照老家丰邑水乡模样重建,并且进行做旧处理,将父老乡亲全部迁移过来,不但男女老少知道各自的家,连鸡狗鹅鸭也跑不错门。三年后,父亲去了,刘邦就将郦邑改名新丰,以纪念父亲和家乡。

榆树一年年长大,孩子一个个离开。岁月里的许多人,郭家岗上的许多事,人们记不清了,而树记得。那些当年跟着栽树的孩子,一年年跨越万水千山地往回赶,回来看一眼树,在城市里的迷茫就烟消云散了。

青蒿呦呦

漳东平原，青蒿只是一种平平常常的植物。

雨水节气后青蒿破土萌芽，细细的茎，嫩嫩的绿，几近透明，叶片则是细细碎碎的绿，有时是零星的几株，有时也可能是一片，也是和青草夹杂在一起。春去夏来，阳光灼热、草木繁盛，走在乡间，有一种清苦味被暑热蒸腾着，送至乡民鼻息，让人深吸一口，混沌的头脑顿时清醒起来。

青蒿是菊科蒿属植物黄花蒿，在海拔较低、湿润的河岸砂地、山谷林缘及路旁，都能见到它的身影。"二月生苗，茎粗如指而肥软，茎叶色并深青。其叶微似茵陈，而面背俱青。其根白硬。七八月开细黄花颇香。结实大如麻子，中有细子。"这是李时珍对它的描绘。简单的讲就是个大、叶细、茎直、花碎、色青、性寒、味苦。

我认识的青蒿是：秉天地芬烈之气以生，其花浓香，其叶淡苦，能泄热退热杀虫。

那时乡村的夏天，蚊虫很多。白天晚上都有，傍晚尤其活跃，在房前屋后的竹林、灌木丛里成群地飞舞，嗡嗡之声不绝于耳。

蚊虫已成为夏天乡村的公害。入夏之后，乡民们先是在房屋四周用喷雾器打农药灭杀，做一次大扫除大清洁。虫是怕烟熏的，而烟熏的最好材料就是青蒿和艾蒿之类散发苦茵茵香味的植物，因此，晚霞满天的傍晚,蜻蜓在院坝里飞来飞去时,祖父又割回来一大捆青蒿,掺杂湿润杂草一起烧。浓烟中,烟熏味、苦香味弥漫着,嗡叫的蚊虫要么快速逃离,要么被熏死,这个夜晚便在这苦香味里安然纳凉,我们躺在清凉的竹床上,沐浴着皎皎月光,望着天河里移动的星星,在凉丝丝的夜风里,安然入睡。

夏日里,这种随处可得的青蒿,是家家必备的寻常药草,生疮长痘用它捣烂了敷,脚趾缝发炎用搓熟的蒿叶夹着隔离起来,睡一晚上起来就好了,就连牙疼也用它放在疼痛的牙床处,比头痛粉还管用。

我对青蒿有着终生难忘的特别记忆,那是痛苦的记忆。

那年月,学农是我们的必修课。春天到了,学校常常组织割青蒿,将其置入水田里沤肥,称为积绿肥。有一次,我不小心把几根带毛毛刺的绿色荆棘当成青蒿,挑送到学校支援的生产队,被人举报给班主任冯老师,冯老师严厉批评我,要我从灵魂深处检讨,说轻一点,是对农民感情不深,说重一点,是破坏农业生产。我的确不是故意的,我感到很无奈,沮丧极了。

祸不单行。不几天后,在学校看见一幅林彪脱帽画像,我与郭扬超等同学在放学途中聊天,说林副主席头上怎么长癞子呢?郭扬超聪明,他急忙说那是战斗中负得伤。后来不知是谁报告了学校,冯老师把我叫到办公室,严肃地训斥:你是年纪小,否则要把你当反革命分子抓起来!吓得我直打哆嗦。

从此以后每次写任何一篇作文,我都会按老师要求联系实际,从遥远的话题转到自我批评,像祥林嫂似的,写上一行"由于学习毛主席著作不够,上了政治骗子的当,说林副主席头上×××,对农民感情不深"

等等文字,我实在弄不明白,这与政治骗子有啥关系。一直到上初中后,林彪叛党叛国,摔死于蒙古温都尔汗后,我才停写那絮絮叨叨的几句话。

这一段时间,也是我小学最倒霉的时段。

后来长大了,读闲书,有了些见识,知道了晋国公子重耳被毛茸茸的白蒿救命的古老传说,也晓得了华佗把茵陈的根、茎、叶进行分类试验,发现幼嫩茎叶可入药治黄痨病的故事,当然加上耳熟能详的艾蒿、苦蒿、野茼蒿,这才对蒿这个大家族有了更深入的认识,原来它们兄弟姐妹挺多呀,幸运的是,它们竟还都在我的故乡真实地存在呢。

青蒿命中注定不同凡响。"呦呦鹿鸣,食野之蒿",《诗经·小雅》里的名句,似乎注定了屠呦呦和青蒿的交集。2500多年后,住在浙江宁波市开明街的屠濂规听到女儿呱呱坠地的第一声啼哭,想起这首诗中蕴含的生命勃发、和谐美好的意象,激动地吟诵着"呦呦鹿鸣,食野之蒿",给女儿取名"呦呦"。

时光流转到2015年,屠呦呦因发现青蒿素荣获诺贝尔生理学或医学奖,成为第一个获得诺贝尔自然学奖的中国人。"她发现了青蒿素,这种药品可以有效降低疟疾患者的死亡率。"这是诺贝尔生理医学奖给予屠呦呦的颁奖理由。

屠呦呦倾尽一生心血研究,从一种植物里提取了一种叫青蒿素的化学物质,使青蒿素及其制剂成为国际上公认治疗恶性疟疾的首选药物,被非洲、美洲人称为"神药"。而提取青蒿素的那种叫青蒿的植物正是在我们家乡也有生长的普普通通的青蒿。

屠呦呦苦心孤诣的研究,令默默无闻的青蒿一夜成名,造福世界,成为医学史上的一段佳话。2019年6月,屠呦呦及其团队利用青蒿素治疗"红斑狼疮"又取得突破性成果。青蒿,凤凰涅槃般惊艳了世人,屠呦呦对青蒿小植物的神奇发现,怎不是人世间的幸事、美事!

屠呦呦在诺贝尔获奖感言中用极富诗意的语言感谢青蒿:一岁一枯荣的青蒿,生,就生出希望;死,就死出价值。……一茬又一茬的青蒿"前赴后继",奉献了自己的身驱,成就了中国的中医事业。正是因为它们的牺牲,才铺就了我通往诺贝尔的坦途。青蒿呦呦。情感呦呦。生命呦呦。……

青蒿就这样,栉风沐雨,默默无闻却不负阳光雨露滋养,宁静、淡泊、正直,无私奉献,深得世人爱戴。

后 记

故乡,对我们浪迹天涯的游子来讲,是用来怀念的。怀念过去那些青涩晦暗、甜蜜忧伤的岁月,怀念以往那片魂牵梦萦的土地,让心灵回归故土。

我的故乡当阳,地处江汉平原向鄂西山区的过渡地带,东汉文学家王粲那篇脍炙人口的《登楼赋》曾盛赞我的故乡:"挟清漳以通浦兮,倚曲沮之长洲。""华实蔽野,黍稷盈畴"。那关羽败走麦城、赵子龙在曹营里七进七出救阿斗、张飞在当阳桥头大吼一声水倒流的故事就发生在这里。

千山万水脚下过,一缕情丝挣不脱。长期以来,活跃在我心际的那缕缕情丝,便是故乡郭家岗、红日,就是漳东平原,就是沮漳河流域。这种难以割舍的情感,时间愈久依恋愈深。

我多次想写故乡,又怕拙笨的文字难以表达对故乡的思念,怕我太平庸的文笔无法浓缩一腔赤诚,而显得俗套。故乡的记忆煎熬着我,撕扯着我。

每当此时,我的乡愁便会从想象出发。我发现,将其附着于质朴的草木,就会扶摇多姿、温婉生情。于是,每至夜阑,我就会打开窗户,借着夜色与星光,与远方的草木们对话。

我相信,草木是有感情的。人非草木,孰能无情?这其实是对草木的误解。她是汲天地之精华而滋养众生,化无情为有情。所谓"草木一秋",人在与草木的交往中,历经了它们生根、发芽、开花、结果、枯萎直到死亡。人类也是一样的生命轮回,所以感同身受。我出身农家,在艰苦岁月里,守望田园,与草木同生共长,同苦共荣,草木给了我唤醒生命的力量。春风化雨,我最终也会如落叶化泥,回归草木故园。

我相信,草木也是有品格的。中国的传统美学即品格学。正如《爱莲说》里所谓:"菊,花之隐逸者也;牡丹,花之富贵者也;莲,花之君子者也。"自然界的草木,在人们赋予它们品格后就会成为美。

恰逢此时,遇到河南大学出版社的"耕读书系",其"关乎乡野,关乎自然,关乎耕读文化"的主旨,点燃了我的草木故乡情。我兴致勃勃地提笔书写,写故乡那些普普通通的草木。写她们的今世前缘、历史趣味,写她们的情操品格、文化内涵,写我与她们的喜怒哀乐、相伴相随。

爱自然,爱草木,写草木,寄托我对故乡的眷恋,排解我的乡愁,也是我对天地日月的感恩与回报。

甚幸甚慰,《草木故乡》忝列河南大学出版社的"耕读书系",深表谢忱!

郭扬华

二〇二二年六月于北京